Über dieses Buch:
Der Roman spielt in Wyoming in der Nähe von Laramie in den Jahren 1875 bis 1876.

Eine vergessene Minenstadt wird wieder zum Leben erweckt und Silber sowie große Kupfererzvorkommen werden gefunden. Die Kupfervorkommen erweisen sich sehr umfangreich. Es fehlt eine Werbung für den Bedarf an Kupfer. Die Erfindung des Telefons und die Entwicklung eines funktionierenden Systems führt zu einem Siegeszug der „Wyoming Copper Company".

Ein paar hübsche Mädchen sorgen für Aufregung als auch für Verwirrung bei unseren Helden.

AF215070

Ich bedanke mich bei meiner Frau, meinem größten Fan und gleichzeitig meiner größten Kritikerin, für ihre unermüdliche Arbeit am Manuskript und die schöpferischen Diskussionen.

PETER ECKMANN, geboren 1947, lebt im Niederelbe-Dreieck in der Nähe von Cuxhaven
Ingenieur der Verfahrenstechnik, schreibt unter dem Pseudonym Allan Greyfox Wildwest- und Detektivromane.
Jahrelange Praxis mit dem Schießen von echten Waffen und insbesondere das „Western-Action-Schießen" haben ihm ausreichend Kenntnisse über die Waffentechnik seiner Bücher vermittelt.

Der Wilde Westen war eine spannende Zeit, Allan Greyfox versucht sie in seinen Geschichten wieder auferstehen zu lassen.

Allan Greyfox

DIE MINENSTADT

Herstellung und Verlag:
BoD – Books on Demand, Norderstedt.
ISBN: 978-3-7448-6930-0

Version 2

Die Eisenbahn

Wyoming, im Jahr 1875, der kleine Ort Gillette wird von der Morgensonne beschienen. Vor drei Jahren lebten hier etwas über 400 Einwohner, Anfang dieses Jahres waren es schon über eintausend. Zu verdanken ist dies der klugen Siedlungspolitik von Mickey Callaghan. Seine Frau hatte – durch kuriose Umstände - ein riesiges Stück Land geerbt, das sie und ihr Ehemann nicht selbst genutzt, sondern für einen günstigen Preis an neue Siedler abgegeben haben. Fast vierhundert neue Familien waren in das fruchtbare Tal am Brazos River gekommen, um das Land zu bebauen oder Viehwirtschaft zu betreiben.

Die vielen neuen Siedler haben dem kleinen, verschlafenen Nest Gillette einen ungeahnten Auftrieb verschafft. Viele Geschäfte und kleine Betriebe haben sich in dem Ort angesiedelt. Unter den neuen Geschäften sind, neben anderen, ein Bäcker und eine große Tischlerei. Mickey Callaghan hat ein Hotel gebaut und besitzt seit ein paar Tagen eine Holzverladestation an der neuen Eisenbahn. Als Besitzer des vor zwei Jahren in Betrieb genommenen Sägewerkes, ist Bauholz eine seiner Haupterwerbsquellen. Sein bester Freund, Matthew Richmond, ist der Leiter des Sägewerkes. Er bewohnt mit seiner Frau Joan ein kleines Haus direkt am Fluss, der sich durch das Tal zieht, etwa auf halber Strecke zwischen dem Sägewerk am Ende des Tales und dem Ort Gillette.

Heute ist ein schöner Tag. Es ist April, die Sonne scheint schon kräftig und es weht ein schwacher, warmer Wind aus Süden. Joan Richmond fährt mit ihren beiden Mädchen in den Ort Gillette. Josephine und Kimberley sitzen neben ihr auf dem Kutschbock, zu ihren Füßen liegt Snow White, ihr Hund.

Die Kinder hat sie vor zwei Jahren als Waisen aufgenommen. Die Mädchen kamen mit ihrem Bruder Tom und ohne Eltern in den Ort, die waren während des Trecks an Cholera gestorben. Das Ehepaar Richmond hat die Mädchen adoptiert, der Junge lebt und arbeitet nun schon seit zwei Jahren bei Peter O´Connell, dem Schmied. Joan kann sich nicht vorstellen, jemals ohne diese Kinder leben zu müssen, sie sind ihr sehr ans Herz gewachsen. Die ältere, Josephine, ist sechzehn, die jüngere, Kimberley, ist vierzehn Jahre alt. Beide haben braune, lange Haare. Joan beobachtet die Entwicklung der beiden mit Freude und mit Sorge. Sie kann keine eigenen Kinder bekommen, seit einer verpfuschten Abtreibung vor einigen Jahren ist ihr das verwehrt.

Joan hat kurz nach der Aufnahme der beiden Mädchen vor zwei Jahren, ihren Freund Matthew Richmond geheiratet. Matthew weilt heute auch im Ort, er trifft sich mit seinem Freund und Arbeitgeber Mickey Callaghan und will sich mit ihm den Bau der Holzverladestation am neuen Bahnhof ansehen. Seine Frau Joan nutzt diese Gelegenheit, um ihn dort aufzusuchen, dann kann sie sich gleich neuen Stoff für ihre Näharbeiten kaufen.

Sie hält vor dem General Store. Bevor sie ganz ausgestiegen ist, sind die beiden Mädchen schon vom Wagen gesprungen, laufen mit Snow White auf die andere Seite der Straße und sehen in das kleine Schaufenster von »Karin's Schocolade & Candy Shop«. Es dauert nicht lange und die schlanke Inhaberin des Ladens kommt heraus zu ihnen.

„Na, ihr Zwei? Ihr wollt wohl wieder etwas zum Naschen haben?"

Ein lautes „Ja, Miss!" rufen die beiden Mädchen im Chor. Karin lächelt. Sie kennt die beiden schon, sie sehen immer bei ihr hinein, wenn sie mit ihrer Mutter nach Gillette kommen. Sie hat auch schon für jede ein Stück Schokolade dabei. „Wollt ihr für euren Bruder Tom auch etwas mitnehmen?"

Wieder ist ein lautes „Ja, bitte!" zu hören. Karin ist darauf vorbereitet, sie gibt den Mädchen eine Tüte mit ein paar Bonbons und sieht ihnen nach, wie sie zur Schmiede eilen. Es ist eine Gewohnheit von den beiden Mädchen geworden, gleich kommt Joan Richmond zu ihr und bezahlt sie für ihre Auslagen.

In der Schmiede ist wieder viel Betrieb. Der junge Gehilfe, Tom, ist jetzt seit zwei Jahren bei Peter O'Connell. Er ist ein aufmerksamer Beobachter, ein kräftiger Arbeiter und der Schmied freut sich immer wieder, in ihm einen tüchtigen Gesellen gefunden zu haben.
Die Mädchen kommen vor der Schmiede an und rufen schon von weitem: „Tom! Tom!"
Der Junge lässt seine Arbeit liegen und kommt heraus. Der Schmied liebt diese Zeremonie. Es wird ihm warm ums Herz, wenn er sieht, wie liebevoll die drei zueinander sind.
Die Mädchen geben Tom die Tüte mit den Bonbons. Sie erzählen lebhaft von ihrem Besuch an der Baustelle der Bahn. Joan ist dort mit ihnen vorbeigefahren, um sich den Fortschritt anzusehen. Ihr Mann, Matthew, hatte daran mitgewirkt, die Bahnstrecke nach Fleetwood hier an Gillette entlang zu führen. Nun freuen sie sich, dass nach einem Jahr des Streiks und des Boykotts zwischen dem Eisenbahnkönig und dem Ölmilliardär die Arbeiten fortgeführt werden.
Die Hündin Snow White springt immer wieder an Tom hoch und versucht seine Aufmerksamkeit zu erwecken. Endlich bückt sich der junge Mann zu ihr hinunter und streichelt sie. Die Hündin spielt schon lange eine wichtige Rolle im Hause der Richmonds, besonders, seitdem sie vor zwei Jahren bei der Verfolgung der Spur der entführten Joan, damals noch Miss Carter, geholfen hatte.
Vor dem General Store hält ein eleganter Einspänner mit einem faltbaren Dach. Es ist der Sportwagen von Marilyn Callaghan, mit dem sie mitunter in die Stadt fährt. Sie steigt

ab und betritt das Geschäft. Es ist nicht ihre Absicht einzukaufen, sie hat den Wagen von Joan Richmond dort stehen sehen und möchte die Gelegenheit nutzen, kurz mit ihr zu plaudern.

„Hallo, Joan!" ruft sie ihrer Freundin zu. Sie wendet sich zu dem Inhaber und grüßt ihn ebenfalls. „Guten Tag, Ben! Wie laufen die Geschäfte?"

„Guten Tag, Marilyn! Vielen Dank der Nachfrage, es könnte gar nicht besser gehen."

In diesem Laden hatte Marilyn vor drei Jahren ihren späteren Mann, Mickey Callaghan, kennengelernt. Seitdem ist viel passiert. Ihr Mann hatte mit viel Geschick die Wirtschaft im Tal angekurbelt, jetzt florieren alle Geschäfte im Ort. Sie besitzen auch selbst mehrere Geschäfte hier, unter anderem gehört ihnen das neue Hotel. Das ist auch der Hauptgrund ihres Besuches. Ihr Bruder Mitchell führt das Hotel und ist mit Bens Tochter Jennifer verheiratet.

Der Kaufmann wendet sich wieder für einen Moment von seinem Kunden ab und fragt Marilyn: „Du gehst doch sicher noch zum Hotel?"

„Ja, auf jeden Fall, das ist der eigentliche Grund für meinen Besuch in Gillette."

„Richte doch bitte meiner Tochter Grüße von mir aus. Sage ihr, dass ich sie nach Geschäftsschluss aufsuchen möchte."

„Das richte ich gerne aus, das wird sie freuen."

Sie wendet sich wieder an Joan: „Bekomme ich Matthew nachher noch zu sehen?"

Joan überlegt einen Moment. „Das wird sicher gehen. Ich schlage vor, wir treffen uns nachher in eurem Hotel. Ich kann nur nicht lange bleiben, da ich die Mädchen dabei habe."

Die Verbindungstür zum benachbarten Hardwareshop wird geöffnet und sein Mitarbeiter, Karl Trautmann, ist kurz zu sehen. Leise spricht er zu Ben. Ben dreht sich zu seinen Kunden um. „Entschuldigen Sie mich bitte einen

Moment, wir haben gerade ein Problem mit einem defekten Gerät. Der Kunde hofft auf ein Entgegenkommen von mir."

Marilyn Callaghan verabschiedet sich von Joan Richmond und Ben Nolan und verlässt den Laden. Das kurze Stück zu ihrem Hotel will sie zu Fuß gehen, sie nimmt das Pferd aus dem Geschirr und führt es zum Livery Stable. Für ein kleines Trinkgeld nimmt man sich dort des Tieres an.

Das Hotel ist ein schönes Haus geworden. Seit zwei Monaten ist es fertig und seit kurzem nimmt man dort Gäste auf. Das Boarding House existiert nach wie vor, es war für den aufstrebenden Ort und die zunehmenden Übernachtungszahlen nicht groß genug. Sie betritt den Empfangsraum, ihr Bruder Mitchell steht neben dem Angestellten am Empfang und geht mit ihm die Anmeldungen durch. Er sieht hoch, als er seine Schwester hereinkommen sieht.

Marilyn Callaghan ist eine Schönheit. Wo immer sie erscheint, drehen sich die Männer zu ihr um. So auch jetzt, als sie das Hotel betritt. Es stehen zwei Männer vor dem Empfang, die sie unverhohlen anstarren.

„Marilyn, das ist schön, dass du mich besuchen kommst!"

Er kommt hinter dem Pult hervor und nimmt seine Schwester in den Arm. Marilyn hat etwas auf dem Herzen: „Wie geht es Jennifer?"

„Bis jetzt sehr gut. Sie hat sich gerade hingelegt. Du weißt ja, bis zur Entbindung sind es nur noch wenige Tage. Wenn ich sie jetzt nicht ins Bett geschickt hätte, hätte sie bis zur Geburt des Kindes weitergearbeitet."

„Ja, das kann ich mir gut vorstellen." Marilyn kennt das gut, sie hat selbst zwei Mädchen bekommen, ein drittes Kind ist unterwegs. Außer ihr und Mickey weiß das jedoch noch niemand. Ihr Vater kümmert sich rührend um seine beiden Enkel, wenn Marilyn nicht im Haus ist. „Kommt Matthew mit seiner Frau noch hierher? Ich wollte ganz gerne mit ihm und Joan etwas plaudern."

„Na klar, das geht. Wie ich sie kenne, hat sie sicher die Mädchen dabei?"

„Ja, da hast du Recht. Ich werde auch gleich Jennifer Bescheid sagen, sie kommt sicher dazu, dann haben wir nachher noch ein Familientreffen."

Marilyn setzt sich an einen Tisch und nimmt sich die Zeitung. Wenn sie in der Stadt ist, dann sieht sie immer gern hinein. Die Zeitung besteht aus sechs Seiten auf drei Blättern. Seitdem der Herausgeber, John Clarkdale, eine tüchtige Hilfe hat, veröffentlicht er jede Woche ein Exemplar mit mehreren Seiten. Zwei Seiten sind aktuelle Reportagen, der Rest sind Anzeigen und Meldungen, wie Heirats- und auch Todesanzeigen. Die Reportagen und die Fotos dazu werden von seiner Helferin Sunny Cornerman angefertigt. Ein Bericht handelt von der Einweihung des neuen Bahnhofs und wird mit einem Foto ergänzt. Ein kleiner Artikel erregt ihre Aufmerksamkeit. Er heißt »Der geheimnisvolle Reiter«. Der Artikel ist kurz, es sind nur wenige Zeilen. Ein Mann, nach eigenen Angaben Geologe, ist vor kurzem in der Stadt eingetroffen. Er arbeitet im Auftrag von Mickey Callaghan. Weitere Details waren nicht aus ihm herauszubekommen.

Sie schüttelt den Kopf. Da gibt es doch tatsächlich etwas, das ihr lieber Mickey ihr nicht erzählt hat. Sie schmunzelt, das wird sie später noch herausbekommen.

Die Tür geht auf und die beiden Mädchen von Joan Richmond kommen in das Hotel. Ihnen voraus eilt Snow White, der weiße Hund mit den schwarzen Ohren und der schwarzen Schwanzspitze.

„Tante Marilyn!", ruft die Kleine, „Willst du einen Bonbon?"

Die Mädchen nennen Marilyn „Tante", obwohl sie nicht verwandt sind. Sie halten ihr eine Tüte hin, in der unten ein Bonbon klebt. Marilyn will die Mädchen nicht enttäuschen und puhlt den Bonbon aus dem Papier heraus. „Hmmh, ist der lecker!", sagt sie und die Mädchen strahlen vor Freude.

Joan Richmond kommt hinter den Kindern in das Hotel, dann verlassen sie gemeinsam den Empfangsraum und gehen nach hinten in den Frühstücksraum. Dort ist mehr Platz für alle, denn Matthew und Mickey, als auch Mitchell und Jennifer werden noch erwartet.

Es wird viel später, als es Joan Richmond erwartet hatte. Selten treffen alle zusammen, sodass es dieses Mal viel zu erzählen gibt. Jennifer, die Frau von Mitchell, sitzt auch bei ihnen. Ihre Schwangerschaft ist unübersehbar.

„Wie geht es dir?", wendet sich Marilyn an Jennifer.

„Ich fühle mich wohl. Nur Mitchell meint immer, ich soll mich hinlegen", sie rümpft die Nase. Marilyn fährt fort. „Dein Vater will dich gleich noch besuchen kommen."

„Oh, das ist schön! Ihr werdet mich dann für eine Weile entschuldigen müssen."

Mitchell hebt den Arm, um auf sich aufmerksam zu machen. „Bleibt doch heute Nacht hier bei uns im Hotel, das ist doch für alle einfacher."

Sie nicken und freuen sich über die bequeme Lösung, lediglich Marilyn wendet ein, dass ihr Vater sich Sorgen machen wird, wenn sie heute Abend nicht zu Hause eintreffen.

„Er wird sich das schon denken, was soll dir schon passieren, wenn Mickey dabei ist." Mitchell spricht aus eigener Erfahrung. Es ist drei Jahre her, da hatte Mickeys Eingreifen bei einem Banküberfall sein Leben gerettet. Mickeys Zeit als schneller Revolverheld in Laramie liegt nun mehr als drei Jahre zurück. Mickey hatte anfangs sorgsam vermieden, die Leute mit der Nase darauf zu stoßen, dass er einst „Fast Cally" genannt wurde, daran denkt jetzt niemand mehr. Er trägt jetzt wieder, wie früher, zwei Revolver an seinem Gürtel und zögert nicht, sie bei Bedarf auch einzusetzen.

Die Tür wird geöffnet und die beiden erwarteten Männer treten ein. Mickey Callaghan muss sich etwas bücken, um nicht an den Türrahmen zu stoßen. Marilyn erhebt sich und eilt auf die beiden zu. Mickey drückt sie an sich. „Guten Abend mein Schatz! Wartet ihr schon lange?"

Sie lächelt. „Wir hatten keine Langeweilt, jetzt seid ihr ja hier."

Marilyn erinnert sich an den Artikel in der Zeitung. „Sag mal, Mickey, was ist das für ein geheimnisvoller Reiter, den du da engagiert hast? Erzählst du mir nicht mehr alles?"

Mickey lächelt entschuldigend. „Tut mir leid, ich hielt das nicht für so wichtig." Er gibt ihr ein Küsschen. „Du kannst dich doch noch an Clint Wagner erinnern?"

„Du meinst den Landvermesser aus Laramie?"

„Ja, genau den. Clint ist nach der Vermessung der Parzellen hier im Tal wieder nach Laramie zurückgekehrt. Du weißt doch, dass er Angestellter bei der »Laramie Mining and Engineering Company« ist?"

„Ja, ich wusste nur nicht, dass er dort noch arbeitet."

„Doch, er hatte mir kürzlich geschrieben. Er hat seit einiger Zeit einen neuen Kollegen, den hat er mir wärmstens an Herz gelegt. Er soll ein ausgezeichneter Geologe sein. Clint schlug vor, dass er die stillgelegten Silberminen um den alten Ort Madsen doch mal näher untersuchen sollte."

Marilyn kann sich noch genau an Madsen erinnern. Der Ort liegt in den Ausläufern der Black Hills. Es war Mickeys erste Tat, den Ort, der nur noch als Schlupfwinkel für Verbrecher diente, einzuäschern. Vor mehr als zehn Jahren baute man dort Silber ab, die Lager gelten seitdem als erschöpft.

Mickey erklärt: „Es ist sozusagen ein Schuss ins Blaue. Ich wollte zuerst unauffällig klären, ob in Madsen noch etwas zu finden ist, bevor ich mich blamiere."

Marilyn lächelt ihn an, wie kann sie ihm böse sein. Sie zieht ihn an sich und gibt ihm einen Kuss. Dann flüstert sie ihm

ins Ohr: „Komm, lass uns endlich die neuen Betten aus-
probieren…"

Es ist mitten in der Nacht. Auf der Straße krachen mehrere Schüsse. Mickey und Marilyn liegen entspannt nebeneinander, er hat sich an ihren vollen Busen gekuschelt. Nun
fahren sie beide hoch, Mickey tastet im Dunkeln nach
seinen Revolvern, die er wie immer vor der Nacht neben
das Bett gelegt hat.
„Soll ich die Lampe anzünden?", fragt sie.
„Nein, ich denke, das geht schon so. Solange die Schüsse
auf der Straße bleiben, halte ich mich raus."
Es fallen noch drei Schüsse ganz in der Nähe, ein Pferd
wiehert und man hört dann sich entfernendes Hufgetrappel.
„Aha", sagt Mickey, „das war's wohl", und legt seinen
Revolver wieder hin.

Am nächsten Morgen treffen sich alle im Frühstücksraum.
Die Kinder waren als erste wach und laufen mit dem Hund
durch die Flure des Hotels.
„Wart ihr mit Snow White schon draußen?" fragt Joan.
„Ja, schon lange! Da habt ihr alle noch geschlafen!"
„Na, wenn das stimmt", sagt Joan und streicht dem neben
ihr stehenden Mädchen über den Kopf.
Am Frühstückstisch fragt Mitchell Baker in die Runde:
„Wie hat euch denn die erste Nacht in unserem neuen
Hotel gefallen?"
Joan grinst und meldet sich: „Die Betten sind toll, leider es
ist ein bisschen laut in der Nacht."
Matthew räuspert sich. „Das mit den Betten wollten jetzt
nicht alle wissen. Überhaupt: Weiß jemand, warum drau-
ßen geschossen wurde?"
Mitchell weiß schon etwas, als Manager des Hotels ist er
bereits früh auf. „Ich habe vorhin mit dem Marshall ge-
sprochen. Sein Kollege für die Nacht hatte ihn heute Mor-

gen unterrichtet. Es war mal wieder eine Schießerei am Saloon, und wieder waren Mitarbeiter der Bahn daran beteiligt."

Mickey mischt sich jetzt ein: „In ein paar Wochen wird das Camp der Bauarbeiter nach Fleetwood verlegt, dann werden wir hier wieder Ruhe haben. Bis dahin werden wir nicht alle Schießereien verhindern können."

Joan zieht ihre Kinder an sich: „Gut, dann bleiben wir solange auf unserer kleinen Farm, bis das vorüber ist."

„Macht das, ich fühle mich dann auch wohler", gibt ihr Matthew recht.

Joan steigt mit ihren Kindern und dem Hund auf den Wagen und verlässt den Ort.

Zum Livery Stable ist es nur ein kurzer Weg, Mickey begleitet seine Liebste und schirrt ihr das Pferd an den Wagen, dann verabschieden sie sich. „Grüß deinen Vater von mir, und einen Kuss von mir für unsere Kleinen!" Marilyn lächelt und bekommt von Mickey noch einen langen Kuss. Nur ungern löst sie sich von ihm und steigt auf ihren leichten Wagen.

Mickey besucht zunächst das Büro des Marshalls. Richard Taylor ist nicht da, dafür sitzt einer seiner beiden Deputys auf dem Stuhl hinter dem Schreibtisch.

„Guten Morgen, Brian. Ist Richie nicht da?"

„Hallo, Mick! Schön dich zu sehen! Richie ist nur kurz weg, er kommt wohl in wenigen Minuten zurück."

„Weißt du eigentlich, was letzte Nacht hier los war?"

„Nur das, was mir der Nachtmarshall heute Morgen erzählt hat."

„Lass doch mal hören!"

„Bei den Bahnarbeitern ist eine Menge Gesindel dabei. Einer von denen ist der Schlimmste. Das ist ein großer Rotschopf aus Irland, er heißt Clancy McLeod, der ist andauernd auf Streit aus. Er prügelt sich mit jedem, und sein Colt sitzt auch sehr locker." Brian dreht sich eine

16

Zigarette, zündet sie an und fährt fort. „Auch letzte Nacht war es wieder so. Clancy McLeod bricht einen Streit vom Zaun und beginnt auch gleich mit der Schießerei."

„Und was habt ihr bisher dagegen unternommen?", fragt Mickey.

„Wir haben den Kerl schon ein paar Mal für ein paar Tage eingesperrt. Bis jetzt hat das nicht gefruchtet. Ich könnte mir vorstellen, dass du ihn einschüchtern könntest."

„Das habe ich mir gedacht, dass ich für euch die Kohlen aus dem Feuer holen soll!"

„Na ja, du bist der einzige hier im Ort, der ihm gewachsen ist."

„Ich alleine, so seht ihr aus. Dann müsst ihr euch mal zusammentun."

„Wir können ihn nur wegen Ruhestörung ab und an mal einsperren, sonst ist da nicht viel zu machen."

Die Tür wird geöffnet und Richard Taylor kommt herein. Er hat den Revolver erhoben und führt einen an den Handgelenken gefesselten Mann vor sich her. „Los rein da! Schön geradeaus, genau bis in die Zelle, du Strolch!" Der Marshall schließt die Gittertür und wendet sich dann seinem Gast zu. „Hallo, Mickey! Schön dich zu sehen. Was führt dich hierher?"

„Dein Mitarbeiter will mich dazu überreden, eure Arbeit zu erledigen."

Der Marshall wendet sich an seinen Deputy. „Los, komm raus aus meinem Stuhl und rede nicht so einen Unsinn!"

Brian murmelt irgendetwas Unverständliches und gibt den Stuhl frei. Der Marshall setzt sich, er holt das Päckchen mit dem Tabak aus seiner Hemdtasche und dreht sich eine Zigarette. Er versteht sich mit Mickey nach anfänglichen Schwierigkeiten jetzt sehr viel besser. Der Marshall konnte nur schwer verkraften, dass Mickey – notgedrungen - ein paar Mal das Gesetz in seine Hand genommen hatte. Dabei hatte er immer auf der richtigen Seite gestanden, sodass ihn der Marshall nach ersten Misstönen schätzen gelernt hatte. Mickey gibt Richard Taylor zum Abschied die Hand. „Richie, passt schön auf, du und dein Deputy! Ich habe noch etwas zu erledigen."

Sein Ziel ist seine Holzverladung am Bahnhof. Der Weg dahin führt ihn an der Schmiede vorbei. Der mächtige Schmied ist ein weiterer sehr guter Freund von ihm, der ihn noch aus seiner Zeit als Revolverheld aus Laramie kennt. Peter O'Connell steht mit seinem jungen Mitarbeiter vor der Esse. Der Junge hat inzwischen viel gelernt und ist eine tüchtige Hilfe. Er macht die Arbeit in der Schmiede so gut, dass Peter O'Connell seiner zweiten Tätigkeit als Bürgermeister von Gillette mehr Zeit widmen kann.
Mickey muss seine Stimme erheben, um den fauchenden Lärm der Esse zu übertönen:
„Guten Tag, ihr Zwei!"
Peter und Tom drehen sich kurz um. Dann ruft der Schmied: „Einen kleinen Moment! Gleich kann Tom alleine weiterarbeiten!"
Mickey dreht sich eine Zigarette und sieht den beiden zu. Sie wirken wie Vater und Sohn. Tom Pearce ist mit seinen achtzehn Jahren schon fast so groß wie der Schmied. An Stärke wird er ihn wohl nicht erreichen, denn Peter O'Connell verfügt über unglaubliche Kräfte. Er legt den Hammer beiseite und kommt zu Mickey, der es sich auf der Bank an der Tür bequem gemacht hat. „Was führt dich zu mir, mein Freund?"
„Nur so, ich will mit dir plaudern."
Mickey lächelt ihn an. Seinem Freund geht es gut. Die Schmiede ist ein anerkannt guter Betrieb und sein Gehilfe macht ihm viel Freude. Peter O'Connell lächelt ihn ebenfalls an. „Ja, ein bisschen schwatzen wäre nett." Der Schmied denkt einen Moment nach und sieht zu seinem Freund, der sich gerade mit behänden Fingern eine Ziga-

rette dreht. „Hast du vor zwei Jahren erwartet, dass sich unser Örtchen so entwickeln würde?"

Mickey schüttelt den Kopf. „Ich hatte es gehofft, ich konnte es mir allerdings kaum vorstellen. Wir haben viel Glück gehabt."

Mickey verabschiedet sich. „Mein Freund, ich will mir noch die Verladestation und den Betrieb am Bahnhof ansehen. Wir sehen uns!"

Am Bahnhof ist, wie jeden Tag, viel Betrieb. Immer wieder hört man eine der beiden Lokomotiven Signalpfiffe ausstoßen. Jeden Tag treffen neue Schienen und Bahnschwellen ein, die sofort an die Baustelle am Ende der Strecke Richtung Fleetwood weitergeleitet werden. Neben dem Bahnhof ist das Lager der Bauarbeiter. Es besteht aus mehreren großen Zelten. Etwas über zweihundert Männer leben und schlafen dort. Am Ende des Tages strömen viele in den Ort hinein und suchen Zerstreuung. Inzwischen gibt es einen weiteren Saloon in der Nähe des Bahnhofes, trotzdem sind alle drei Saloons an den Abenden brechend voll. Der Whisky und das Bier fließen in Strömen und es vergeht kaum ein Abend ohne Schlägerei und gelegentliche Schießereien.

Mickey inspiziert seine neue Holzverladestation. Sie befindet sich direkt am Bahnhof, in Nachbarschaft zu dem neuen Saloon, dem »Go Lucky«.

Morgen soll die erste Verladung stattfinden, Mickey überprüft deshalb, ob das Holz für morgen sorgfältig gestapelt wurde. Diesen Nachmittag soll noch mehr dazukommen.

Die Verladestation besteht aus dem Holzlagerplatz und einem Kransystem, das es ermöglicht, das gebündelte und verschnürte Holz mit einer Handkurbel in die Höhe zu heben und dann auf den Eisenbahnwagen zu schieben.

Trotz des frühen Nachmittages sind einige Bahnarbeiter unterwegs. Sie stehen vor dem Verladeplatz herum und singen laut. Sie scheinen nicht mehr ganz nüchtern zu sein, das Singen ist kurz davor, ins Grölen abzugleiten. Mickey sieht besorgt zu der Gruppe hinüber, hoffentlich lassen sie seine neue Verladestation in Ruhe, sonst wird es Ärger geben.

Der Anführer der Gruppe ist ein großer Mann mit fast schulterlangen, roten Haaren. Das ist sicher der Mann, den ihm der Deputy beschrieben hatte, Clancy McLeod. Argwöhnisch verfolgt Mickey Callaghan die lärmende Gruppe. Jetzt wirft einer der Männer ein leeres Bierglas zwischen das Holz auf dem Lagerplatz. Mickey geht los, um das Glas zu suchen, da klettern die Männer über das Holz, der rothaarige Anführer versucht die Kurbel des Kranes zu drehen. Nun reicht es Mickey, er ruft hinüber: „Lassen Sie das Hebezeug los und verlassen Sie diese Anlage!"

Der Anführer sieht hoch und ruft zurück: „Was ist los, Meister?"

Mickey sieht ihn sich genau an. Er ist ziemlich groß, fast so groß wie er selbst, dazu kräftig. Er trägt einen Revolver am Gürtel und hält die Hand immer in der Nähe des Griffes. Diese Sorte ist brandgefährlich, sie zetteln immer wieder Streitigkeiten an.

Um einen Kampf auf Leben und Tod zu bestehen und zu gewinnen, benötigt es noch weitere Eigenschaften als schiere Kraft und Draufgängertum. Es erfordert blitzschnelles Erkennen von Bewegungen, von klitzekleinen Gesten, die dem eigentlichen Angriff vorangehen. Es ist nicht nur das schnelle Ziehen, der Hahn muss während des Ziehens mit dem Daumen gespannt werden, ohne das die Präzision der Bewegung darunter leidet. Und am Ende muss nicht nur schnell geschossen, sondern auch exakt gezielt werden, damit die Kugel nicht ins Leere geht, sondern den Gegner außer Gefecht setzt.

Die Begleiter des rothaarigen Anführers fühlen sich mutig. Sie stehen hinter Clancy McLeod und feuern ihn auch noch an.

„Du wirst dich doch nicht von einem einzelnen Mann ins Bockshorn jagen lassen?", und „los, Clancy, gib's ihm!" Mickey ruft, jetzt zum letzten Mal: „Machen Sie keinen Unsinn und verlassen Sie die Anlage!"

„Hast du gehört, Clancy, der will dich verscheuchen!"

Clancy hat das auch so verstanden. Er wendet sich von dem Kran ab und dreht sich zu Mickey. Sie stehen jetzt etwa zwanzig Schritt voneinander entfernt. Clancy McLeod steht bereits leicht gebückt, seine Hand immer noch in der Nähe des Revolvergriffes. Er sieht Mickey herausfordernd an, offensichtlich hält er ihn nicht für einen ernstzunehmenden Gegner. Das ist sein entscheidender Fehler.

Mickey sieht den Mann konzentriert an. Sein Unterbewusstsein hat jetzt die Kontrolle über den weiteren Ablauf übernommen. Kein langsames Überlegen behindert jetzt den präzisen Ablauf. Mickeys Augen erkennen, wie Clancy McLeod die rechte Schulter etwas zurückzieht. Diese Bewegung geht dem Griff nach dem Revolver voraus. Ohne jede Verzögerung fällt Mickeys Hand auf seinen Revolver, zieht ihn heraus, spannt dabei den Hahn, zielt und schießt. Zu diesem Zeitpunkt hat Clancy McLeod seinen Revolver gezogen, er ist noch nicht hoch genug und noch nicht auf das Ziel ausgerichtet. Die Kugel aus Mickeys Revolver trifft ihn in die rechte Schulter. Der große rothaarige Mann schreit auf und lässt den Revolver fallen.

Mickey geht mit gezogenem Revolver auf den Mann zu. Der fasst sich mit dem linken Arm den rechten Ellenbogen und schreit vor Schmerzen. Mickey sieht sich zu seinen Begleitern um, die jetzt keinen Ton von sich geben. „Kümmert Euch um Euren Kollegen und schickt nach dem Arzt. Wie ich das sehe, kann er für einige Zeit nicht mehr arbeiten - und auch nicht mehr schießen."

Die Gruppe verschwindet in Richtung des Lagers, sie stützen dabei ihren Kollegen, der immer noch lautstark jammert.

Mickey gefallen diese Raufbolde nicht, das war eben vielleicht nicht der letzte Unfug. Er kennt den Vorarbeiter der Bahn und geht zum Bahnhof. Er findet den Bauwagen mit der Aufschrift: »Construction Supervision«.

Ned Cunnings sitzt in seinem rollenden Büro, er sieht hoch, als Mickey eintritt.

„Guten Tag, Mister Callaghan." Er kennt seinen Gast schon seit den ersten Arbeiten an der neuen Strecke und weiß um seine Bedeutung für dieses Tal. Er legt seinen Stift nieder und lehnt sich zurück. „Was kann ich für Sie tun?"

„Guten Tag, Mister Cunnings. Ich komme leider in unangenehmer Mission. Ich hatte vorhin Ärger mit einem ihrer Arbeiter. Er hat meine Aufrufe zum Verlassen meiner Holzverladung nicht beachtet. Schließlich wollte er auf mich schießen."

Ned Cunnings mustert Mickey, als suche er nach Verletzungen. „Und, wie ist es ausgegangen?"

„Ich habe ihrem Clancy McLeod in die Schulter geschossen. Den können Sie jetzt nicht mehr für die Arbeit gebrauchen."

„Immer wieder habe ich Ärger mit dem Kerl. Er kann zwar arbeiten für drei, deshalb ist er überhaupt noch hier, davon abgesehen, ist der Mann eine Plage. Nun ist er offensichtlich an seinen Meister geraten. Da haben Sie Glück gehabt, mit ihm ist nicht zu spaßen."

Mickey grinst. Es war kaum Glück, das muss Ned Cunnings nicht wissen. Er fährt fort: „Ich wäre Ihnen sehr verbunden, wenn Sie ihre Leute nochmals darauf hinweisen, dass sie in Zukunft weniger Ärger in der Stadt verursachen und auch die Anlagen am Bahnhof nicht betreten."

Ned Cunnings nickt zur Bestätigung. „Gut, ich werde sie morgen vor Arbeitsbeginn zum wiederholten Male darauf aufmerksam machen. Da Sie den Hauptübeltäter ausgeschaltet haben, hoffe ich auf eine etwas bessere Einhaltung der Regeln als bisher."

Mickey nickt, dann fragt er: „Was passiert jetzt mit Mister McLeod?"

„Tja, den können wir hier nicht mehr gebrauchen. Den werden wir mit dem nächsten Transport zurück nach Cheyenne schicken. Dort kann sich die Leitung der Bahn mit ihm rumärgern. Wahrscheinlich wird er auf die Straße gesetzt", er zuckt mit den Schultern.

Mickey nickt zustimmend, dann fragt er: „Wie sieht Ihr weiterer Zeitplan aus, wann werden Sie Fleetwood erreichen?"

„Das ist leicht zu beantworten." Er dreht sich zur Wand, an der mit Heftzwecken ein Plan befestigt ist.

„Sehen Sie hier", er zeigt auf einen Punkt in einem Diagramm, „jetzt sind wir hier, kurz vor Fleetwood. Bis wir fertig sind, wird es noch fünf Wochen dauern. So ist der Plan."

Er dreht sich wieder um. Mickey ist zufrieden. „Das ist ja prima, dann werden wir in absehbarer Zeit fahrplanmäßigen Betrieb haben."

„Das ist richtig. Bis jetzt geht der Regelbetrieb nur hierher, bis Gillette. Bis der Zug laut Fahrplan nach Fleetwood fährt, mag das noch etwa ein Vierteljahr dauern."

Mickey bedankt sich für die Information und für die Zusage, die Arbeiter nochmals auf ihr Verhalten hinzuweisen.

Der geheimnisvolle Reiter

Mickey hat am Abend eine Verabredung mit seinem Geologen. Es ist der geheimnisvolle Reiter, von dem Marilyn schon im Hotel Genaueres wissen wollte. Alle paar Wochen treffen sie sich in Gillette. Dann kommt der Geologe aus Madsen hierher geritten, um Vorräte zu ergänzen. Diese Gelegenheit nutzen sie beide dann, um die weiteren Arbeiten abzustimmen. Heute wollen sie sich in dem neuen Saloon in der Nähe der Bahn, dem »Go Lucky« treffen.

Mickey geht den kurzen Weg vom Bauwagen der Bahn dorthin. An seinem Verladeplatz sind wieder zwei Fuhrwerke mit dem restlichen Bauholz eingetroffen. Der Leiter seines Sägewerkes, Matthew Richmond, hat das Sägewerk verlassen und überwacht jetzt die Arbeiten an der Verladestation und prüft ihre Funktion.

Mickey erzählt Matthew von dem Ärger, den er vorhin mit dem rauflustigen Iren gehabt hat.

„Wenn das nicht bald aufhört, werden wir unseren Lagerplatz einzäunen müssen", schimpft Matthew.

„Es dauert nicht mehr lange, dann wird das Camp der Bauarbeiter hier aufgelöst, dann ist der Spuk vorbei", beruhigt ihn Mickey.

Er dreht sich eine Zigarette und schlendert gemütlich die paar Schritte zu dem Saloon. Der ist nicht ganz ein Jahr alt, die zunehmende Bevölkerung und die vielen Bahnarbeiter haben es wohl lohnend erscheinen lassen, einen dritten Saloon zu bauen. Mickey betritt ihn und setzt sich an einen freien Tisch. Der Raum ist groß, größer als in den beiden älteren Gaststätten. Bei Hochbetrieb können zwei Barkeeper hinter der Theke arbeiten. Es gibt Zimmer, die stundenweise vermietet werden können und auch mehrere Mädchen, die den Männern ihre Lohngelder aus der Tasche ziehen. Er raucht seine Zigarette zu Ende und sieht sich um. Die Ausstattung ist edel, der neue Besitzer hat nicht an feinen Details gespart. Es sieht so aus, als wenn dieser Saloon jetzt hauptsächlich von den Arbeitern der benachbarten Bahn besucht wird.

Hinter sich hört er laut ein paar Männer reden und dreht sich um. Sie kommen auf ihn zu, einer davon scheint der Wortführer zu sein, er sieht Mickey mit zusammen gezogenen Brauen an. „Haben Sie unseren Freund und Landsmann Clancy angeschossen?" Seine zwei Kollegen haben sich hinter ihm aufgebaut. Einer davon ist ein Riesenkerl, er hat eine Statur wie sein Freund, der Schmied Peter O'Connell.

Mickey antwortet höflich: „Ich habe ihn zuerst aufgefordert, das Gelände zu verlassen, und dann hat ihr Kollege zuerst gezogen."

„Nach unserer Einschätzung haben Sie ihm keine Chance gelassen."

„Sollte ich mich etwa erschießen lassen?"

„Woher wissen Sie, dass er Sie erschießen wollte? Nach unserer Ansicht wollte er Sie nur einschüchtern!"

Mickey ist klar, dass diese Gruppe auf Streit aus ist und auf seine Argumente nicht eingehen wird.

„Was haben Sie jetzt vor? Wollen Sie mich auch nur »einschüchtern«?"

Mickey steht auf und steht in voller Größe vor den Dreien. „Wenn Sie mich einschüchtern wollen, dann sage ich ihnen, dass Sie ihre Zeit verschwenden!"

Der kleine Wortführer sieht etwas irritiert zu dem zwei Meter hohen Mickey auf und dreht sich zu seinem großen Kollegen um. „Jetzt bist du dran, Tiny, so wie wir es vereinbart haben."

Der große Kerl zögert nicht lange, offensichtlich will er schnell eine Entscheidung herbeiführen. Er hat gewaltige Arme, die Oberarme sprengen fast die Ärmel seines Hemdes. Mickey muss achtgeben, dass er ihn nicht umklammert, denn dann hat er verloren.

Tiny stößt einen Stuhl beiseite und stürzt sich auf Mickey. Der hat das schon kommen gesehen, macht einen Ausfallschritt und schlägt so kräftig er kann mit beiden Fäusten in den Nacken des Angreifers. Mickey glaubt seine Hände nie wieder gebrauchen zu können, da richtet sich der Koloss auf, schüttelt sich wie ein nasser Hund und geht wieder auf ihn los. Seinem nächsten Faustschlag kann Mickey nicht ganz ausweichen und bekommt einen Schlag gegen seine Schulter. Ein heftiger Schmerz schießt durch seinen Oberkörper, nur mit äußerster Anstrengung gelingt ihm eine

25

kräftige Antwort gegen das Kinn des Hünen. Jeden anderen hätte er damit auf die Bretter geschickt, doch der Riese steckt den Schwinger weg, ohne zu zucken. Verdammt, wo hat der Kerl seine schwache Stelle?

Einen Schlag nach dem anderen hämmern die Fäuste auf Mickey ein. Den meisten Schlägen kann er ausweichen, einige kann er parieren. Ein Schlag trifft ihn am Kopf. Ganz kurz glaubt er sich in seine Jugend versetzt, als er einmal von einem Pferd getreten worden war. Er fühlt Blut von seiner Stirn in sein linkes Auge laufen.

Er muss den Schlägen ausweichen und darf sich auf keinen Fall umklammern lassen. Seine Vorteile sind die größere Beweglichkeit und die bessere Technik, der Vorteil seines Gegners ist die schiere Kraft. So arbeitet Mickey mehr mit den Beinen, er springt vor und zurück, achtet auf seine Deckung und bringt immer wieder schnelle, genau gezielte Schläge an. Ganz langsam scheint seine Überlegung aufzugehen, sein Gegner wird langsamer, die Schläge werden ungenauer. Manchmal fängt der Koloss an etwas zu taumeln, gleich ist Mickeys Moment gekommen. Tiny reißt plötzlich die Arme nach vorne und macht ein Schritt zu Mickey hin. Er will ihn umklammern, mit seinen furchtbaren Armen will er ihn umfassen und zu Boden ziehen. Doch Mickey ist auf der Hut, seine Reflexe arbeiten unvermindert schnell. Er macht einen schnellen Schritt zur Seite, stellt dem Koloss ein Bein, reißt mit seiner letzten Kraft ein Knie hoch und trifft Tiny in den Unterleib. Der Riese stürzt, noch bevor er den Boden erreicht, schwinden ihm die Sinne und er schlägt lang hin. Die zwei Stühle, die dort stehen, zerbersten mit lautem Krachen und die Splitter fliegen am Boden umher.

Mickey richtet sich auf und dreht sich um. Die beiden verbliebenen Kollegen von Tiny weichen ihm erschrocken aus. Da hört Mickey jemand klatschen, es kommt von der Schwingtür her. Matthew steht dort und spendet Beifall, hinter ihm stehen mehrere Arbeiter vom Sägewerk und klatschen ebenfalls.

Matthew tritt auf ihn zu und klopft ihm auf die Schulter.

Mickey wirft einen bösen Blick auf seine Zuschauer: „Seit wann seid ihr hier? Ich hoffe, die Vorstellung hat euch gefallen?"

Matthew grinst und öffnet mit einer Hand seine Jacke. Dort steckt sein Deringer. „Glaubst du, ich hätte nicht eingegriffen? Solange du die Oberhand hattest, sah ich keinen Grund für mich, aktiv zu werden."

„Du hast die Schläge auch nicht spüren müssen!"

Matthew grinst und schlägt die Jacke wieder zurück. „Komm, das war besser so, glaube mir. Du musstest zeigen, dass dich niemand besiegen kann. Und das ist dir mal wieder gelungen." Er fasst Mickey an der Hand. „Jetzt komme mal nach draußen ans Licht, damit ich dir besser ins Gesicht sehen kann. Du siehst schlimm aus."

Draußen ist die ganze Bescherung zu sehen. „Du hast eine Platzwunde an der Stirn, die solltest du vom Doc behandeln lassen. Und jede Menge blaue Flecken, da wird Marilyn Augen machen."

Mickey und Matthew gehen zu der Pumpe auf dem Hof hinter dem Saloon, dort wäscht Mickey sich den Kopf. „Bleib du bitte beim Saloon, ich erwarte meinen Geologen jeden Moment. Es wäre nett, wenn du dich um ihn kümmern würdest, bis ich zurück bin. Den Weg zum Arzt schaffe ich alleine."

Eine halbe Stunde später kommt Mickey zurück. Vor dem Saloon steht ein Maultier, bepackt bis obenhin. Mickey kennt das Tier, es gehört Jim Bixby. Er stößt die Schwingtür auf und geht in das Halbdunkel des Saloons. Qualmende Petroleumlampen versuchen fast vergeblich, den dichten Tabakrauch zu durchdringen. An einem Tisch sitzen der Geologe und Matthew. Der dreht sich zu Mickey um:

„Da kommt ja unser Held. Ich habe Jim gerade von deinem Faustkampf erzählt."

Mickey gibt Jim Bixby die Hand. „Ja, ja. Für seine Späße muss immer ich herhalten."

Er grinst – das bereut er sofort, weil sein ganzes Gesicht schmerzt, dann fügt er an Jim Bixby gewandt hinzu: „Es freut mich, dich wiederzusehen. Ich hoffe, es wird dir nicht langweilig werden, so alleine in Madsen."

Jim Bixby ist ein kleiner Mann, furchtbar mager mit wenigen Haaren auf dem Kopf. Er mag irgendwo zwischen vierzig und fünfzig Jahre alt sein. Was er auf dem Kopf zu wenig an Haaren hat, hat er dafür mehr im Gesicht. Ein grauer Bart reicht bis auf seine Brust. Seine Augen blitzen klar und lebhaft unter buschigen, fast weißen Augenbrauen hervor. Jetzt mustert er aufmerksam Mickey. Der hat einen Verband um den Kopf und ein blaues Auge, an einer Hand beginnt es wieder etwas zu bluten.

„Ich hatte dich eigentlich besser aussehend in Erinnerung. Da lobe ich mir meine Einsamkeit, da passiert mir wenigstens nichts."

Mickey lacht als Antwort. „Du solltest den anderen einmal sehen!"

Der typische Witz, bei Mickey passt er jedoch immer. Den bewusstlosen Gegner haben seine beiden Kollegen mit viel Mühe hinausgetragen. Die zerschlagenen Stühle sind entfernt, es liegen lediglich noch ein paar Holzsplitter umher.

Mickey sieht seinen Geologen an. „Was gibt es Neues, lass mal hören!"

Er bestellt eine Runde Whisky, holt seinen Tabakbeutel aus der Hemdtasche und dreht sich eine Zigarette. Inzwischen hat Jim Bixby eine Tasche hervorgeholt und zieht ein paar Zeichnungen heraus. Er breitet sie auf dem Tisch aus und Mickey und Matthew blicken darauf. Dann fängt der Geologe an zu berichten:

„Die Silberminen sind tatsächlich ziemlich weit ausgebeutet. Es gibt noch einige Fundorte" - er zeigt auf seine Karte - „hier und da. Dort sind noch einige Vorkommen, die sich lohnen, abgebaut zu werden."

Er greift in seine Tasche und holt einen kleinen Lederbeutel heraus. Er lockert die Schnur, zieht die Öffnung etwas auf und hält den Beutel so, dass Matthew und Micky hineinsehen können.

„Habt ihr das gesehen? Das ist reines Silber. Stellenweise kann man es noch in kleinen Krümeln und winzigen Nuggets finden." Er steckt den Beutel wieder ein. „Und kein Wort über das Silber, dass muss jetzt unauffällig behandelt werden."

Jim Bixby greift wieder in seine Tasche und holt einen anderen Beutel heraus. Er steckt die Finger hinein und holt einen goldfarbenen, matt glänzenden Klumpen hervor. „Und das hier, meine Lieben, ist das eigentlich Wertvolle dort oben." Er senkt seine Stimme. „Manche Leute nennen das Katzengold. Es ist Kupferkies, nach meinen bisherigen Untersuchungen ist es das größte Vorkommen in diesem Teil von Amerika."

Er spricht jetzt noch leiser, sie ihre Köpfe zusammenstecken müssen. Mickey fragt den Geologen: „Und wofür kann man das gebrauchen?" Nach Mickeys Kenntnissen kann man bestenfalls eine Kupferkanne daraus herstellen.

Jim Bixby grinst und flüstert: „Kupfer ist das Metall der Zukunft. Denke nur an die Telegrafenleitungen, das ist erst der Anfang. Kupfer und die jetzt aufkommende Elektrizität gehören untrennbar zusammen."

Mickey sieht seinen Geologen an: „Was sollten wir jetzt deiner Meinung nach machen?"

„Ich werde mich noch ein paar Wochen da oben beschäftigen, um die Größe der Kupfervorkommen genauer zu erfassen. Und du, Mickey", er zeigt mit dem Finger auf seinen Auftraggeber, „du solltest in der Zwischenzeit prüfen, wie es mit dem Grundbesitz und den Schürf- und Abbaurechten in der Gegend um Madsen aussieht." Er lehnt sich zurück und sieht Mickey triumphierend an.

In Mickeys Kopf arbeitet es. Er sieht sich schon nach Laramie reiten, um den Grundbesitz zu erwerben. „Wie viel ist es denn wert? Ich muss wissen, wie viel ich dafür ausgeben kann."

Jim Bixby wiegt seinen haarlosen Kopf hin und her. „Das kann ich natürlich nicht genau sagen. Der Wert des Kupfers wird in einigen Jahren ganz sicher stark steigen." Er beugt sich wieder zu Mickey und flüstert in sein Ohr: „Es besteht die Möglichkeit, dass du mehrfacher Millionär werden könntest."

Er lehnt sich wieder zurück und mustert amüsiert die Vorgänge auf Mickeys Gesicht. In dessen Kopf überschlagen sich die Gedanken. Es geht zwischen: „Der Bixby ist ein kompletter Idiot", bis „ich werde der reichste Mann der Welt", hin und her. Was soll er jetzt mit dieser Information anfangen? Wie zuverlässig sind die Aussagen eines einzelnen Spezialisten? Langsam beruhigen sich seine Gedanken und er sieht Jim Bixby und Matthew nachdenklich an.

„Okay, Gentlemen. Ich werde mich zuerst nach den Kosten für das Land und die Schürfrechte erkundigen, dann sehen wir weiter. Bis dahin kein Wort an irgendjemanden!" Er winkt den Kellner heran und bestellt für sich und seine Freunde noch eine Runde.

Am nächsten Morgen reitet Mickey nach Hause zur Double-M Ranch. Er freut sich darauf, Marilyn und seine beiden Mädchen zu sehen. Außerdem will er die Information über das Kupfervorkommen mit Marilyn und ihrem Vater besprechen. Mark Baker ist ein Mann mit einem gesunden Menschenverstand, der mit beiden Beinen auf der Erde steht. Er war vor vielen Jahren selbst Geschäftsmann gewesen, er war in San Francisco an einer Schifffahrtslinie beteiligt gewesen. So jemanden kann er jetzt als Ratgeber gut gebrauchen. Und seine Marilyn muss das wissen, wenn er sie nicht überzeugen kann, dann wird er die Finger davon lassen, denn Geld ist nicht alles. Die Hauptsache ist, dass sie eine glückliche Zukunft haben werden. Die Ranch wirft ausreichend Gewinn ab, dazu betreiben sie das Sägewerk und das Hotel in Gillette. Beides lässt eine finanziell gesicherte Zukunft erwarten.

Sein Pferd Brighty läuft einen langsamen Galopp. Das kann es am besten, dieses Tempo strengt das Tier nur wenig an und Brighty kann es lange ohne Unterbrechung durchhalten. Die Sonne scheint und das Wetter passt zu seiner guten Laune.

Brighty läuft ohne weitere Lenkung durch Mickey bis vor den Stall und bleibt dort stehen. Er steigt aus dem Sattel und führt seinen vierbeinigen Gefährten in den kühlen Raum. Dort befindet sich eine Tränke und eine Pumpe. Während Brighty trinkt, beginnt er ihn abzureiben.

Marilyn hat sein Kommen bemerkt und läuft in den Stall, denn dort ist er immer zu finden, wenn er aus Gillette zurückkehrt. Als sie seinen Verband sieht, schlägt sie erschrocken die Hände vors Gesicht. „Was ist dir denn passiert?"

Mickey beruhigt sie und gibt ihr einen Kuss. Einen innigen Kuss, den sie beide genießen.

Mark Baker kommt mit den Kindern auch in den Stall. Die kleine Mercedes kann schon laufen, Sarah trägt er auf dem Arm. Mickey nimmt Sarah auf den Arm und herzt beide Mädchen. Der Großvater steht dabei und sieht glücklich von seiner Tochter zu seinen Enkelinnen. Er sieht den Verband an Mickeys Kopf und schüttelt sein Haupt. „Bist du unter eine Kutsche geraten?" Er lacht über das dumme Gesicht seines Schwiegersohnes. Mickey fasst seine Frau an der einen und Mercedes an der anderen Hand, dann gehen sie in ihr neues Haus. Großvater Mark Baker trägt die kleine Sarah, sie hat ihre Ärmchen um seinen Hals geschlungen.

Bei einer Tasse Kaffee erzählt Mickey von seinen letzten Kampfhandlungen. „Was sollte ich machen, ich habe nicht angefangen!"

Marilyn hält seine Hand und drückt sie. Sie ist froh, dass er immer wieder heil zurückkehrt, das ist im Westen nicht selbstverständlich.

Am Abend, nachdem die Kinder im Bett sind, erzählt Mickey ihnen von den Kupfervorkommen an der alten Minenstadt Madsen. Mark Baker überlegt eine Weile und sagt: „Zuerst müssen wir wissen, was uns der Spaß kosten wird, dann müssen wir die ganzen Vor- und Nachteile gegeneinander abwägen. Die Frage ist: Wollen wir das? Und zu welchen Bedingungen?"

Mickey schlägt vor, dass er einen Interessenten finden könnte, um dann an den Tantiemen zu verdienen.

Marilyn fasst das Schlusswort zusammen:„Kümmere du dich um den Erwerb des Landes, dann sehen wir weiter. Von dem Minenbetrieb verstehst du ohnehin nicht genug, da musst du dir eine erfahrene Firma suchen."

Marilyn hat Recht, nur so geht es. Was versteht er als ehemaliger Revolverheld denn schon vom Bergbau?

Rosy Simmons

Mickey ist einige Tage später im Ort Gillette. Er steht mit Peter O'Connell vor dessen Schmiede und sie plaudern miteinander. Es ist Mittagszeit, der Schmied und sein Gehilfe machen gerade Pause. Mickey und Peter sehen zu dem Gehilfen Tom Pearce hinüber. Vor ihm steht ein kleines Mädchen, jedenfalls klein verglichen mit Tom. Sie sprechen miteinander. Peter schmunzelt und sagt: „Das ist Toms neue Freundin. Sie ist eine von den vielen Kindern, die mit den Siedlern gekommen sind. Immer wenn ihre Eltern hier einkaufen, kommt sie hierher und besucht meinen Tom." Er lächelt und beobachtet, wie der junge Mann seiner Freundin zum Abschied ein Küsschen gibt. Das Mädchen lässt ihn los und geht schnell davon, sie sendet noch einen kurzen Gruß an den Schmied. „Schönen Gruß an deine Eltern, Christine!" antwortet Peter O'Connell.

Mickey hat wieder eine Idee. „Sag mal, Peter, was hältst du davon, wenn du deine Schmiede um eine Wagenwerkstatt erweitern würdest?"

Peter O'Connell sieht ihn verblüfft an. „Was du immer für Ideen hast!"

„Wo soll zum Beispiel Marilyn mit ihrem Wagen hin, wenn etwas repariert werden soll? Und wir haben noch hundert andere Wagen im Tal."

Der Schmied kratzt sich am Kopf. „Ich glaube, du hast gar nicht so Unrecht. Ich werde mich mal nach einem tüchtigen Wagner umsehen." Ein Lächeln geht über sein Gesicht. „Ich sehe schon das Reklameschild vor meinem Auge: »Einzige und beste Wagenwerkstatt im Tal«! Das klingt doch gut, oder?"

Beide Männer lachen. Mickey verabschiedet sich und reitet gemütlich auf seinem Pferd zum Bahnhof. Dort sind inzwischen die Bauarbeiter weitergezogen und es sieht wieder so friedlich aus wie vorher. Mickey wirft ein paar Blicke auf die Verladestation. Es sieht alles sehr ordentlich aus, auf Matthew ist Verlass. Dann wendet er sein Pferd und führt es zur Tränke. Am Livery Stable gibt es noch eine ordentliche Portion Hafer, dann reitet Mickey nach Hause.

Ein Zug fährt in den Bahnhof von Gillette ein. Er kommt aus Cheyenne. Seitdem hier Züge fahren, ist die Postkutsche zwischen Cheyenne und Gillette überflüssig geworden. Und bald, wenn die letzte Lücke nach Fleetwood auch geschlossen wird, wird es keine Postkutsche mehr geben. Eine Kutsche wird weiterhin fahren, sie wird die Verbindung zwischen den Bahnhöfen und den Orten, die nicht von der Bahn erreicht werden, herstellen. So sieht es der Plan von William Fargo vor.

Die Lokomotive steht am Bahnsteig. Weithin sind die Schläge der Kesselspeisepumpe zu hören, der Dampf zischt aus vielen kleinen Öffnungen. Der Pfiff aus der Pfeife des Stationsvorstehers gellt laut über den Bahnhof. Das Zischen der Lok nimmt an Stärke zu, lautes Puffen ist aus dem Schornstein zu hören und die rot-schwarze Bahn setzt sich langsam in Bewegung. Wenige Momente später ist wieder Ruhe eingekehrt. Ein kleiner Wagen mit Kisten verschwindet gerade in der Gepäckaufbewahrung. Der Bahnsteig ist nun leer, nur eine einzelne Frau steht dort noch. Sie hat eine Tasche in der Hand, in der anderen hält sie ein kleines Sonnenschirmchen. Sie ist schlank und hübsch. Das Auffallendste an ihr sind ihre roten Haare, die lang und lockig über ihre dunkelrote Pelerine fallen. Dazu trägt sie ein grünes, langes Kleid, das fast bis auf den Boden reicht. Sie hat Sommersprossen und eine Stupsnase. Ihre Haare werden von einer goldbestickten Haube teilweise bedeckt.

Die junge Frau sieht sich um, dann verlässt sie langsam den Bahnhof und geht in den Ort hinein. Mit kleinen Schritten trippelt sie über den Boardwalk. Sie heißt Rosy Simmons und ist eine Nichte der Witwe Barrymore. Die Witwe ist vor zwei Wochen gestorben und sie, Rosy, ist die bisher einzige bekannte Erbin. Ihre Tante soll hier ein Haus besessen habe, das will sie sich ansehen. Sie will sich überlegen, was sie damit anfangen kann. Der erste Gedanke war, es zu verkaufen, vielleicht fällt ihr noch etwas Besseres ein.

Der Weg in das Zentrum des Ortes führt sie an der Schmiede vorbei. Peter O'Connell steht draußen mit einem Kunden. Dessen Pferd hat er gerade neu beschlagen und nun halten sie ein kleines Schwätzchen.

Rosy Simmons stellt sich neben die beiden Männer, die unterbrechen ihr Gespräch und Peter fragt die junge Frau: „Haben Sie einen Wunsch, Madam?"

Sie räuspert sich und fragt: „Kennen Sie das Haus der Witwe Barrymore?"

„Ja, natürlich. Die Witwe ist vor kurzem gestorben, da ist jetzt niemand."

Der Kunde von Peter unterbricht das Gespräch: „Ich muss dann mal los", und an die junge Frau gewandt: „Unser Schmied hier ist auch der Bürgermeister, der kann Ihnen auf jeden Fall weiterhelfen." Er schwingt sich auf sein Pferd und reitet die Straße hinunter.

Rosy Simmons lächelt den Schmied an. „Da habe ich ja Glück gehabt, dass ich gerade Sie angesprochen habe."

Peter O'Connell wird ganz warm, als sie ihn anlächelt. Mit ihrem roten Haar und den Sommersprossen hat sie verdammt viel Ähnlichkeit mit seiner verstorbenen Frau. „Was wollten Sie denn von Frau Barrymore?", möchte er wissen.

„Die Verstorbene war meine Tante. Ich bin informiert worden, dass ich die einzige Erbin bin. Und nun möchte ich mir ansehen, was ich geerbt habe."

„Da haben Sie tatsächlich Glück, dass Sie gleich bei mir gelandet sind. Als Bürgermeister habe ich einen Schlüssel für das Haus. Ich kann mich auch an Ihren Namen erinnern, denn wir waren es, die Sie angeschrieben haben. Ich hatte nur nicht erwartet, dass sich hinter Rosy Simmons eine so hübsche junge Frau verbirgt."

Jetzt ist es an ihr, Peters Lächeln zu erwidern. Peter O'Connell bekommt ganz weiche Beine, wie schon lange nicht mehr. Er lächelt zurück, ihr Lächeln ist ansteckend. Er rafft sich auf und sagt: „Wissen Sie was? Ich habe einen tüchtigen Gehilfen und kann die Schmiede eine kurze Zeit alleine lassen. Ich ziehe mein schmutziges Arbeitszeug aus, dann komme ich mit Ihnen und kann Ihnen das Haus zeigen."

Wie ein warmer Sonnenschein berührt ihn wieder ihr Lächeln. „Das wäre wirklich wunderbar."

„Einen kleinen Moment bitte, ich bin sofort wieder zurück." Rasch geht er ins Haus, wäscht sich den gröbsten Schmutz ab und zieht sich sein Sonntagszeug an. Bei der netten jungen Dame will er versuchen, einen guten Eindruck zu erzeugen.

Der Ort ist klein und bald haben sie das Haus der Witwe erreicht. Rosy Simmons sieht daran hoch. „Es ist größer, als ich es mir vorgestellt habe."

„Kommen Sie mit hinein, dann wird es Ihnen noch größer vorkommen." Peter O'Connell öffnet die Tür und geht der jungen Dame voraus. Sie gehen von Zimmer zu Zimmer. Das Haus hat acht Zimmer in zwei Stockwerken, von denen fünf mit Ofenheizung versehen sind. Insgesamt ist es in einem guten Zustand, das Dach ist dicht und die Fenster sind alle in Ordnung.

Rosy Simmons macht eine Pause und sieht Peter an. „Das Haus gefällt mir gut. Ich habe im Moment noch keine Idee, was damit zu machen wäre. Ich selbst kann kaum etwas damit anfangen."

Peter O'Connell nickt, dann fragt er die junge Dame: „Haben Sie schon eine Vorstellung, wo sie übernachten werden?"

„Nein, bis jetzt habe ich mir keine Gedanken darüber gemacht."

„Ich empfehle Ihnen unser neues Hotel. Es ist modern eingerichtet, das Frühstück soll auch gut sein. Für das Essen empfehle ich Ihnen unser Boarding House. Und was Ihr Haus hier betrifft - ich schlage vor, wir sprechen mit Mickey Callaghan darüber. Er kommt morgen wieder hierher und trifft sich mit mir."

Rosy Simmons sieht zu dem Schmied hoch: „Was machen wir bis dahin?"

„Ich, äh, ich schlage vor, wir essen heute Abend gemeinsam im Boarding House. Wäre das in Ihrem Sinne?"

Ihr Parfüm steigt ihm in die Nase und Peter O'Connell ist kurz davor die Fassung zu verlieren.

Die junge Frau nickt, sichtlich erfreut. „Eine wunderbarer Vorschlag. Ich würde mich riesig freuen, wenn sie meine Tasche bis zum Hotel tragen würden, sie wird mir doch schon arg schwer."

Peter O'Connell ist im Moment in Hochstimmung und kann ihr gar nichts abschlagen. Die schwere Tasche trägt er mit Leichtigkeit und gemeinsam gehen sie über den Boardwalk zum Hotel. Dort verabschiedet sich Peter O'Connell mit den Worten: „Ich muss mich noch einen Moment um meine Schmiede kümmern, nachher werde ich Sie zum Essen abholen." Er gibt der jungen Dame einen Handkuss und geht mit beschwingtem Fuß zu seiner Schmiede zurück.

Peter hat sich aus dem Garten von John Clarkdale eine Rose schneiden dürfen. Diese hält er in der Hand, als er zum Hotel geht. Er hat ein wenig Herzklopfen, es ist jetzt schon einige Jahre her, dass er sich mit einer Frau getroffen hat. Und dann noch so eine Hübsche! Was soll er heute Abend bloß sagen? Na, ihm wird schon etwas einfallen, er könnte von der Entwicklung ihres Ortes erzählen, das wird sie bestimmt interessieren.

Rosy Simmons sitzt unten beim Empfang und wartet schon auf ihn. Sie steht auf, lächelt ihn an und entschuldigt sich wegen des Kleides. „Entschuldigen Sie bitte, ich habe nur wenig zum Wechseln mit."

„Sie sehen trotzdem bezaubernd aus. Hier, bitte!", er reicht ihr mit einer Verbeugung die Rose. „Sie passt genau zu Ihren hübschen Haaren!"

Rosy Simmons strahlt ihn an und Peter O'Connell wird ganz verlegen. Er ruft nach dem Manager des Hotels. Es ist Mitchell Baker, er hält sich gerade in der Nähe auf. „Hallo, Mitch! Würdest du bitte diese Rose in einer Vase auf das Zimmer dieser netten Frau stellen lassen?"

Mitchell Baker nickt, ganz Geschäftsmann. „Natürlich, für unsere Gäste machen wir doch alles! Und ganz besonders für die Freunde meiner Freunde!" Er lacht und nickt der Begleiterin von Peter O'Connell freundlich zu.

Mitchell sieht den beiden nach, als sie sein Hotel verlassen. Es wäre schön, wenn der Schmied nun endlich eine Frau gefunden hätte. Er wünscht es ihm von Herzen. Nun hält es ihn nicht mehr im Hotel. Die Entbindung von Jennifer steht kurz bevor, er mag sie nicht alleine lassen. Er gibt seinem Personal Bescheid, verlässt das Hotel und geht zu seinem Haus. Das ist in einer neuen Straße gebaut worden, diese verläuft westlich zur Main Street. Die Häuser, die hier stehen, sind alle neu, es sind schöne hölzerne Villen der Geschäftsleute, die im Ort ihren Betrieb haben. Der Name der neuen Straße war schnell als »Callaghan Drive« festgelegt worden. Mickey hatte als einziger dagegen gestimmt.

Vor ihrem Haus steht der Wagen des Arztes. Ist es etwa schon soweit? Als er das Haus betritt, hört er ein Baby schreien. Schnell läuft er zum Schlafzimmer und betritt den Raum. Der Doktor hat noch eine Hebamme dabei, sie wickelt gerade das Kind in eine Decke und der Arzt beugt sich über Jennifer Baker.
„Ist etwas mit meiner Frau?", fragt Mitchell.
„Nein, keine Sorge. Es ist alles glatt gegangen, wie im Lehrbuch für Hebammen."
Mitchell fällt ein Stein vom Herzen. Jennifer lächelt ihn an, sie ist schneeweiß, ebenso weiß wie das Bettlaken.
„Ist das in Ordnung, Doktor, dass Jennifer so blass ist?"
„Machen Sie sich darüber keine Gedanken, junger Mann. Das gibt sich bald wieder."
Mitchell nimmt die Hand seiner Frau und küsst sie auf die Wange. „Ich liebe dich, mein Schatz. Ich bin so froh, dass es euch beiden gut geht. Überhaupt - ist es ein Junge oder ein Mädchen?"

„Es ist ein gesunder Junge, nun müssen wir noch einen Namen festlegen."

„Sollte er nicht Mickey heißen, nach deinem Schwager?"

„Wie du Mickey kennst, wird er es nicht wollen, darauf werden wir keine Rücksicht nehmen." Sie lachen beide glücklich. „Wir werden ihn als Taufpate einladen, dann kann er sich nicht dagegen wehren."

Im Boarding House speisen sie gut, Rosy Simmons ist überrascht über die gute Qualität des Essens. Sie erzählt, dass sie in Cheyenne als Verkäuferin in einem Textilgeschäft tätig war. Sie hatte gehofft, in Gillette nicht nur das Erbe vorzufinden, sondern eventuell eine neue Beschäftigung zu bekommen. In den Zeitungen in Cheyenne wird immer wieder von der Entwicklung und dem Wohlstand in Gillette berichtet.

„Wir brauchen eine Lehrerin", sagt Peter, „wir haben bisher nur Aushilfskräfte, die häufig wechseln. Ich kann mich bei den Ladeninhabern erkundigen, ob dort eine Verkäuferin benötigt wird."

„Das klingt nicht schlecht. Das mit der Lehrerin werde ich mir durch den Kopf gehen lassen."

Peter räuspert sich und fügt grinsend hinzu: „So wie ich gehört habe, wird im Saloon Red Bull eine Animierdame gesucht." Er macht eine Pause und sagt: „Entschuldigen Sie bitte, das war nur ein Scherz"

Rosy Simmons scheint es nicht witzig gefunden zu haben, sie sieht Peter nicht in die Augen.

Er berichtet von den letzten Jahren der Entwicklung in Gillette. Rosy Simmons hört ihm interessiert zu. „Morgen werde ich diesen Mickey Callaghan kennlernen?"

„Ja, ich bin dann mit ihm verabredet. Wir haben anschließend eine Sitzung mit dem Gemeinderat, danach können wir uns treffen. Das wird ungefähr um die Mittagszeit sein."

„Das ist fein, vielleicht können wir gemeinsam etwas essen."

Am nächsten Morgen kommt Mickey wieder in den Ort geritten. Sein Weg führt ihn erst zum Livery Stable, um sein Pferd Brighty zu versorgen. Anschließend geht er zur Schmiede und begrüßt seinen Freund Peter. „Alter Freund, was macht die Erweiterung der Schmiede um eine Wagnerei?"

„Das ist am Laufen. Ich habe Kontakt mit einem Wagner, der will in den nächsten Tagen mit der Bahn hierher kommen." Ihm fällt die neue Frau im Ort ein. „Wir haben gestern Besuch von einer jungen Dame bekommen. Sie hat das Haus der verstorbenen Mrs. Barrymore geerbt und überlegt sich, es zu verkaufen. Vielleicht fällt dir noch eine andere Möglichkeit dazu ein."

Mickey sieht seinen Freund nachdenklich an. „Was ist mit der Frau, gefällt sie dir?", fragt er und grinst ihn an.

„Ich habe den Eindruck, dass sie mich mag. Ich hoffe, ich irre mich nicht. Du wirst sie nachher kennenlernen, wenn die Sitzung des Gemeinderates vorbei ist."

Die Sitzung ist endlich geschafft und Mickey und Peter gehen zum Boarding House, wo sie mit Rosy Simmons zum Essen verabredet sind. Die junge Frau sitzt schon dort und winkt, als sie eintreten. Peter O'Connell stellt Rosy Simmons und Mickey Callaghan einander vor, dann nehmen sie an dem Holztisch Platz.

„Ihnen gehört jetzt das Haus der Witwe Barrymore?", beginnt Mickey das Gespräch.

„Ja, die Witwe war meine Tante, es gibt anscheinend keine weiteren Erben. Ich weiß nur nicht, was ich damit anfangen soll."

Mickey denkt nach, er hat bereits eine Idee. „Ich könnte mir vorstellen, aus dem Haus eine Schule zu machen. Man müsste nur die kleinen Räume zu ein paar größeren umbauen, dann wäre die Schule fertig."

Peter sieht Mickey überrascht an. „Das hätte mir allerdings auch einfallen können. Die Größe ist auch perfekt, jedenfalls was die Zahl der zu erwartenden Kinder angeht."

Mickey wendet sich wieder an die junge Frau: „Haben Sie eine Vorstellung wegen des Preises?"

„Ich habe keine Idee, machen Sie mir doch einen Vorschlag", sagt sie und lächelt Mickey an.

Mickey lässt sich von ihrem Lächeln nicht verwirren, falls Rosy Simmons dies mit dem Lächeln beabsichtigt haben sollte. Er sagt: „Der Preis muss sich danach richten, was wir noch reparieren müssen, oder was wir für ähnliche Objekte ausgeben müssten."

Er wendet sich an Peter: „Wie liegen denn die Preise nach deiner Vorstellung?"

Peter überlegt erst noch, dann erwidert er zögernd: „Was wir uns wünschen, ist das Eine, die Frage ist doch, was die Gemeinde dafür ausgeben will. So wie ich meine Kollegen kenne, liegt das in der Gegend von zweihundert Dollar."

Er wendet sich an die junge Frau. „Entspricht das irgendwo Ihren Vorstellungen?"

Über Rosy Simmons Augen legt sich kurz ein Schatten."Na, ja. Mehr wäre schon besser. Ich hatte eher an fünfhundert Dollar gedacht. Vielleicht sollte ich mal inserieren und sehen, was dabei herauskommt."

Mickey staunt über die hohe Preisvorstellung und sagt: „Bedenken Sie bitte, dass die Siedler für ein Stück Land in der Größe von 160 Acres zweihundert Dollar bezahlt haben. Wenn ich das bedenke, kommen mir fünfhundert Dollar etwas hoch gegriffen vor."

Peter gibt zu bedenken, dass die erwähnten zweihundert Dollar ein Schnäppchenpreis gewesen sind, um die Ansiedlung anzukurbeln. Mickey entgegnet: „Ich messe den Preis auch an den Holzpreisen und den Arbeitsstunden. Für fünfhundert Dollar kann ich Ihnen das Haus neu bauen lassen."

Die junge Frau wirkt etwas enttäuscht, sie sagt: „Gut, ich werde etwas warten und mich noch anderweitig umsehen." Nach dem Essen trennen sich die beiden Männer von der Frau und gehen auf die Straße. Mickey spricht mit seinem Freund: „Die Rosy Simmons ist ja soweit ganz nett. Sie sieht auch gut aus, für mich ist sie etwas zu sehr hinter dem Geld her."

Peter nickt. „Meiner Meinung nach liegt sie ein bisschen daneben. Ich werde versuchen, sie umzustimmen."

„Das wäre gut, wenn du etwas erreichen würdest. Die Gemeinde könnte das Haus gut gebrauchen."

Rosy Simmons hat sich in einem der Räume des großen Hauses ihrer toten Tante Barrymore eingerichtet. Es ist nicht perfekt, für einige Tage wird es ausreichen. Peter O'Connell hat ihr versprochen, sie zu besuchen und bei Bedarf noch etwas am Haus zu richten.

Es ist Sonntag, Peter hat sich wieder sein gutes Zeug herausgesucht und sieht jetzt adrett aus, als er an die Tür klopft. Rosy Simmons öffnet und lächelt ihn an. Er hat einen kleinen Strauß Blumen mitgebracht, wofür sie nun eine Vase sucht. Peter sieht sich um und fragt: „Wie lange wollen Sie noch in Gillette bleiben?"

Sie hat jetzt eine Vase gefunden und die Blumen hineingestellt. In der Küche ist eine Pumpe, sodass sie wegen des Wassers nicht hinter das Haus gehen muss. „Ich habe mich jetzt auf etwa zehn Tage eingestellt. Das soll nur so lange sein, bis ich die Erbschaftsangelegenheiten geregelt habe. Es hält mich nichts in Gillette."

Peter macht ein trauriges Gesicht. „Das wäre schade, ich fange gerade an, mich an Sie zu gewöhnen."

Rosy lächelt. „Vielleicht überlege ich es mir noch", und sieht dem starken Mann in die Augen.

Peter fragt: „Haben Sie den Verkaufspreis des Hauses noch einmal überdacht?"

„Fragen Sie das jetzt als Bürgermeister oder als der Mann, der möchte, dass ich noch länger bleibe?"

Peter O'Connell fühlt sich ertappt. „Als Bürgermeister sehe ich das klar. Ich kenne meine Kollegen vom Gemeinderat und weiß, wie die sich entscheiden werden. Wenn ich sie dazu bewegen könnte, länger hier zu bleiben, würde ich es versuchen."

„Ach ja? Und wie würden Sie das versuchen?" Sie lächelt ihn an und Peter fühlt sich sehr wohl dabei.

„Ich würde Sie zum Beispiel bitten, mir heute Mittag Gesellschaft zu leisten. Ich habe schon lange gelernt, alleine zurechtzukommen und mir Essen zu bereiten. Für heute habe ich vorsorglich für zwei Personen gekocht. Es ist nur noch eine Kleinigkeit zu tun."

„Rosy strahlt ihn an." Das ist nett von Ihnen, da freue ich mich wirklich!", sagt sie und lehnt sich an ihn. Peter freut sich, dass ihm die Überraschung gelungen ist.

Sie sitzen in an dem Tisch in seiner kleinen Küche. Peter hat noch eine Flasche Wein zum Essen aufgetrieben, von der sie jetzt ein Gläschen genießen. Nach dem Essen zeigt Peter O'Connell ihr stolz seine Schmiede und freut sich über ihr Interesse. Auf dem freien Platz neben der Schmiede liegt Bauholz, und einige Eckpfeiler stehen schon.

„Was wird denn das?" fragt Rosy Simmons.

„Ich bin einer Idee von Mickey Callaghan gefolgt. Hier soll jetzt eine Wagnerei entstehen. Dort werden später Räder gefertigt und repariert und auch die Karosserie von Kutschen und Wagen hergestellt."

„Und davon versprechen Sie sich einen Gewinn?"

„Mickey hat ein sicheres Gespür für solche Sachen. Wenn ich sehe, wie viele Wagen nur hier bei uns umherfahren, dann hat er sicher Recht damit."

„Haben Sie denn genug Geld für eine ganz neue Werkstatt?"

„Ganz neu ist das nicht, viel Werkzeug und auch der Schmiedeofen können von beiden Gewerken verwendet werden. Und außerdem", fügt Peter nicht ohne Stolz hinzu, „außerdem läuft meine Schmiede gut und wirft einen ganz ordentlichen Gewinn ab. Manche würde mich als wohlhabend bezeichnen."

Am Nachmittag schlendert Peter mit Rosy im Arm zu ihrem geerbten Haus zurück, Matthew und Joan Richmond kommen auf dem Boardwalk entgegen.

„Das ist eine wahre Freude, euch zu sehen!", ruft Peter. Stolz stellt er den beiden seine neue Bekannte vor.

„Miss Rosy, das sind Matthew und Joan Richmond, sehr gute Freunde von mir". An Matthew gewandt fragt er: „Was führt euch denn mitten am Sonntag nach Gillette?"

Joan antwortet für Matthew: „Wir haben uns den kleinen Mickey von Jennifer und Mitchell Baker angesehen. Der große Mickey ist auch gerade dort, falls du ihn noch sprechen möchtest."

Während Joan spricht, mustert sie Rosy Simmons aufmerksam. Die rothaarige junge Dame kommt ihr bekannt vor.

Peter sieht Rosy an, die sich etwas abseits zurückhält. „Nein, ich werde meine Begleiterin nach Hause bringen, danach werde ich alleine zu Mitchell und Jennifer gehen."

Matthew ergänzt noch: „Mickey wirst du eine Weile nicht mehr sehen. Er will noch den Geologen in Madsen aufsuchen und dann für eine Weile nach Laramie fahren. Er wird wohl zwei Wochen fortbleiben. Ich vertrete ihn in der Zeit in geschäftlichen Dingen."

„Gut, dass du das erwähnst, das werde ich gleich noch ausnutzen."

Matthew und Joan gehen zum Livery Stable, dort stehen ihr Wagen und das Pferd. Joan grübelt vor sich hin und sagt dann zu Matthew: „Matt, ich habe das Gefühl, als wenn ich diese Rosy Simmons früher in Cheyenne gesehen habe."

„Kannst du dich an etwas Bestimmtes erinnern?"

„Es ist nur sehr vage. Das Problem ist, dass sie damals wie ich Prostituierte gewesen ist. Ich war eine Weile dabei, sie ist als junges Mädchen dazu gekommen."

„Das muss doch nicht schlecht sein, ich habe mit dir doch einen tollen Griff gemacht!", sagt Matthew und drückt fest ihre Hand.

Joan schüttelt den Kopf. „Es gibt solche und solche. Ich erinnere mich dunkel, dass es mit der Rosy Simmons immer Ärger gegeben hatte. Sie hatte immer wieder versucht, ihre Freier zu betrügen und ihnen Geld zu stehlen."

Matthew sinnt vor sich hin. „Die Frage ist, was wir mit dieser Information machen. Sagen wir es Peter oder nicht?"

Sie erreichen den Livery Stable, Matthew geht hinein, um ihr Pferd zu holen. Er führt Tier hinter den Stall, um es an den dort stehenden Wagen anzuschirren. Joan lädt ihre Tasche auf, Matthew steigt auf und sie fahren nach Hause. Ihre Kinder haben sie in ihrem Haus zurückgelassen und sie freuen sich nun darauf, sie bald wieder zu sehen.

Joan führt das Gespräch von vorhin fort. „Matt, ich denke, es ist am besten, wenn ich mit Peter mal alleine spreche. Ich werde versuchen herauszufinden, was er von ihr weiß, beziehungsweise was sie ihm von sich erzählt hat."

„Das ist eine gute Idee. Für so etwas hast du ein Händchen."

Peter trifft Mickey auf der Straße, gerade als er das Haus von Mitchell und Jennifer verlässt.

„Hallo, Mickey, das ist schön, dass ich dich noch treffe. Ich habe gehört, dass du uns für eine Weile verlassen willst?"

„Ja, ich rechne damit, dass ich etwa vierzehn Tage fort sein werde. Ich will nach Madsen reiten und mir von Jim Bixby das Gelände dort und die wahrscheinlichen Vorkommen an Kupfer zeigen lassen. Anschließend will ich nach Laramie fahren, um dort das Grundbuchamt des Bezirkes Wyoming aufzusuchen. Und du, hast du einen Grund, mich aufzusuchen?"

„Eigentlich nicht. Ich hatte nur das Bedürfnis, etwas mit dir zu besprechen." Er wird nachdenklich und fährt fort: „Mich würde deine Meinung über Rosy Simmons interessieren. Was hältst du von ihr?"

Mickey lächelt unverbindlich. „Das ist eine sehr persönliche Frage. Ich habe mir eine Meinung gebildet, du weißt ja, wie so etwas ist. Ich kann ganz danebenliegen. Sie scheint nett zu sein, alles andere musst du selbst herausfinden. Ich rate ganz allgemein zur Vorsicht. Wir wissen zu wenig von ihr."

Peter nickt etwas verzagt. „Du weißt, wie viel mir deine Ratschläge bedeuten. Ich werde auf der Hut sein. Ich wünsche dir viel Erfolg in Laramie!"

Matthew und Joan erreichen mit dem Wagen ihr kleines Haus. Die Mädchen halten sich beide draußen auf. Die jüngere, Kimberley, spielt mit Snow White. Die Ältere sitzt auf der kleinen Veranda mit einem jungen Mann und unterhält sich mit ihm. Joan kennt ihn schon, es ist einer der beiden Söhne eines Siedlers in der Nähe. Der Junge gefällt ihr gut, er ist höflich und nett zu Josephine. „Guten Tag, William. Wie geht es deiner Mutter?" Der junge Mann steht auf und gibt Joan Richmond die Hand.

„Vielen Dank, Mrs. Richmond. Es geht ihr schon viel besser. Der Doktor sagt, dass sie in einer Woche wieder mitarbeiten kann."

Joan denkt an ihre Nachbarn. Ja, so geht es den kleinen Siedlern, die Arbeit geht jeden Tag vom Morgen bis in den späten Abend, und jede Hand wird gebraucht. Sie lächelt den jungen Mann an. „Und dann hast du Zeit hierher zu kommen, um dich mit Josephine zu unterhalten?"

Der Junge ist jetzt etwas verlegen. „Daddy freut sich, dass hier so ein nettes Mädchen wohnt, mit dem ich mich verstehe. Ich soll jedoch nicht lange bleiben." Er sagt es und verabschiedet sich von Josephine mit einem Küsschen und „auf Wiedersehen, Mister und Mrs. Richmond!"

Joan sieht ihm nach. Josephine hätte es schlechter treffen können. Der Junge wird bald achtzehn, alt genug, um zu heiraten. Ihre Josephine ist sechzehn, in dem Alter sind viele Mädchen bereits verheiratet. Sobald sie auf eigenen Füßen stehen können, werden sie sicher heiraten. Matthew steht neben ihr und beobachtet, wie Joan dem jungen Mann hinterher blickt.

„Unsere Mädchen werden allmählich flügge. Nun haben wir uns gerade an sie gewöhnt und nun werden sie bald an einen jungen Mann verlieren", sagt Matthew wehmütig.

„Wenn die jungen Männer in der Nähe bleiben, ist es für alle ein Gewinn", sagt Joan und drückt seine Hand.

Mickey hat seinen Brighty gut bepackt und hat noch zwei Packesel dabei. Mit dieser Fuhre will er seinen Geologen versorgen, sodass der sich den Weg in den Ort sparen kann. Auf den Tieren ist im wesentlichen Essen für Jim und Futter für sein Maultier, das kann auch nicht nur von Gras leben.

Jim Bixby wohnt in einem der Häuser von Madsen, die das Feuer unbeschadet überstanden haben. Es ist jetzt über zwei Jahre her, da hatte Mickey hier in Madsen einen Gauner gestellt und bei der Gelegenheit fast den ganzen Ort eingeäschert. Der Ort war ohnehin unbewohnt gewesen. Lediglich merkwürdiges Gesindel hatte sich hier nach der Erschöpfung der Silberminen herumgetrieben.

In dem Haus bewohnt Jim Bixby zwei Räume, in einem wohnt er, in dem anderen schläft er. Die beiden Räume sind ordentlich, aber sparsam eingerichtet. „Gemütlich hast du es hier, alter Knabe", sagt Mickey und lacht.

„Gemütlich ist etwas anderes, ich habe keine Ansprüche."

„Wie lange musst du noch hier bleiben?", erkundigt sich Mickey.

„Ich bin fast fertig. Ich verbrauche noch die Vorräte, die du jetzt mitgebracht hast, dann werde ich nach Laramie zurückkehren. Ich habe gedacht, dass wir jetzt gleich über das in Frage kommende Gelände reiten. Dann kannst du sehen, wie groß es ist und dir gleich einen Eindruck von den örtlichen Gegebenheiten verschaffen."

Er steckt sich eine Karte ein, dann reiten sie los, Mickey auf seinem Brighty, Jim Bixby auf seinem Maultier.

Das Gelände der gesicherten und der möglichen Kupfervorkommen ist etwa zwei Kilometer lang und nicht ganz einen Kilometer breit. Der meiste Teil davon ist unwegsames, bergiges und felsiges Gelände. Die beiden Tiere kommen zeitweise nur mühsam voran.

Jim Bixby erläutert Mickey seine Vorstellungen:"Wir müssen zuerst den Fahrweg wieder herstellen. Der alte Weg ist damals gesprengt worden, jetzt müssen der Schutt und die Felsen fortgeräumt werden. Ich bin sogar dafür, eine Kleinbahn entlang der Straße zu bauen und bis zur Bahnstation in Gillette zu führen."

Mickey ist der gleichen Ansicht wie sein Geologe. „Ich denke auch, dass wir so viel wie möglich von den modernen Techniken Gebrauch machen sollten."

„Die Silberminen liegen alle in der direkten Nähe des ehemaligen Ortes. Die kann man noch gut ausbeuten, wenn der Weg, beziehungsweise die Bahn fertig ist. Viel Gewinn ist davon nicht zu erwarten."

Er macht eine Pause und sieht Mickey an. „Für den Abbau des Kupfererzes müssen Schächte in die Berge gebaut werden. Das Erz muss anschließend verhüttet werden, die nächste mir bekannte Anlage dafür steht in Omaha. Ich kann mir jedoch vorstellen, dass es sich lohnen würde, wegen der großen Vorkommen hier einen eigenen Verhüttungsbetrieb zu errichten."

Mickey lässt sich das alles durch den Kopf gehen und fragt: „Ich kann mir vorstellen, dass ich das alles mit Gewinnbeteiligung durch eine Fachfirma betreiben lassen könnte. Kannst du mir jemand empfehlen?"

Jim Bixby überlegt nicht lange. „Du kennst doch Clint Wagner?"

„Ja, sehr gut sogar. Er hat im vorletzten Jahr die Parzellen der Siedler eingemessen und sich mit der Planung aller Straßen und sogar der Bahn sehr hervorgetan."

„An genau den denke ich. Er ist im vorigen Jahr Abteilungsleiter in unserer Firma geworden und würde sich meiner Meinung nach hervorragend zum Projektleiter eignen."

Mickey strahlt. Das wäre prima, wenn sich das so regeln ließe. Zu Clint hatte er von Anfang an volles Vertrauen und ein gutes persönliches Verhältnis. „Das ist gut, dass du das erwähnst. Wenn ich in Laramie bin, werde ihn auf jeden Fall besuchen und habe damit noch einen weiteren guten Grund."

Peter O'Connell trifft sich fast jeden Tag mit Rosy Simmons. Er unterhält sich gerne mit ihr, ihr Lachen ist so ansteckend. Er gewinnt den Eindruck, dass sie ihn mag. Sie ist jetzt eine Woche hier, wenn er sie hier halten möchte, muss er sich bald etwas einfallen lassen. „Sagen Sie mal, Rosy, was macht der Verkauf des Hauses?"

„Bisher habe ich noch niemanden gefunden, der meine finanziellen Vorstellungen erfüllen möchte."

Peter O'Connell ist nicht überrascht, deshalb unterbreitet er ihr seinen Plan: „Ich möchte Ihnen folgendes vorschlagen: Sie verkaufen das Haus an die Gemeinde Gillette, und ich gebe ihnen, sozusagen als Geschenk und für ihre freundliche Gesellschaft, den gleichen Betrag den Sie von der Gemeinde erhalten werden, dazu. Was halten Sie davon?"

Rosy Simmons ist hoch erfreut. „Peter, das wäre ganz großartig von Ihnen!"

Sie umarmt ihn und gibt ihm ein zaghaftes Küsschen auf die Lippen. Peter genießt ihren warmen Körper, das Küsschen ist ihm viel zu schnell zu Ende.

„Wann könnte das denn sein?", fragt Rosy mit einem süßen Lächeln.

„Ja, ich muss mal sehen. Meinen Betrag kann ich schnell zur Verfügung stellen, bis sich der Gemeinderat zu einer Zahlung durchringen kann, wird es noch etwas dauern."

Ein paar Tage später ist Joan Richmond wieder im Ort. Sie fährt mit dem Wagen vor, sie hat Josephine und Kimberley dabei. Sie hält vor der Schmiede und die beiden Mädchen springen mit dem Hund heraus. Sie klettert ebenfalls aus dem Wagen und schlendert den Mädchen hinterher. Sie besuchen ihren Bruder Tom und reden jetzt lebhaft mit ihm.

„Du, Tom! Josephine hat jetzt einen Freund!", petzt Kimberley. Josephine sieht verlegen nach unten, Tom lacht sie an. „Das wurde aber auch Zeit", sagt er, „so wie du aussiehst! Ist er denn nett?"

Josephine ist verlegen und sieht zu Boden. Dann sagt sie leise: „Ja, ich mag ihn sehr. Und Joan hat auch nichts dagegen."

„Das ist fein. Ich drücke euch beiden die Daumen." Er macht eine Pause und sieht seine Schwestern nachdenklich an. „Ich habe auch eine Freundin."

Er lächelt, als er an sein Mädchen denkt. Josephine sieht ihn neugierig an. „Wer ist sie denn? Kennen wir sie?"

„Kennst du Christine Schneider? Ihre Eltern sind Deutsche."

„Ja, die habe ich schon ein paar Mal gesehen, sie ist sehr nett."

„Ja, sehr…" sagt Tom und wird ganz nachdenklich.

Joan geht zu dem Schmied hinüber. „Guten Tag, Peter. Wie geht es dir?"

„Danke, sehr gut. Was führt dich hierher?"

„Ich muss wieder einkaufen, und die Mädchen wollen immer gerne ihren großen Bruder besuchen. Bei der Gelegenheit, habe ich mir gedacht, halte ich ein Schwätzchen mit dir."

„Das ist fein. Ich möchte dir etwas von der Frau, die ihr neulich mit mir gesehen habt, erzählen."

Joan lächelt vor sich hin. Peter will ihr anscheinend sein Herz ausschütten. Das passt gut, dann braucht sie nicht in ihn zu dringen. „Erzähl bitte, das höre ich gerne."

Und Peter O'Connell öffnet ihr sein Herz. Von dem Geld erzählt er nichts, das soll niemand erfahren. Er erzählt Joan, wie sehr er Rosy mag, und dass er hofft, sie möge in Gillette bleiben. Joan hört sich alles sehr nachdenklich an. Ihr wird schnell klar, dass Peter total verliebt ist, deshalb fragt sie vorsichtig: „Sie kommt doch aus Cheyenne, oder?"

„Ja, sie hat dort als Verkäuferin in einem Geschäft für Bekleidung gearbeitet." Er macht eine Pause. „Du hast doch auch einige Jahre in Cheyenne gelebt, seid ihr euch vielleicht begegnet?"

Joan zögert mit der Antwort. „Ich habe schon darüber nachgedacht, mir ist nichts eingefallen."

Verdammt, wie soll sie Peter die Wahrheit nur beibringen? Vielleicht hat sie sich auch getäuscht, oder vielleicht hat sich die junge Frau in den letzten Jahren geändert? Das kann sie allerdings kaum glauben. „Ich wünsche dir viel Glück mit deiner neuen Liebe. Sei bitte immer vorsichtig."

Peter stutzt. Das mit dem »vorsichtig« sein hatte Mickey auch schon erwähnt. Was soll er nur machen? Er musste jetzt schon lange ohne Frau auskommen, und nun läuft ihm eine nette Person über den Weg. Er nimmt sich vor, etwas skeptisch zu sein. Er kennt sich, sobald Rosy ihn anlächelt, sind alle guten Vorsätze vergessen.

Ein paar Tage später geht Peter zur Bürgermeistersprechstunde ins Rathaus. Diese Sprechstunde haben sie vor einem Jahr eingerichtet und sie erfreut sich großer Beliebtheit. Auf dem Weg dorthin kommt Peter an der Seitenstraße vorbei, in der das Haus von Rosy Simmons liegt. Immer, wenn er an diesem Abzweig entlangkommt, wirft er einen Blick in Richtung des Hauses und hofft, sie zu erblicken.

Sie ist jetzt, wie fast immer, nicht zu sehen. Stattdessen sieht er, wie ein Mann hinter dem Haus verschwindet. Er war nur kurz zu sehen, er kam ihm bekannt vor. Es war einer der vielen neuen Gesichter im Ort. Hm, denkt er, was dort wohl vorgeht? Mit wenigen großen Schritten erreicht er das Rathaus. Dort befestigt er einen Zettel an der Tür mit dem kurzen Text: „Komme später - Peter O'Connell."

Er läuft schnell wieder zurück. Das Haus steht still, niemand ist zu sehen. Peter sieht vorsichtig hinter das Haus, es ist auch dort alles leer. Hat er sich vielleicht getäuscht? Peter hat ein merkwürdiges Gefühl in der Magengrube. Möglichst unauffällig geht er von Fenster zu Fenster und späht hinein. Vor dem Zimmer, das sie bewohnt, sind die Gardinen zugezogen. Er wartet in einer kurzen Entfernung, ob jemand das Haus verlässt. Die Zeit vergeht, Peter überlegt, ob er nicht besser zum Rathaus gehen sollte, möglicherweise steht dort jetzt ein Bürger, der seinen Rat einholen möchte. In dem Moment öffnet sich die Tür und der Mann kommt heraus. Er wechselt ein paar Worte mit einer Person, die durch die Tür verdeckt wird und verlässt dann das Haus. Peter dreht sich um und tut so, als würde er nur gerade zufällig hier sein. Der Mann geht an ihm vorbei und biegt ab in Richtung Bahnhof.

Das kam Peter jetzt sehr merkwürdig vor. Er beschließt, Rosy bei ihrem nächsten Treffen nach dem Besuch zu fragen.

Laramie

Mickey hat sich von Marilyn mit dem Wagen zum Bahnhof in Gillette bringen lassen. Er will, anstatt zu reiten, den Zug benutzen, um nach Laramie zu kommen.

Sein Gepäck steht schon auf dem Bahnhof, Marilyn steht neben ihm und hat die Ältere ihrer beiden Kinder, Mercedes, dabei. Mickey sieht Marilyn an. Er findet, dass sie jeden Tag schöner wird. Von ihrer neuen Schwangerschaft ist noch nichts zu sehen, noch zwei Monate weiter, dann kann man es nicht mehr verbergen. Sie und Mickey wollen das auch so, jeder soll sehen, wie glücklich sie sind.

„Wird dir auch nicht langweilig, in Laramie, so ohne mich?" fragt sie ihn mit einem Lächeln. „Es gibt doch bestimmt noch das eine oder andere Mädchen aus früheren Zeiten!"

Mickey lächelt und schüttelt den Kopf. „Ganz bestimmt nicht. Die erkenne ich entweder nicht wieder oder sie sind inzwischen verheiratet. Und außerdem", er zieht sie fest in seine Arme, „wer kann dir schon das Wasser reichen?"

Sie lacht und küsst ihn auf die Nase.

Der Zug ist nicht pünktlich, das gehört im Westen zur Normalität. Eine halbe Stunde später als nach Fahrplan ist in der Ferne die Rauchwolke des herannahenden Zuges zu erkennen. Mickey fasst seine Tasche, Marilyn nimmt ihre Tochter auf den Arm. Mit viel Lärm fährt der Zug ein, die kleine Mercedes drückt sich ängstlich an ihre Mutter. Mickey gibt beiden einen Kuss, dann steigt er in den Wagen. Vor der Abfahrt zieht er das Fenster des Wagens etwas herunter und ruft beiden noch Abschiedsgrüße zu.

Für die siebzig Meilen nach Laramie benötigt der Zug fast drei Stunden, dazu kommt noch ein Aufenthalt in Cheyenne. Die ganze Zeit rüttelt und schüttelt der Wagen, es ist laut. Es ist bequemer als in der Postkutsche, gemütlich ist etwas Anderes. Auf jeden Fall besser als auf dem Pferd, das zudem langsamer ist. Mickey sinnt über den Fortschritt nach und die verblüffenden Möglichkeiten der Technik. Es wird bestimmt nicht mehr lange dauern, dann fahren die Züge leise und mit doppelter Geschwindigkeit. Ob er das noch erleben wird? Seine Kinder ganz bestimmt.

In Laramie trifft der Zug mit fast einer Stunde Verspätung ein. Er nimmt seinen Koffer und steigt auf den Bahnsteig hinab. Er ist gespannt, wie viel sich in Laramie verändert hat.

Vor drei Jahren hatte er den Ort verlassen, um sich einer für ihn abzeichnenden dunklen Zukunft zu entgehen. Es hatte geklappt, in Gillette hatte er neu beginnen können. Er hatte die Liebe seines Lebens gefunden und seine Ideen zur Ankurbelung der Wirtschaft hatten sich als sehr erfolgreich erwiesen.

Clint Wagner ist in der Stadt, das hat er vorher sichergestellt, heute Abend will er sich mit ihm treffen. Morgen hat er einen Besuch auf dem Grundstücksamt eingeplant. Wenn alles gut läuft, kann er in ein paar Tagen wieder nach Hause fahren.

Mickey schlendert auf dem Bürgersteig entlang der Hauptstraße. Bis zum Abend hat er noch viel Zeit und so sieht er sich um und versucht sich an Laramie von vor drei Jahren zu erinnern. Damals war die Stadt etwas kleiner, jetzt sind noch viele Häuser dazugekommen und der Verkehr auf der Straße ist stärker geworden. Ein paar Straßen weiter bricht plötzlich eine Schießerei los. Er hört einige Schüsse, dann ist wieder Ruhe. Aha, Laramie hat sich seit seiner Abreise doch nicht so sehr verändert. Mickey ist nicht ohne Waffe hier. Um wie ein Geschäftsmann auszusehen, hat er seinen Gehrock angezogen. Den Gürtelholster hat er fortgelassen, stattdessen hat er sich einen Schulterholster umgebunden, in dem jetzt einer seiner beiden Revolver steckt. Ganz ohne Waffe kommt er sich nackt vor, wer weiß, ob er sie nicht doch benötigen wird?

Das Hotel ist eines von dreien in Laramie. Er kennt es schon von früher, es ist ganz ordentlich. Er trägt sich in das Anmeldebuch an. Der Angestellte nimmt das Buch wieder zurück und sieht hinein. „Callaghan? Sind Sie Mickey Callaghan aus Gillette?"

„Ja, ganz Recht, der bin ich. Worum geht es?"

„Sind Sie der berühmte Geschäftsmann aus Gillette? Ihr Ruf eilt Ihnen bereits weit voraus." Er ergreift Mickeys Hand und schüttelt sie kräftig. „Willkommen in Laramie, Mister Callaghan! Ich wünsche Ihnen einen erfolgreichen Aufenthalt."

Mickey ist die Situation etwas peinlich. Er fühlt sich unwohl, wenn zu viele Leute wissen, wer er ist und hofft, dass diese Begegnung ein Einzelfall bleiben wird. Er fragt den Portier: „Woher wissen Sie von mir?"

„In den Zeitungen wird gelegentlich über die erstaunliche Entwicklung in Gillette berichtet. Und Sie werden dann immer wieder erwähnt."

„Vielen Dank für Ihre Aufmerksamkeit", er nimmt seinen Koffer und geht die Treppe hinauf.

Die Szene mit dem Portier ist nicht unbemerkt geblieben. An einem Tisch in der Nähe des Empfangs sitzen zwei Männer, die die überschwängliche Begrüßung bemerkt haben. Der eine der beiden beugt sich zu seinem Kollegen: „Hast du das gesehen? Das war doch der reiche Knacker aus Gillette!"

Sein Kollege runzelt die Stirn. „Und? Was nützt uns das?"

„Der kommt doch nicht nur so nach Laramie. Den nehmen wir uns vor."

Sein Kollege bleibt skeptisch. „Ich halte mich da raus. Vielleicht ist da nichts zu holen, dann stehen wir blöde da."

„Gut, dann mach ich das alleine. Ich weiß auch schon wie. Komm nachher nicht angekrochen, weil du beteiligt werden willst."

Sein Kollege brummt nur statt einer Antwort und sieht wieder in seine Zeitung.

Mickey ist auf seinem Zimmer. Es liegt im ersten Stock und hat ein Fenster zur Straße hinaus. Die Luft ist heiß und stickig, so öffnet Mickey das Fenster und wirft einen Blick hinaus. Die Straße ist unbefestigt und schmutzig, eine gerade vorbeifahrende Kutsche zieht eine große Staubwolke hinter sich her. Mickey wäscht sich das Gesicht in der Schüssel auf der Kommode und legt sich auf das Bett. Er hat noch etwas Zeit bis zu dem Treffen mit Clint Wagner und ruht sich etwas aus. Die Fahrt auf der harten Bank in der Bahn war anstrengend. Er zieht den Gehrock aus und legt ihn über den Stuhl. Die Waffe zieht er aus dem Holster und legt sie neben das Bett auf den Boden.

Mickey nickt ein wenig ein. Er erwacht aus einem kurzen Halbschlaf. Draußen auf dem Flur knarren Dielen. In einem Hotel ist das völlig normal, dass jemand auf dem Flur entlang geht, in diesem Fall meldet sich sein Alarmsystem. Schritte auf Fluren gehen zügig, von vorne nach hinten, mit Ziel. Diese Schritte zögern, bleiben stehen. Jetzt verharren die Schritte direkt vor seiner Tür. Mickey beugt sich zum Boden und hebt seine Waffe auf. Er spannt den Hahn und legt die Hand mit der Waffe unter die Decke.

Es klopft an die Tür. „Zimmerservice!", ruft eine Männerstimme von draußen.

Mickey ist jetzt hellwach. Seit wann gibt es in diesem Hotel einen Zimmerservice, noch dazu am späten Nachmittag? Und dann noch ein Mann! Er fasst seine Waffe noch fester unter der Decke und antwortet: „Kommen Sie rein, die Tür ist offen!"

Der Türgriff dreht sich, die Tür wird aufgerissen und ein Mann mit einem erhobenen Revolver in der Hand springt herein.

In dem Moment kracht Mickeys Revolver. Die Kugel reißt ein Loch in die Bettdecke und ein Loch in die Brust des Mannes. Mickey schwingt sich aus dem Bett, mit der Waffe in der Hand sieht er auf den Mann hinunter. Er ist tot, das Staunen auf dem Gesicht verschwindet nicht mehr.

Auf dem Flur ertönen Schritte. Vor der offenen Tür steht der Portier, er sieht zuerst auf die Leiche, die in der Türöffnung liegt und dann auf Mickey. „Mister Callaghan, was geht hier vor?"

„Es wäre weniger vorgegangen, wenn Sie nicht so eine auffällige Reklame für mich gemacht hätten. Der Mann wollte mich offensichtlich berauben, oder was auch immer, das ist mir egal. Wenn jemand mit gezogener Waffe in mein Schlafzimmer dringt, dann muss er damit rechnen, dass er stirbt."

Es ist noch ein weiterer Gehilfe dazugekommen, gemeinsam mit dem Portier tragen sie den toten Mann nach unten.

Es ist spät geworden und jetzt Zeit für seine Verabredung, Mickey zieht sich seinen Gehrock und seine Stiefel an. Er füllt die verschossene Patrone nach und steckt sich den Revolver ein. Er schüttelt im Nachhinein den Kopf. Laramie bleibt Laramie, es hat sich offenbar nichts geändert.

Er trifft sich mit Clint Wagner im Saloon »Cattlemens Club«. Den kennt er noch von früher. Der war früher schon nicht zu wild und vor allen Dingen hat er ein ruhiges Nebenzimmer. Mickey trifft zuerst ein, bestellt sich schon mal einen Whisky und dreht sich eine Zigarette. Clint tritt ein, Mickey springt auf und die beiden Freunde umarmen sich herzlich.

Mickey erzählt Clint von dem Überfall auf ihn im Hotel. Clint schmunzelt und sagt dann: „Du solltest dir vielleicht ein Schild umhängen mit der Aufschrift: »Überfall zwecklos«." Er lacht und sagt: „Ich bin sehr froh, dass dir nichts passiert ist, das wird nicht immer gut gehen."

Mickey nickt und erwidert: „Offensichtlich treibt sich in Laramie genauso viel Gesindel herum, wie vor drei Jahren!"

Clint schüttelt den Kopf. „Das tut mir leid, dass dein Aufenthalt hier so beginnen musste, jetzt erzähl mir von Gillette!"

„Das ist sehr gut geworden. Die Trasse der Eisenbahn zum Beispiel, die ist bis auf den Yard genau auf deiner geplanten Route entlang geführt worden."

Clint kennt noch alle Freunde aus dem Ort, und Mickey erzählt ihm, was er wissen möchte. Doch Mickey hat noch andere Pläne. Er fragt seinen Freund: „Wie ist es dir hier in Laramie ergangen? Ich habe gehört, du bist befördert worden?"

Clint nickt. „Das weißt du sicher von Jim Bixby, oder?"

Mickey grinst ihn an. „Ich habe überall meine Spione."

„Ja, da ist richtig. Seit einem Jahr führe ich nicht nur Vermessungen durch, wie damals bei euch in Gillette, ich bin jetzt Mitglied in der Planungsabteilung und habe die Verantwortung für fünf Mitarbeiter." Er macht eine Pause und sieht Mickey an. „Du führst doch wieder etwas im Schilde, alter Halunke!"

Mickey grinst, Clint Wagner weiß ihn gut einzuschätzen. „Du hast Recht. Du erinnerst dich doch an den Geologen, den du mir empfohlen hast?"

„Ja, natürlich. Jim Bixby hat Geologie in Cambridge, Massachusetts, studiert. Er ist ein seltsamer Einzelgänger, dafür ein begnadeter Fachmann für Mineralogie. Wir vermissen ihn hier sehr und hoffen, dass er bald bei dir fertig werden wird."

„Das wird er. Er rechnet noch mit ein bis zwei Wochen, dann kommt er zurück." Mickey hat einen Lageplan mitgebracht und holt ihn heraus. „Hier, sieh dir das mal an." Mickey zeigt auf die Karte und erzählt dem verblüfften Clint Wagner von den Kupfervorkommen in der Nähe der alten Silberminen.

„Mensch, Mickey! Das ist ja sensationell. Und was erwartest du von mir?"

„Ganz einfach. Ich brauche wieder deine Hilfe. Wenn du möchtest!"

Clint Wagner strahlt über das ganze Gesicht. „Ich würde außerordentlich gerne für dich arbeiten, es kommt darauf an, ob ich dir von Nutzen sein kann."

Mickey führt die Art der Arbeiten näher aus. „Ich brauche jemanden, der in der Lage ist, eine Bergwerksanlage zu planen. Mit allen Nebenbetrieben, dem Schachtbau, Transport von Baustoffen und Abtransport des Kupfererzes. Vielleicht kommt später eine Verhüttung dazu."

Clint Wagner wird immer nachdenklicher, dann steht er auf, geht zur Tür und sieht hinaus. Er schließt sie und setzt sich wieder hin. „Weißt du, Mickey, das ist eine ganz, ganz große Sache. Das ist für mich alleine, selbst mit ein paar Mitarbeitern, nicht zu machen. Ich denke an eine eigene Firma. Was hältst du von einer »Wyoming Copper Company«?"

Jetzt ist es an Mickey, zu staunen. „Wie hast du dir das gedacht?"

Clint lehnt sich zurück und überlegt einen Moment. „Ich könnte als Projekt Manager arbeiten. Wir müssen uns jedoch etliche Fachleute ins Boot holen, weil ich vom eigentlichen Bergbau nicht genügend verstehe."

„Was ist mit Jim Bixby?"

„Jim ist ein hervorragender Mineraloge, aber leider ein versponnener Einzelgänger. Für den Bergbau müssen wir uns nach anderen Spezialisten umsehen. Bis wir die Gruppe zusammenhaben, dauert das eine Weile. Wir werden erst klein anfangen, aber schon mal die Weichen für einen großen Betrieb stellen."

„Was wäre denn deiner Meinung nach der nächste Schritt?"

„Du musst zuerst die Eigentumsverhältnisse klären. Ich gebe dir den Namen von dem Leiter des für das Wyoming County zuständigen Grundstücksamtes. Dem musst du sagen, dass du von mir kommst, dann wird man dich gerne unterstützen. Du darfst nur nicht die riesigen Kupfervorkommen erwähnen, dann werden zu viele Leute hellhörig."

Mickey grinst. „Keine Sorge, das bekomme ich hin. Dafür habe ich schon einen Plan."

„Der nächste Schritt ist die Vorbereitung der Baustelle. Ich denke mir, dass wir etwa einhundert Arbeiter benötigen, die die Zufahrtswege herstellen werden. Wir brauchen ein Baubüro und ich werde schon mal unauffällig die Finger nach den richtigen Fachleuten ausstrecken."

Mickey denkt an sein Abenteuer vor drei Jahren. Hätte er bloß damals Madsen nicht abgefackelt, die Häuser hätte er jetzt gut gebrauchen können. Vielleicht lassen sich mit wenig Arbeit einige wieder herrichten. Gerade das alte Hotel würde sich gut als Stützpunkt für das Projekt eignen.

„Wie groß muss denn die Planungsgruppe sein?"

„Wir sollten mit ein paar Mann anfangen, vielleicht fünf. Später könnten es denn bis vierzig oder fünfzig sein."

Clint macht eine Pause und sagt: „Ein Problem ist die Finanzierung. Solange der Bergbau keine Gewinne abwirft, brauchen wir Geld für die Planung und die Vorarbeiten."

„Ein wenig Geld könnte ich beisteuern, für diese Größenordnung wird es schnell verbraucht sein."

„Für die ersten paar Monate wäre eine Unterstützung von dir erforderlich. Ich stelle mir vor, dass wir Anteilsscheine, Aktien oder ähnliches herausgeben. So finanzieren wir den Start der Firma."

Mickey sitzt da und in seinem Kopf kreisen die Gedanken. Irgendwie ist das eine Nummer zu groß für ihn.

„Mannomann, Clint. Das wächst mir über den Kopf. Mir schwebt vor, dass ich nur Starthilfe übernehme, anschließend will ich mich zurückziehen und möchte gegebenenfalls nur Gewinnanteile kassieren. Vielleicht noch eine Stimme im Aufsichtsrat."

Clint nickt. „Das lässt sich machen, ich habe schon eine Idee, wer das machen könnte. Der Gründer unserer Firma, der »Laramie Mining and Engineering Company«, hat sich vorzeitig zur Ruhe gesetzt, weil er mit der neuen Geschäftsleitung nicht klargekommen ist. Der Mann ist ein Fachmann und Geschäftsführer, wie er nur selten vorkommt." Clint freut sich über seine Idee. „Das ist genau der richtige Mann für uns. Und dann", - Clint macht eine Pause - „dann werde auch ich diese Firma verlassen. Du überlässt dann alles uns, wir bekommen das hin, keine Sorge."

Mickey freut sich über den Eifer von Clint. Er hat ihn auch dieses Mal richtig eingeschätzt. Dann gibt er zu bedenken: „Clint, für heute schwirrt mir der Kopf. Ich denke, das war genug an guten Ideen. Lass uns jetzt mit einem guten Essen den Abend abschließen."

Am nächsten Vormittag besucht Mickey das Grundbuchamt. Dank der Empfehlung von Clint Wagner gerät er sofort an den Leiter des Amtes. Der Mann heißt James Nicholson. Er ist etwa fünfzig Jahre alt, trägt eine Brille mit runden Gläsern und hat einen langen und akkurat geschnittenen Bart. Er begrüßt Mickey freundlich. „Setzen Sie sich, Mister Callaghan. Ihr Ruf als tüchtiger Geschäftsmann ist schon bis zu uns vorgedrungen. Was können wir für Sie tun?"

„Ich komme aus Gillette, wie Sie inzwischen wissen. Ich betreibe dort unter anderen das Sägewerk und verschiedene andere kleine Firmen. Nicht gerechnet die, an denen ich nur beteiligt bin. Meine Idee ist nun folgende: Ich möchte die alten Silberminen in der Gegend um Madsen bis zur Erschöpfung ausbeuten. Einen großen Gewinn erwarte ich nicht, es wird uns aber genügen. Deshalb bin ich interessiert, das ganze Gebiet zu kaufen." Mickey breitet eine Karte des Gebietes aus, in der Jim Bixby die Standorte der alten Silberminen eingetragen hat. Hinweise auf die Kupfervorkommen sind natürlich nicht dargestellt.

Der Amtmann sieht sich die Karte eine Weile an und schmunzelt. „Wenn sich jemand wie Sie für dieses Gebiet interessiert, dann wird wohl noch eine Menge Silber verborgen sein." Er sieht Mickey Callaghan eine Weile nachdenklich an. „Auf der anderen Seite sind wir eine Regierungsabteilung und wir verwalten das Land nur. Denn wem gehört es, wer gewinnt bei dem Landverkauf? Wir sind vielmehr daran interessiert, dass unser junges Land besiedelt wird. Es müssen Beschäftigungs-, Einkaufs- und Wohnmöglichkeiten geschaffen werden."

Der Amtmann fährt mit seiner Begründung fort: „Ich stelle mir das wie folgt vor: Sie bekommen die Besitzrechte des Landes ohne jemanden dafür zu bezahlen. Dafür bekommen Sie die Auflage, für die Arbeiter in den Minen Wohnungen und Geschäfte zu schaffen."

Er schmunzelt und lehnt sich zurück. „Dieser Vorschlag ist jedoch noch abhängig von der Zustimmung des Verwaltungsrates. Da sehe ich kein Problem. Wären Sie damit einverstanden?"

Natürlich ist Mickey einverstanden. Er schüttelt dem Mann die Hand und verabschiedet sich. „Wann höre ich wieder von Ihnen?"

„Ich könnte in den nächsten Tagen den Verwaltungsrat einberufen. Wenn Sie dann noch in Laramie sind, dann kommen Sie wieder hierher, um die gleiche Zeit wie heute."

„Vielen Dank, Mister Nicholson. Ich werde mich solange hier aufhalten, bis Sie sich entschieden haben."

Am Abend trifft Mickey wieder mit Clint zusammen. Er berichtet ihm von dem Gespräch auf dem Grundbuchamt.

„Das ist ja Klasse. Besser hätte es gar nicht laufen können. Die Forderungen kannst du leicht erfüllen, die gewünschten Einrichtungen brauchen wir sowieso."

Mickey lächelt zufrieden. „Es läuft fast zu glatt. Hast du mit dem zurückgetretenen Geschäftsführer schon etwas erreichen können?"

„Das wollte ich gerade erzählen. Wir sind morgen Abend bei ihm in seinem Haus verabredet. Ich habe ein paar Andeutungen gemacht, nun ist er schon sehr begierig darauf, mehr zu erfahren."

Einen Tag später, es ist später Nachmittag, kommt Clint in das Hotel, in dem Mickey abgestiegen ist und holt ihn ab. Mickey sitzt bereits in der Nähe des Empfangs und geht Clint entgegen, als er ihn bemerkt.
„Ich habe uns eine Kutsche besorgt, Mister Jefferson wohnt am Rande des Ortes, heute lassen wir uns mal bequem dorthin bringen."
Die Fahrt in dem offenen Wagen dauert nur wenige Minuten. Sie erreichen das Haus von Mister Jefferson und lassen die Kutsche wieder zurück in die Stadt fahren. Das Haus ist recht groß und wirkt sehr edel. Die Holzwände sind weiß gestrichen, der Garten ist sehr gepflegt. Clint und Mickey gehen zur Haustür und benutzen den schmiedeeisernen Klopfer. Ein Diener kommt an die Tür und öffnet ihnen. Er mustert sie neugierig und fragt:
„Sind Sie die Herren Wagner und Callaghan?"
Der Hausherr tritt von hinten dazu und sagt: „Lass gut sein, John. Ich erwarte die Herren bereits."
Er bittet beide hinein und begrüßt Clint überaus freundlich. Er wendet sich an Mickey und sieht ihn neugierig an.
„Sie sind also Mickey Callaghan? Clint Wagner hat mir schon früher von ihnen erzählt, kurz nachdem er aus Gillette zurückgekehrt war. Ich freue mich, Sie in meinem Haus begrüßen zu können!"
Mickey und Clint gehen hinter Mister Jefferson hinterher. Er ist klein, höchstens fünfeinhalb Fuß, fehlende Größe kompensiert er durch Autorität, Ausstrahlung und elegante Kleidung. Mickey schätzt ihn auf Mitte fünfzig.
Im Arbeitszimmer setzen sie sich an einen großen Tisch, der in der Mitte des Zimmers steht. Mickey sieht sich um, so ein großes Büro hat er noch nie gesehen. Der Tisch ist

aus einem edel erscheinenden dunklen Holz gefertigt, auf verschiedenen Ablagen im Raum stehen exquisite Porzellanfiguren.

Der Hausherr bemerkt Mickeys Blick. „Der Tisch ist aus Teak, das wird sonst für den Bau von Segelschiffen verwendet." Er fügt noch hinzu: „Meine Frau lässt sich entschuldigen, sie ist zu einem Kaffeekränzchen eingeladen und wird uns später begrüßen." Um seine wachen blauen Augen hat er kleine Lachfältchen. Mickey ist er auf den ersten Blick sympathisch.

Mister Jefferson tritt an eine Vitrine und holt eine Karaffe und drei Gläser heraus. Er sieht seine Gäste an: „Möchte jemand von Ihnen keinen Brandy?"

Es meldet sich niemand und so bekommt jeder der Gäste eine ordentliche Portion. Mister Jefferson sieht zu Mickey und sagt: „Ich hatte nicht so einen jungen Mann erwartet. Darf ich fragen, wie alt sie sind?"

Mickey lächelt über das Kompliment und antwortet: „Im Herbst werde ich achtundzwanzig Jahre alt."

„Für ihre jungen Jahre haben Sie es schon sehr weit gebracht"!

Mickey wird etwas verlegen. „Ich habe bisher viel Glück gehabt. Ich habe eine reiche Frau geheiratet und es ist mir gelungen, ihr Geld noch zu vermehren."

„Ich glaube, Sie sind etwas zu bescheiden. Nun lassen Sie mal von Ihrem Plan hören, Mister Wagner hat mich schon ganz neugierig gemacht."

Das lässt sich Mickey nicht zweimal sagen. Er holt die Landkarte von Jim Bixby heraus und erzählt von den großen Kupfervorräten, die dort liegen sollen. Clint Wagner berichtet von ihrem Plan, eine Aktiengesellschaft zum Abbau der Kupfervorräte zu gründen. Mister Jefferson hört die ganze Zeit aufmerksam zu.

Mickey ergreift wieder das Wort. „Wenn ich mir ihr schönes Haus hier ansehe, kann ich kaum glauben, dass Sie sich wieder so viel Arbeit aufladen wollen."

Mister Jefferson lacht. „Lassen Sie sich nicht von dem Wohlstand hier täuschen. Ich bin seit einem halben Jahr in einem mehr oder weniger erzwungenen Ruhestand und es wird mir schon langweilig. Wohlstand ist ja gut und schön, ich brauche Arbeit und Abenteuer. Ihr Unternehmen kommt mir wie gerufen."

„Was sagt denn Ihre Frau, wenn Sie sich jetzt für lange Zeit werden trennen müssen?"

Der alte Herr überlegt eine Weile. „Das ist kein so großes Problem, wie es jetzt scheinen mag. Meine Frau wird später nachkommen, sobald wir uns in Gillette oder in Madsen etabliert haben."

Sie sprechen über den Zeitplan. Clint Wagner wird zuerst im Auftrag von Mickey und für seine bisherige Firma nach Madsen kommen, mit ein paar Mitarbeitern, die ihn bei der Planung unterstützen. Der Auftrag beinhaltet die Wiederherstellung des Ortes Madsen und die Planung einer Eisenbahn nach Gillette. Etwa ein Vierteljahr später wird dann Mister Jefferson dazukommen und die neue Firma vorantreiben. Die nötigen bürokratischen Schritte wird er vorher von Laramie aus einleiten. Clint Wagner wird später seinen bisherigen Arbeitgeber verlassen und sich ebenfalls in Gillette oder Madsen im Auftrag der neuen Firma niederlassen.

Sie hören die Tür klappen, wenige Minuten später kommt Frau Jefferson herein. Die drei Männer erheben sich von den Stühlen. Sie ist eine kleine, sehr gepflegte Frau mit einem Knoten aus silbergrauem Haar. Sie gibt ihrem Mann einen Kuss auf die Wange und zieht sich einen Stuhl heran.

„Darf ich Ihnen meine Frau Victoria vorstellen?" Die beiden Gäste erheben sich und verbeugen sich vor der Frau.

Sie lächelt wegen der erwiesenen Höflichkeiten. „Meine Herren, machen Sie bitte nicht so viel Aufhebens von meiner Person und nehmen Sie Platz. Ich habe als junge

Frau auch das Wasser von der Pumpe ins Haus getragen, und drei Kinder habe ich auch bekommen."

Sie wendet sich an ihren Mann: „Was machen deine Pläne, Martin? Haben dich die jungen Männer gewinnen können?"

„Ja, Victoria. Das Projekt verspricht, sehr erfolgreich zu werden. Es bedeutet auch, dass wir früher oder später in die Nähe von Gillette umziehen müssen."

„Heißt das, dass ich mir ein neues Kaffeekränzchen suchen muss?", fragt die drahtige junge Frau und lächelt ihren Mann an.

„Es ist nicht nur das Kaffeekränzchen, meine Teure. Ich habe den Eindruck, dass wir einen wichtigen Beitrag für die Entwicklung unseres Landes leisten können. Und mit finanziellen Einbußen werden wir sicher nicht zu tun haben."

„Schön. Du weißt, wie sehr ich deine Entscheidungen schätze. Die haben sich bisher immer als richtig erwiesen."

Zwei Tag später ist Mickey wieder auf dem Grundbuchamt. Mister Nicholson empfängt ihn mit einem wohlwollenden Lächeln und bittet ihn, Platz zu nehmen. Er bietet Mickey eine Zigarre an. „Junger Mann, greifen Sie zu. Entsprechend der Bedeutung unserer gestrigen Entscheidung ist eine gute Zigarre angemessen."

Mickey zieht genüsslich an der Havanna und sieht durch den Rauch hinweg sein Gegenüber an. Der beginnt, die Vereinbarung zu erklären:

„Es ist in wesentlichen Dingen so entschieden worden, wie ich es erwartet hatte. Sie bekommen das Land umsonst, unter der Voraussetzung, dass Sie eine Infrastruktur errichten. Innerhalb eines Jahres müssen Sie einen Entwicklungsplan vorlegen, dem wir zustimmen müssen. Innerhalb von weiteren fünf Jahren muss der genehmigte Plan umgesetzt sein, andernfalls verlieren Sie das Land wieder."

In Mickeys Kopf kreisen die Gedanken. Zeitpläne und Geldberge wirbeln miteinander um die Wette.

„Über diese Vereinbarung erhalten Sie innerhalb eines Monats einen ausgearbeiteten Vertrag. Eine Ausfertigung davon müssen Sie unterschrieben zurücksenden."

Mickey sieht Mister Nicholson nachdenklich an. „Nach meiner Einschätzung haben Sie nicht nur mir, sondern unserem Land einen großartigen Dienst erwiesen. Wenn unsere Überlegungen und Zeitpläne stimmen, werden wir Sie in spätestens einem Jahr zur Grundsteinlegung einladen."

„Ich freue mich jetzt schon auf diesen Besuch. Wir werden uns sicher schon vorher wiedersehen, wenn Sie ihren ausgearbeiteten Plan bei mir vorlegen. Wie ich Sie einschätze, wird das kein Jahr mehr dauern."

Mickey lächelt und nickt zu Bestätigung.

Das Pokerspiel

Peter O'Connell arbeitet in seiner Schmiede. Immer und immer wieder geht ihm Rosy Simmons durch den Kopf. Irgendwie ist da ein anderer Mann im Spiel und das lässt ihm keine Ruhe. Gestern war Rosy bei ihm zu Besuch, bei der Gelegenheit hat er sich so harmlos wie möglich nach dem Mann erkundigt, den er vor drei Tagen in ihr Haus hat gehen sehen.

„Ich habe mir Sorgen gemacht, ich dachte an einen Einbrecher. Wie ich sehe, ist nichts passiert, sonst hätten Sie mir sicher etwas erzählt."

Rosy Simmons sieht nachdenklich zu Boden, dann hebt sie ihr Gesicht und lächelt Peter an. „Nein, das war völlig harmlos. Meine Pumpe hatte nicht funktioniert. Deshalb habe ich den Mann gebeten, mir zu helfen. Der Wirt aus dem Boarding House hatte ihn mir empfohlen."

Peter nickt, in seinem Inneren hat sie ihn nicht überzeugt, vor einer Woche ging die Pumpe noch. „Die Pumpe hätte ich Ihnen auch reparieren können, wer kann das besser als ein Schmied?"

„Natürlich. Ich hatte auch sofort an Sie gedacht, so ging das noch schneller."

Sie hält seine Hand und sieht ihn lächelnd an. Diesem Lächeln kann er nicht widerstehen, obwohl ein unklares Gefühl im Bauch bleibt.

„Ach ja, was ich noch sagen wollte: In der Bank sind sie knapp an Barem. Wenn Sie auf Bargeld warten, von mir oder von der Gemeinde, dann müssen Sie sich noch ein paar Tage gedulden. Ich kann mich auf jeden Fall schon darum kümmern, dass Sie den Kaufvertrag von der Gemeinde bekommen."

Das wäre sehr nett von Ihnen, Peter. Ein paar Tage mehr oder weniger, was macht das schon aus. Noch dazu, wo ich hier so einen netten Mann kennengelernt habe."

Sie sieht zu ihm hoch, Peter macht ein zufriedenes Gesicht. In seinem Inneren toben zwiespältige Gefühle. Er muss das so bald wie möglich klären, er dreht sonst noch durch. Sie verlässt sie ihn bald und geht zu ihrem geerbten Haus zurück, sie lässt einen aufgewühlten Peter O'Connell zurück.

Am Tag darauf ist Peter wie so häufig auf dem Vorplatz der Schmiede dabei, einem Pferd einen neuen Huf anzupassen. Das heißt, heute darf es Tom versuchen. Peter hält das Pferd und sieht seinem Gehilfen wohlwollend zu. Tom stellt sich geschickt an, er hat das schon ein paar Mal geübt und wird von Mal zu Mal besser.

Auf der Straße geht der Mann vorbei, den Peter O'Connell aus dem Haus der Rosy Simmons hat kommen sehen. Er kommt aus der Stadt und geht in Richtung Bahnhof auf dem Bürgersteig vorbei.

Das Hufeisen sitzt gut, es fehlen nur ein paar Nacharbeiten. „Mach du nur weiter, ich muss mal kurz etwas erledigen", sagt Peter und lässt seinen Gehilfen zurück. Der sieht etwas erstaunt hinter ihm her, und arbeitet alleine weiter.

Peter folgt dem Mann in einiger Entfernung. Der geht auf den Saloon »Go Lucky« zu und verschwindet durch die Schwingtür. Nach einer kleinen Pause geht Peter ebenfalls durch die Tür und setzt sich an die Theke, mit dem Rücken zum Schankraum. Hinter dem Tresen ist ein großer, wandhoher Spiegel, so kann er unauffällig den Raum hinter sich beobachten. Der Mann hat sich an einen der Tische gesetzt und sich einer Gruppe von Pokerspielern angeschlossen. Peter sieht zu dem Barmann und winkt ihn zu sich ran.

„Was gibt es, Bürgermeister?"

Peter beugt sich vor und spricht leise zu dem Keeper. „Der Mann in der dunkelgrünen Jacke, der an dem zweiten Tisch sitzt, wer ist das?"

„Das ist ein Gast, der seit einer Woche hier wohnt."

„Und was macht der hier?"

„Der ist fast jeden Tag hier, um zu pokern."

„Danke, und nun bring mir einen Whisky!"

Der Barmann guckt erstaunt seinen Bürgermeister an. Der kommst sonst nie hierher, und Whisky hat er auch noch nie bestellt. Wortlos stellt er ein Glas mit der honiggelben Flüssigkeit vor Peter O'Connell hin.

Der sitzt da und betrachtet durch den Spiegel die Vorgänge an dem Pokertisch. Es wird routiniert gespielt und offensichtlich immer hoch geboten. Eine Frau tritt auf den Mann zu, sie beugt sich zu ihm hinunter und flüstert ihm ins Ohr. Peter sieht noch einmal genau in den Spiegel. Die Frau ist Rosy Simmons, er hat sie nicht gleich erkannt. Sie hat ihr auffallendes Haar zu einem Knoten gebunden und trägt ein Kleid, das er nicht kennt. Peter beobachtet gebannt die Szenerie. Rosy Simmons gibt dem Mann einen

69

Kuss auf die Wange, richtet sich auf und geht dann zur Treppe, auf der sie rasch nach oben verschwindet.

Peter ist es, als hätte er einen Stich ins Herz erhalten. Was war das denn? Wieso bekommt der fremde Mann einen Kuss? Er winkt wieder nach dem Barmann.

„Sagen Sie, wer war die Frau in dem schwarzen Kleid, die jetzt nach oben gegangen ist?"

„Das ist Rosy Simmons."

Peter greift mit seiner riesigen Pranke nach dem Hemd des Barmannes, er zieht ihn mühelos am Tresen hoch und zischt leise: „Nun lass dir nicht jedes Wort aus der Nase ziehen. Was macht die Frau hier und was hat sie mit diesem Kerl zu tun?"

Der Keeper ist sichtlich verängstigt. Er stößt hervor:„Rosy Simmons besucht den Mann manchmal. Ich verwette meine Hand als Mixer, wenn die nicht ein Paar sind."

Peter lässt den Mann los, der polternd auf seine Füße fällt.

„Los, bringe mir noch einen Whisky!"Peter erhält ihn, stürzt ihn hinunter und bestellt gleich noch einen. Auch das dritte und vierte Glas ist bald geleert, er fühlt sich schwindlig werden. Seine Gedanken kreisen immer um Rosy Simmons. Er fühlt sich elend und verraten. Langsam lichten sich die Nebel und sein restlicher Verstand gebärt eine Idee. Ja, so kann es gehen. Er fängt an, einen Vergeltungsplan zu entwerfen. Dafür benötigt er die Mitarbeit von Matthew.

Die Schwingtür wird aufgestoßen und Tom kommt herein.

„Hier bist du, Peter. Ich habe dich schon überall gesucht." Er sieht seinen Chef skeptisch an. „Seit wann gehst du in einen Saloon?"

Peter antwortet mit dicker Zunge und glasigen Augen. Das ihn der Junge so sehen muss, ist ihm unangenehm. „Das ist sozusagen ein Notfall. Das musste jetzt sein."

Er erhebt sich von dem Hocker und versucht, mit weichen Beinen zu gehen. Tom bemerkt seinen angetrunkenen

Zustand und stützt ihn, damit er nicht fällt. Den kurzen Weg zur Schmiede hilft er seinem Chef und legt ihn auf sein Bett.

Am nächsten Morgen wird Peter von Tom geweckt. Der Schmied liegt auf dem Bett und sieht seinen Gehilfen aus verquollenen Augen an.

„Mensch, Peter, komm hoch. Es ist schon sieben Uhr durch!"

Der Schmied müht sich aus dem Bett, in seinem Kopf scheint eine dicke Masse umher zu schwappen. Mein Gott, denkt er, habe ich so viel getrunken? Dann fällt ihm die Idee wieder ein, die ihm gestern an der Bar gekommen ist. Eine Idee, um es der Betrügerin und ihrem Kumpan heimzuzahlen. Die Idee ist gar nicht schlecht, sie wird immer besser, je länger er darüber nachdenkt. Wer sagt denn, dass man im Suff nicht denken kann? Je mehr der Plan Gestalt annimmt, desto wacher wird er. Sein gebremster Verstand kommt langsam in Gang und hilft ihm, seine schwarzen Gedanken zu vertreiben. Er braucht Matthew, um seinen Plan auszuführen. So bald wie möglich.

Seitdem die Eisenbahn gebaut ist, gibt es eine Telegrafenverbindung zum Sägewerk. Das Werk liegt gegenüber der Bahn auf der anderen Seite des Brazos River, da war es ein leichtes, eine Telegrafenleitung über den Fluss zu legen.

Peter geht zum Bahnhof, denn dort befindet sich das Telegrafenbüro in Gillette. Er tritt ein und begrüßt den Telegrafenboten, der in Personalunion der Bahnhofsvorsteher ist.

„Hallo, Patrick! Kannst du eine Nachricht für mich abschicken?"

Patrick ist ein dürrer Kerl in den Sechzigern. Sein schütteres Haar wird von einem Schirm etwas verdeckt.

„Dafür bin ich da, Bürgermeister. Wer soll die Nachricht denn bekommen?"

„Die soll an das Sägewerk Callaghan."

„Dann lass man hören. Ich schreibe das auf, dann kannst du wieder gehen und ich sende die Nachricht anschließend fort."

Okay, Peter diktiert einen einzigen Satz: „*Matthew, brauche deine Hilfe! Peter.*"

„Das ist schon alles? Das macht zehn Cent."

Am Abend kommt Matthew angeritten und hält an der Schmiede. Er springt von seinem Pferd und geht in das Haus. Peter O'Connell und Tom sitzen in der Küche und essen zu Abend. „Guten, Tag, meine Lieben!", grüßt Matthew die beiden.

„Setz dich zu uns, du hast bestimmt noch nicht gegessen und du kannst gerne an unserem Abendessen teilnehmen."

„Das stimmt. Ich bin sofort losgeritten, als ich deine Nachricht gelesen habe." Matthew setzt sich zu den beiden und nimmt eine Portion zu sich. Es gibt Bohnensuppe mit gebratenem Speck. Nach dem Essen bittet Peter seinen Gehilfen, für sie alle eine Kanne mit Bier aus dem nahegelegenen Saloon zu holen.

Als der Junge fort ist, fängt Peter an zu erzählen. Matthew hört aufmerksam zu. Er erzählt von der vermeintlichen Zuneigung der jungen Frau und dass er ihr beinahe Geld geschenkt hätte. Matthew ist entsetzt, er hat großes Mitleid mit seinem Freund. Der Schmied berichtet leise, der große, starke Mann ist den Tränen nahe.

„Um mir Genugtuung zu verschaffen ist mir ist eine Idee gekommen, für die ich einen guten Pokerspieler brauche. Kennst du vielleicht jemanden?"

Beide lachen, dann sagt Matthew: „Zufällig kenne ich einen. Erzähle mir doch deinen Plan."

„Zuerst eine Frage: Spielst du eigentlich noch Poker?"

„Das war vor zwei Jahren, als ich Joan kennengelernt hatte, das letzte Mal. Ich habe ihr versprochen, nie wieder Karten anzurühren. Für einen guten Zweck mache ich eine Ausnahme. Nun erzähl, was hast du vor?"

„Der Mann, der zu der Rosy Simmons gehört, spielt viel Poker. Er spielt auch um große Summen. Mein Plan sieht vor, ihn in einem Pokerspiel auszunehmen und eventuell zu ruinieren."

„Du hast Recht, um so einen Plan umzusetzen, muss man ein geübter Spieler sein. Ich traue mir das zu."

Matthew grinst Peter an und klopft ihm auf die Schulter. „Zuerst werde ich mir den Mann einmal ansehen und sein Spiel beobachten. Wir werden nachher zum »Go Lucky« gehen und du zeigst mir von der Tür aus, wer derjenige ist."

Inzwischen ist Tom mit dem Bier wiedergekommen und setzt sich zu den beiden Männern. Peter berichtet Matthew von der Erweiterung seiner Schmiede. Der Wagner ist vor ein paar Tagen eingetroffen. Nach dessen Vorstellungen wird nun die neue Werkstatt fertiggestellt. „Das ist ein tüchtiger Mann", sagt Peter, „der fertigt zum Beispiel die Räder komplett selbst. Ich habe ihm zugesehen, wie er den Radreifen in der Esse geglüht hat, um ihn danach auf das Rad zu schrumpfen, der weiß, was er macht."

Tom hat der neue Mann auch gut gefallen. „Er hat in Cheyenne eine junge Familie zurückgelassen, die will er nachholen, sobald die Werkstatt läuft und er ein kleines Haus gefunden hat. Ich freue mich schon darauf, mit so vielen Kollegen arbeiten zu können!"

Er sieht seinen Chef an und sagt: „Wir platzen hier aus allen Nähten, zumal noch ein weiterer Gehilfe eingestellt werden soll. Ich habe vorgeschlagen, dass der neue Wagner sich doch im Callaghan Drive ein Haus bauen soll."

Peter gibt ihm Recht. „Da kann man gut wohnen. Manche Geschäftsleute aus dem Ort haben sich dort ein Haus gebaut und betreiben ihr Geschäft im Ort weiter. Wenn neue Mitarbeiter eingestellt werden, wohnen sie dann in der Wohnung am Geschäft."

Peter geht mit Matthew das kurze Stück zum »Go Lucky« Saloon. Sie bleiben draußen vor der Schwingtür stehen und Mickey weist auf den Mann, der zu Rosy Simmons gehört. Er klopft Matthew auf die Schulter.

„Du wirst das schon machen."

„Zweifelst du etwa daran?" Er betritt den Saloon und setzt sich zuerst an die Bar, dreht sich zum Saloon und beobachtet das Treiben von der Theke aus. Der Tisch, an dem der bewusste Mann Poker spielt, ist gut besucht. Manche Zuschauer stehen dort und verfolgen das Spiel. Matthew überlegt sich einen Plan. Fast alle Gäste sind ihm unbekannt. Er hat vor zwei Jahren aufgehört, Poker zu spielen und seitdem sind viele neue Bewohner dazugekommen. Für die meisten hier im Saal ist er daher ein Unbekannter. Das ist sein großer Vorteil, den er zu nutzen gedenkt, um seinem Freund Peter Genugtuung zu verschaffen.

Wie er noch steht und zusieht, kommt Rosy Simmons wieder kurz dazu. Sie setzt sich neben ihren Begleiter und gibt ihm einen Kuss. Nach einem kurzen Gespräch, das mit einem Lachen der Frau endet, steht sie auf und geht wieder hinaus. Matthew sieht ihr hinterher. Er kann sich gut vorstellen, dass Peter auf ihre schönen Augen hereingefallen ist. Sie sieht gut aus und hat ein ansteckendes Lachen. Ihre blauen Augen glitzern wie kaltes Eis.

Matthew steht auf und geht an den Tisch. „Guten Abend, meine Herren! Stört es Sie, wenn ich ein wenig zusehe?"

Einer der Spieler antwortet. „Das können Sie gerne machen. Wenn Sie anfangen, irgendwelche Zeichen zu geben, fliegen Sie raus!"

Matthew hebt entschuldigend die Hände. „Keine Sorge, ich will Ihnen nur zusehen."

Er geht dann um den Tisch herum und sieht sich mit unbewegtem Gesicht die Blätter der Spieler an. Der Mann, der zu Rosy Simmons gehört, wird von den anderen »Phil« gerufen. Phil spielt geübt, auch ehrlich. Er gewinnt häufig und hat heute schon einen ganz ansehnlichen Gewinn angehäuft. Matthew beobachtet ihn sehr lange, um zu sehen, wie er sich verhält, wenn er ein gutes Blatt auf der Hand hat oder auch mal ein Schlechtes.

Ein Spiel ist gerade zu Ende, es hat wieder mit einem Gewinn von Phil geendet. Die Karten werden eingesammelt und gemischt. Matthew wendet sich an die Runde. „Ist Poker eigentlich schwierig zu spielen? Für mich sieht es sehr einfach aus."

Die Spieler lachen, dann antwortet einer: „Das ist nicht schwer. Sie müssen nur die Kartenkombinationen kennen und wissen, wie sie bewertet werden."

Er wendet er sich zu Mathew um und legt ihm einige Karten hin. „Das ist zum Beispiel ein Pärchen, und das sind zwei. Das sind die untersten Plätze. Es gibt zum Beispiel eine Straße, die ist schon sehr viel besser. Das Beste ist ein Flush. Wenn er mit einem Ass anfängt, dann ist das ein Royal Flush."

„Ach, müssen dann alle Karten die gleiche Farbe haben?", fragt Matthew und gibt sich harmlos.

Der Mann verdreht die Augen. „Sonst wäre es ja nichts Besonderes. Sie haben fünf Karten. Wenn alle eine Farbe haben, ist es das schon sehr, sehr hoch. Wenn die Reihe mit einem Ass anfängt, ist es die höchste Bewertung, die es überhaupt gibt. Das hat von uns hier noch niemand gehabt."

Matthew gibt sich weiter interessiert. „Wie hoch sind denn ihre Einsätze?"

„Wir spielen an diesem Tisch sehr hoch. Sie müssen schon eine gut gefüllte Brieftasche haben, um hier mithalten zu können."

„Das habe ich schon mitbekommen. Heute habe ich nicht viel bei mir, dafür aber morgen. Am Abend komme ich wieder. Dann werde ich mal mein Glück versuchen."

Er bedankt sich für die guten Ratschläge. „Ich werde bis morgen noch ein wenig üben; dann wird das schon klappen mit dem Gewinnen."

Die Männer lachen noch, als er den Saloon verlässt.

Am nächsten Morgen ist Matthew wieder an der Schmiede zu sehen. Er spricht mit Peter. „Der Mann ist zu knacken, ich habe auch schon einen Plan. Ich brauche nur noch mehr Bargeld, ich dachte so an die zweihundert Dollar."

„Du gehst aber hoch ran."

„Ja, ich habe die Absicht, ihn nach allen Regeln der Kunst fertig zu machen. Nun brauche ich noch Bargeld, um mich damit interessant zu machen."

„Ich habe Bargeld, nur nicht so viel. Ich werde mal Ben Nolan fragen, ob er mir etwas auslegen kann."

„Lass mich das machen, ich habe heute nichts vor. Ich bin nur deinetwegen hier." Er lacht Peter an. „Kümmere du dich um deine Schmiede, dann kommst du auf andere Gedanken."

Am Nachmittag betritt Matthew wieder die Werkstatt. „So, ich habe jetzt eine dicke Geldbörse. Heute Abend wird das Spiel steigen. Ach übrigens", fügt er hinzu, „der Laden von Ben Nolan ist die reine Goldgrube. Er hat insgesamt drei Angestellte. Einer davon arbeitet in der Hardware Abteilung, das ist eine richtige Verkaufskanone. Karl Trautmann heißt er, der hat nur in der Zeit, in der ich dort war, zwei Pflüge verkauft. Ben hat mir auch bereitwillig Geld geliehen, dafür habe ich ihm versprechen müssen, ihm von dem Ergebnis des Pokerspiels zu erzählen."

Matthew geht mit der vollen Geldbörse zu dem Saloon »Go Lucky«. Dort haben ihm die anderen Spieler schon einen Platz freigehalten und begrüßen ihn freundlich. Matthew durchschaut das höfliche Gehabe. Sie sind nur so nett zu ihm, weil sie hoffen, ihn ausnehmen zu können. Er sieht sich um und beobachtet auch die anderen Gäste im Lokal. Keiner sollte ihn von früher her kennen. Doch! Da sind zwei, die er kennt. Sie scheinen zu ahnen, was er vorhat, sie grinsen und kneifen ihm ein Auge. Der Pokerspieler Phil scheint nicht besonders beliebt zu sein.

Das Spiel beginnt, Matthew steigt vorsichtig ein, bietet und steigt vor Ende der jeweiligen Runde wieder aus. Er sieht so lange in seine Karten, dass seine Mitspieler schon unruhig werden. Er muss sich Sätze anhören wie: „Ich denke, du hast dir erklären lassen, wie man die Karten bewertet!", und: „Wird das heute noch was?"

„Entschuldigung, es ist doch nicht so einfach, wie ich dachte."

Bei den ersten Runden verliert er jedes Mal seinen Einsatz. Der Spieler Phil geht immer auf Nummer sicher und reizt seine Karten kaum aus. Dann startet wieder eine Runde, in der Phil ein sehr gutes Blatt zu haben scheint. Matthew hat in vielen Jahren als Berufsspieler gelernt, in den Gesichtern lesen. Phil hat demnach ein sehr gutes Blatt und wird nicht aufgeben. Er, Matthew, hat ein Paar aus zwei Zehnen, das ist ziemlich schwach. Hier wird jedoch Poker gespielt, da ist das Blatt alleine nicht ausschlaggebend.

Der Einsatz auf dem Tisch steigt immer höher, es liegen dort bestimmt schon einhundert Dollar. Phil bietet immer weiter mit. Matthew ist sich sicher, dass Phil normalerweise den Topf kassieren würde. Und wieder steigt der Einsatz. Die meisten Spieler haben schon aufgegeben, es sind nur noch drei, er, Phil und ein junger Mann mit strohblondem Haar, der nervös seine Karten sortiert. Und wieder beginnt eine neue Runde, jetzt steigt auch der Mann mit dem blonden Haar aus. Matthew sieht immer wieder sehr sorgfältig seine Karten an und hat ein strahlendes, ja fast überhebliches Grinsen im Gesicht. Er sieht die Zuschauer an. „Wenn man fünf aufeinanderfolgende Karten der gleichen Farbe hat, denn ist das ein Flush, oder?"

Einige der Zuschauer nicken, der Spieler Phil knurrt zwischen zusammengebissenen Zähnen hindurch. „Ja, doch, jetzt biete endlich!"

Matthew freut sich über sein scheinbar sagenhaftes Blatt, wieder legt er einen großen Schein auf den Tisch. Sein Gegenspieler wirkt nicht mehr so gelassen wie zu Anfang des Spieles, er ist etwas fahrig, seine Bemerkungen sind kurz und undeutlich.

Matthew zählt zum wiederholten Male seine Karten, er sortiert sie umständlich. „Und wenn vorne ein Ass wäre, dann wäre das ein Royal Flush, oder was habt Ihr gesagt?"

Das war ein Satz zu viel. Phil wirft seine Karten auf den Tisch und springt auf. „Nun nimm doch endlich den Einsatz mit deinem Flush!"

Matthew blickt auf das Blatt von Phil. Von den fünfen sind vier gleiche Karten unterschiedlicher Farbe. Das ist ein Vierling, oder ein »Four of a kind«. Das ist ein außerordentlich gutes Blatt, damit hätte er nie verlieren dürfen. Matthew wirft seine Karten auf den Tisch, es ist das Paar mit den Zehnen, nur ein wenig besser als gar nichts. Phil sieht darauf, dann dreht er sich zu Matthew um. Sein Gesicht ist verzerrt vor Wut: „Du verdammtes Schwein hast mich reingelegt mit deinem dummen Getue!" Er holt zu einem Schlag aus, wird jedoch von den Zuschauern zurückgehalten.

Matthew sieht ihn nachdenklich an. „Das ist Poker. Ich habe nur die Regeln angewandt. Übrigens: Ich bin ein Freund von Peter O'Connell. Von ihm werden Sie sicher gehört haben. Falls nicht, fragen Sie doch Ihre kleine Freundin."

Phil stampft wütend die Treppe hoch. Die Zuschauer im Saloon klatschen Beifall und Matthew grinst über das ganze Gesicht. Er hat schon viele Pokerrunden in seinem Leben erlebt, so eine wie diese allerdings noch nie. Er nimmt das Geld auf dem Tisch an sich, er ruft den Barmann und gibt eine Runde für alle aus. Der Keeper schenk ein und lachend nehmen die Gäste die Gläser in die Hand.

Es ist schon spät, als Matthew in die Schmiede kommt. Peter O'Connell wartet bereits auf ihn. Matthew strahlt über das ganze Gesicht, Peter sofort Bescheid weiß. Matthew geht an den Tisch und entleert seine Geldbörse. Er nimmt ein paar Scheine heraus und legt sie an die Seite.
„Das hier ist mein Einsatz, nun lass uns mal zählen, was wir gewonnen haben."
Schein um Schein wird gezählt. Es sind über dreihundert Dollar, die am Ende übrig sind.
Peter ist außer sich vor Freunde, den Reinfall mit dem Mädchen hat er fast vergessen. Matthew nimmt sich fünfzig Dollar von dem Haufen. „Mit dem Geld werde ich meiner Familie eine Freude machen, den Rest spende ich der Gemeinde."
Die beiden Freunde sitzen noch eine Weile beisammen und machen Späße. Peter ist fast wieder der Alte. Er fragt seinen Freund: „Hast du schon etwas von Mickey gehört? Der müsste doch bald wiederkommen."
„Ich habe nichts gehört. Ich rechne allerdings jeden Tag mit ihm."
Am nächsten Tag sucht Peter O'Connell Rosy Simmons in ihrem geerbten Haus auf. Er ist kurz angebunden. „Guten Tag, Miss Simmons. Ich habe hier den Kaufvertrag der Gemeinde für das Haus."
Er zieht seine Geldbörse heraus und gibt der verschämt zu Boden schauenden Rosy Simmons zweihundert Dollar.
„Das ist von der Gemeinde. Von mir gibt es nichts dazu, Sie wissen warum. Ich würde mich freuen, wenn Sie und Ihr Begleiter unsere Stadt so schnell wie möglich verlassen würden."
Rosy Simmons nickt. Aus einem Auge laufen wenige Tränen. Peter lässt es beinahe unberührt, er ist froh, dass er so schnell Abstand zu der Frau gewonnen hat.

Die Minenstadt Madsen

Mickey ist wieder zurück. Der Zug ist mit viel Dampf und Lärm Richtung Fleetwood abgefahren und hat ihn auf dem Bahnsteig zurück gelassen. Eine große Staubwolke hinter sich her ziehend, fährt der Sportwagen von Marilyn vor. Das Pferd bleibt stehen, sie springt vom Wagen und läuft mit wehendem Rock auf Mickey zu. Er lächelt sie an und nimmt sie in seine starken Arme. „Sollst du dich in deinem Zustand noch so anstrengen?"

Sie küsst ihn auf die Nase. „Hast du vergessen, dass das noch sehr lange dauert, bis eine Frau sich schonen muss?"

Die Benachrichtigung von Marilyn war nicht einfach gewesen, sie hat am Ende doch geklappt. Mickey hatte ein Telegramm zum Sägewerk an Matthew geschickt, und der wiederum hatte einen Boten über die Brücke am Sägewerk zur Double-M Ranch reiten lassen.

Mickey nimmt seine Tasche und legt sie auf den Wagen. „Ich schlage vor, dass wir erst das Pferd versorgen und es sich ausruhen lassen. Wir könnten zum Beispiel zu Peter gehen und ihn von der Arbeit abhalten." Er lacht. „Es gibt eine Menge zu erzählen, das kann und sollte unser Bürgermeister auch wissen."

Es gibt von beiden Seiten viel zu erzählen. Peter erzählt in knappen Worten von seiner kurzen Bekanntschaft mit Rosy Simmons und wie diese Bekanntschaft mit Matthews Hilfe beendet worden ist. Mickey lacht, er lacht so sehr, dass ihm die Tränen herunterlaufen. „Matthew ist ein Teufelskerl. Für diese tolle Tat werde ich mich extra bei ihm bedanken."

Mickey berichtet von dem Besuch bei Clint Wagner und dem Treffen auf dem Grundbuchamt. „Ich freue mich sehr, dass Clint hierher kommt und auch hier bleiben will", sagt Peter. „Er passt gut in unsere Gemeinschaft."

Peter schüttelt immer wieder den Kopf. „Nun haben wir in Gillette schon über eintausend Bürger. Wenn das Projekt mit der Kupfermine anläuft, werden es sicher noch über zweitausend werden."

„Das Kupfer interessiert zur Zeit noch niemanden. Wenn bekannt wird, dass wir Silber ausbeuten wollen, dann wird hier allerhand los sein. Unsere Geschäftsleute werden sich noch warm anziehen müssen", stellt Mickey klar.

„Silber ist doch nicht mehr viel vorhanden", wirft Marilyn ein.

„Das ist richtig", sagt Mickey, „das will dann niemand hören. Wir werden die Erwähnung des Wortes Silber so lange hinauszögern, wie es geht."

Auf dem Weg zur Double-M-Ranch erzählt Mickey Marilyn in allen Details von dem Besuch in Laramie. Als er Mister Jefferson erwähnt, freut sie sich. „Ich glaube, da wird mein Vater den lange vermissten Gesprächspartner bekommen."

„Wir können schon mal überlegen, wo die neuen Leute alle wohnen sollen und können. Vielleicht bleiben sie in Madsen, dann muss dort eine Stadt entstehen, in der man wohnen möchte."

„Ich kann mir nicht vorstellen, jemals woanders zu wohnen als auf der Double M Ranch, das ist für mich der schönste Platz auf der Welt", sagt Marilyn und schmiegt sich an ihn. Sie hat Recht. Sie nähern sich der Ranch, die dunklen Bäume treten zurück und geben den Blick auf die Anhöhe frei, in dem die Ranch mit dem Anbau ihres Hauses steht. Würziger Tannenduft liegt in der Luft und mischt sich mit dem Geruch nach Salbei, der aus dem Tal herauf weht. Der kleine See vor dem Haus glitzert in der Sonne, ein leichter Wind weht darüber hinweg und zerstört das eben noch so klare Spiegelbild des Waldes.

Zu Hause werden sie mit viel Freude empfangen. Die kleine Sarah kann jetzt auch laufen und hält sich an Mickeys Hose fest. Er geht in die Hocke und umarmt seine beiden Mädchen. Der Großvater Mark Baker steht dahinter und genießt den Anblick seiner Enkelinnen, die sich riesig freuen, weil ihr Vater wieder zurück ist.

Später berichtet Mickey seinem Schwiegervater von dem Besuch in Laramie. Als der von den Kupfervorkommen hört und von der zukünftigen » Wyoming Copper Company «, schüttelt er ein ums andere Mal den Kopf. „Was geht hier nur vor? Das hätte ich mir in meinen kühnsten Träumen nicht vorstellen können."

Wenige Tage später trifft Clint Wagner in Gillette ein. Mit ihm sind noch drei Mitarbeiter, die sich alle in dem Hotel von Mitchell Baker einquartieren. Mickey kommt später dazu, dann sitzen die fünf Männer noch bis in den späten Abend zusammen. Sie machen viele Späße, es gibt auch erste Pläne für die nächsten Tage. Sie wollen sich für jeden ein Pferd und Packesel besorgen und dann nach Madsen reiten. Clint Wagner hat bereits eine lange Einkaufsliste an den Inhaber des General Store, Ben Nolan, geschickt.

Am nächsten Morgen sind alle früh auf. Es ist sechs Uhr, die Sonne scheint gerade eben über die Gipfel der Black Hills hinweg und formt erste lange Schatten. Der Schein der ersten Sonnenstrahlen vertreibt die Kühle der Nacht.

Die Männer haben sich für jeden ein Pferd zum Reiten und ein Maultier für das Gepäck besorgt. Mickey sitzt wie immer auf seinem Rappen Brighty.

Ben Nolan hat noch Schlaf in den Augen, als er die vorbereiteten Säcke mit Lebensmitteln herausbringt. Mickey zieht ihn auf. „Was mutest du dir für unchristliche Arbeitszeiten zu? Hast du keinen, den du schicken kannst?"

„Du weißt doch, bei mir ist der Kunde König!" Ben Nolan lacht und sein zerknautschtes Gesicht verliert für einen Moment seine Falten.

Sie stehen jetzt mit ihren Tieren vor dem General Store und laden ihr Gepäck auf. Es sind Spaten und Schaufeln, mehre Hacken und mehrere Säcke mit Lebensmitteln.

Clint hat für seine Planungsarbeiten ein kleines Zeichenbrett und viele Rollen Papier dabei.

Nach zwei Stunden ist alles festgebunden und mehrfach inspiziert worden. Mickey führt den Trupp an, neben ihm reitet Clint Wagner. „Hast du dir gedacht, dass wir zwei wieder zusammenarbeiten würden?", fragt Mickey seinen Freund.

„Nein, ehrlich gesagt nicht, ich hatte es aber immer gehofft. Und nun sieht es so aus, als wenn ich für immer hierbleiben werde. Denn wenn unsere Planungen stimmen, wird die Mine eine Lebensaufgabe."

Sie reiten erst den alten Postweg entlang und biegen dann nach Westen ab in die Berge. Es geht manchmal steil bergauf, und ihre Tiere müssen sich anstrengen. Der Weg ist schmal, zeitweise müssen sie hintereinander reiten. Nach zwei Stunden erreichen sie ein Tal. Die Felswände treten zurück und die Wärme der Sonne ist wieder zu spüren. An der Felswand zur Linken klammern sich einige Häuser, teilweise verfallen, auf der rechten Seite stehen auch Häuser. Die meisten davon sind heruntergebrannt und einzelne verkohlte Balken zeigen wie kranke Finger in den Himmel.

Es ist Madsen. Hier hat Mickey vor drei Jahren einen Verbrecher zur Strecke gebracht. Um eine Verwirrung zu erzeugen, hatte er seinen indianischen Fährtenleser ein Feuer legen lassen. Der Ort war ohnehin nicht mehr bewohnt, nur ein paar Verbrecher hatten hier Unterschlupf gefunden.

Clint Wagner sieht sich neugierig um. „Es sieht so aus, als wenn es ohne dein Feuer auch nicht weniger heruntergekommen wäre. Lass uns zuerst eine Übersicht verschaffen."

Sie binden die Packesel an und reiten langsam die Hauptstraße entlang. Am Anfang auf der rechten Seite steht das Hotel, in dem die Verbrecher Zuflucht gesucht hatten. Das Hotel ist unversehrt, das Feuer hat es nicht erreicht. Mickey sieht in den Hof hinter dem Hotel, vor drei Jahren hatte er hier den toten Dusty MacKenzie zurückgelassen. Nun liegt hier niemand mehr, der Hof ist völlig zugewachsen.

Die Häuser auf der Bergseite werden nach Reparaturen noch zu verwenden sein. Die Häuser auf der bergabgewandten Seite, müssen abgerissen und durch Neubauten ersetzt werden.

In Clint Wagners Kopf formt sich ein Plan. „Wir werden es uns im Hotel gemütlich machen. Dort gibt es eine Pumpe, einen Herd und eine Toilette. Sobald wir das instand gesetzt haben, ist es ganz annehmbar. Danach machen wir eine Bestandsaufnahme mit einer Liste der Arbeiten und der erforderlichen Ausrüstung." Er sieht Mickey an. „Was sagst du dazu? Du bist jetzt derjenige, der alles was wir jetzt brauchen, bezahlen muss."

„Das ist mir klar, ich muss jetzt das Konto von mir und Marilyn plündern. Ich bin zuversichtlich, dass sich das auszahlen wird."

Einen Tag später hat Clint bereits einen großen Übersichtsplan angefertigt. Er beginnt mit Mickey und seinen Mitarbeitern, den alten Zufahrtsweg zu inspizieren. Dieser Weg war für die Versorgung der Stadt angelegt worden, ist dann leider, als es mit den Silberminen zu Ende ging, durch Sprengung unbrauchbar gemacht worden.

Felsbrocken türmen sich auf der alten Straße, die freien Flächen sind vollständig mit Kraut und kleinen Bäumen bewachsen, die Pferde finden nur mühsam einen Pfad hindurch.

„Wir sollten gleich vorsehen, hier einen Fahrweg und eine Eisenbahntrasse zu bauen", sagt Mickey. „Die Bahn sollte dann bis zum Bahnhof in Gillette führen."

„Ja, das ist sinnvoll", Clint lacht, „dann wirst du auch noch Direktor einer Eisenbahnlinie!"

„Was hältst du von Copper Mining Railroad, CMRR?", beide Männer lachen.

Clints Helfer sind schon vorausgeritten und räumen die größten Felsbrocken aus dem Weg. Nach etwa 50 Yards haben sie die Strecke mit den Sprengschäden hinter sich gelassen und es reitet sich einfacher. Clint mustert die Umgebung sorgfältig und macht sich Notizen.

Am Abend sitzen sie im Essensraum des Hotels und halten ihre erste Besprechung ab. Clint hat eine lange Liste angefertigt, die er Mickey übergibt.

„Das sind alles Dinge, die wir in den nächsten Tagen benötigen. Die solltest du so schnell wie möglich bei Ben Nolan abgeben."

Mickey sieht auf die Liste. Es sind hauptsächlich Haushaltsgeräte wie Teller und Besteck. Auch ein neues Ventil für die Pumpe im Hof des Hotels ist enthalten. Mickey nickt, „okay, wird gemacht. Und wie lautet der Plan für die nächsten Wochen?"

Clint überlegt, er nimmt sich ein neues Blatt Papier und entwirft einen Zeitplan. Er zeichnet eine lange Linie, die er in Vierteljahre unterteilt. Die ersten Abschnitte unterteilt er noch in Monate. Die Linie endet in zwei Jahren von jetzt an, dann erläutert er seinen Plan: „Das Wichtigste ist die Versorgung mit Baumaterial und mit Lebensmitteln. Deshalb werden wir sofort mit der Planung der beiden Trassen beginnen. Parallel dazu läuft die Planung für den neuen Ort und die Minenanlage. Wir werden zu Beginn etwa fünfzig Arbeiter benötigen, die den Ort wieder aufbauen und neue Häuser errichten. Weitere fünfzig werden nach Ende der Trassenplanung für den Bau der Bahn und der Straße eingesetzt. Nach dem ersten halben Jahr werden wir mit dem Bau der Minenanlage beginnen, dafür werden wir alle der fast einhundert Leute benötigen."

„Wollte Mister Jefferson nicht nach einem Vierteljahr kommen?"

„An ihn habe ich auch schon gedacht. Ich glaube, er ist zuerst in Gillette am besten aufgehoben. Er wird etwa ein paar Monate im Hotel wohnen müssen, und kann dann nach Fertigstellung der ersten Häuser hierher kommen."

Einer der drei Gehilfen von Clint hat eine Frage: „Was ist mit einem Geologen? So jemand kann doch auch schon anfangen."

„Du hast Recht. Wir müssen einen geeigneten Mann finden, der kann dann, sobald dieser Ort bewohnbar ist, auch hierher kommen. Das heißt, wir müssen mit Hochdruck an dem Aufbau des Ortes arbeiten."

„Wir müssen im Auge behalten, dass das Grundbuchamt in Laramie innerhalb eines Jahres einen Plan von uns bekommt", gibt Mickey noch zu bedenken.

„Das schaffen wir leicht. In einem Jahr wollen wir die Forderungen des Amtes schon in die Tat umgesetzt haben, nicht nur auf dem Papier, wie gefordert."

Clint hat ein sicheres Gefühl, diese Art Projekt hat er schon mehrfach planen können.

Am Abend sitzen Mickey und Clint alleine zusammen und sprechen über die finanzielle Seite des Projektes. „Was meinst du, was wird mich der ganze Spaß kosten? Ich muss sicher sein, dass ich mich nicht übernehme."

Clint grinst. „Ich weiß nicht, über wie viel Privatvermögen du verfügst, ich werde für das Projekt eine Kostenschätzung anfertigen."

Er arbeitet wieder an einer langen Liste, Anzahl der Arbeiter, der Fachleute, benötigte Materialien wie Holz und Schienen. Nach einer Stunde angestrengten Grübelns fasst er zusammen:

„Die unwägbaren Posten darin sind die Entwicklung der Rohstoffpreise für Kupfer, wie viel Silber können wir noch verkaufen und wie viel Geld bekommen wir für die zukünftigen Aktien. Du siehst also, dass wir zurzeit noch nicht alles absehen können. Wenn ich an ähnliche Projekte denke, werden wohl ganz grob fünfzigtausend Dollar für die Bauphase erforderlich sein."

Clint erschrickt. „Meine Güte, das ist mehr, als ich be-
fürchtet hatte. Es sprengt zwar nicht meine Kasse, aber das
haut ganz ordentlich rein!"

Clint verspricht Mickey, die Kostenschätzung zu jedem
seiner Besuche zu aktualisieren, genau so, wie die geschätzten Einnahmen aus den Silber- und Aktienverkäufen an die
neuen Kurse angepasst werden.

Mickey reitet wieder nach Gillette, mit einer langen Liste
im Gepäck. Er hat sich auf ein Abenteuer eingelassen, das
ihm schon fast eine Größenordnung zu viel ist. Sein Weg
führt ihn zum Kaufmann, Ben Nolan ist für ihn immer die
erste Wahl. Er hat immer wieder gezeigt, dass er sich an
neue Gegebenheiten sehr schnell anpassen kann. So auch
dieses Mal. Er wittert natürlich ein neues Geschäft, vor
seinem inneren Auge entsteht eine Filiale von Nolans General Store in Madsen. Er verspricht schnellst möglichst
die Liste abzuarbeiten.

„Was habt ihr eigentlich in Madsen vor?", fragt er und
sieht Mickey neugierig an.

„Es gibt dort Kupfer, das wir abbauen werden."

„Kupfer? Und was ist mit dem Silber?"

„Das Silber ist fast völlig ausgebeutet, das spielt keine Rolle mehr. Es geht um Kupfer, Kupfer ist das Metall der
Zukunft. Denke nur an die Telegrafenleitungen, das ist erst
der Anfang. Alles, was mit Elektrizität zu tun hat, braucht
Kupfer. Wir werden Aktien herausgeben, du kannst bald
welche kaufen!"

„Das klingt interessant. Kann ich auch mit der Elektrizität
handeln?"

„Mit der Elektrizität eher weniger. Es gibt genügend andere Dinge, wie elektrische Lampen, es soll sogar Motoren
geben, die mit Strom angetrieben werden. Du wirst ein
eigenes Geschäft für elektrische Artikel haben müssen!"
Mickey lacht und sieht den erstaunten Ben an. „Das ist

jetzt noch Zukunftsmusik, in ein paar Jahren wird es so weit sein."

Ben Nolan schüttelt noch den Kopf, als Mickey weiterreitet. Er nimmt den Weg zur Double-M-Ranch, es zieht ihn wieder zu seiner Frau und seinen Kindern. Seinem Schwiegervater will er von dem Projekt erzählen, bei ihm findet er immer ein offenes Ohr für seine Pläne.
Es ist fast Abend, als er die Ranch erreicht. Er führt sein Pferd zum Stall, da fällt sein Blick auf Marilyn, die aus dem Haus auf ihn zu kommt. Sie fliegt in seine Arme und sie küssen sich herzlich. Mickey sieht prüfend an ihr hinunter.
„Es ist ja immer noch nichts zu sehen." Er lacht seine schöne Frau an.
„Warte nur, ohne Kleidung kann man es schon erkennen."
Mickey trocknet sein Pferd ab und legt ihm eine Decke über. Während Brighty trinkt, füllt er noch Hafer in den Futtertrog.
Marilyn hält seine Hand, als sie in ihr Haus gehen. Sein Schiegervater kommt ihm entgegen. Er ist immer ganz begierig auf Neuigkeiten, auch dieses Mal geht er nicht leer aus. Mickey berichtet von der anlaufenden Planung, auch von den Kosten, die er zunächst tragen muss. Später wird er alles mehrfach zurück erhalten, jetzt muss er in den sauren Apfel beißen.
„Du wirst das schon hinkriegen, ich bin sehr zuversichtlich." Sein Schwiegervater ist immer sehr stolz auf ihn, er scheint zu glauben, dass Mickey alles gelingt.

Der Umbau des Hauses der verstorbenen Witwe Barrymore zur neuen Schule ist fast abgeschlossen. Die Arbeiten dafür sind an die neue Tischlerei im Ort vergeben worden. Die Firma arbeitet sehr fleißig und die Arbeiten schreiten gut voran. Peter O'Connell inspiziert den Fortschritt der Bauarbeiten von Zeit zu Zeit. Die neue Schule besteht aus zwei großen Klassenräumen im Erdgeschoss und zwei kleinen Wohnungen für die noch einzustellenden Lehrkräfte im Obergeschoss. Der eine Klassenraum ist für die Kinder des Ortes Gillette vorgesehen. Es wird angenommen, dass bis zu vierzig Kinder sechsmal in der Woche zum Unterricht kommen werden. Der andere Klassenraum ist für die Kinder der Siedler im weiter entfernten Tal gedacht. Dort leben erheblich mehr Kinder, doch diese werden wegen der größeren Entfernung nicht jeden Tag zur Schule kommen können, sodass dieser Raum in der Größe dem anderen Raum ähnlich ist.

Anzeigen für neue Lehrkräfte waren auch schon aufgegeben worden. Verantwortlich für die Anzeigen war wie immer bei diesen Aufgaben, John Clarkdale mit seiner tüchtigen Mitarbeiterin, Sunny Cornerman. Bisher hatten sich nur Frauen für die Tätigkeit als Lehrerin angeboten, auch aus dem Ort Gillette, den meisten fehlte jedoch die gewünschte Qualifikation.

In der Schmiede von Peter O'Connell ist wieder Hochbetrieb. Neben Tom Pearce hat er noch einen weiteren Gehilfen. Auch in der Wagnerei nebenan ist viel zu tun. Der junge Wagenbauer arbeitet auch mit einem Gehilfen.

Peter sieht hoch, weil auf dem Platz vor der Schmiede eine Frau steht. Sie steht wohl schon länger da, sie ist nur noch nicht bemerkt worden. Er stellt seine Arbeit einen Moment ein und geht auf sie zu. „Kann ich etwas für Sie tun, Miss?"

„Ich hoffe doch. Ich bin wegen der Anzeige für die Lehrerin gekommen. Die Stelle ist doch noch frei?"

„Doch, doch. Sie sind nicht umsonst gekommen. Wir haben sogar noch zwei Stellen frei. Doch eine Frage zuerst: Sind Sie im Besitz einer Unterrichtsurkunde?"

Die junge Frau sieht ihn an und lächelt: „Glauben Sie, ich wäre sonst hier?"

„Äh, also, eigentlich nicht. Es hatten sich schon ein paar ohne diese Qualifikation gemeldet."

Wenn ihm die Frau ein Lächeln schenkt, wird Peter doch etwas nervös. Sie ist ziemlich groß, fast sechs Fuß, schlank und hat lange schwarze Haare, die sie zu einem strengen Knoten gebunden hat. Sie trägt eine Nickelbrille, über die hinweg sie jetzt Peter O'Connell mustert.

„Ich möchte noch gerne ergänzen, dass ich mit Mistress angesprochen werde. Und um ihrer nächsten Frage zuvorzukommen: Ja, ich war verheiratet, mein Mann ist vor zwei Jahren gestorben."

Mit ihrer unverblümten Art hat sie dem mächtigen Schmied jetzt zum zweiten Mal den Wind aus den Segeln genommen.

„Äh, Entschuldigung, das wusste ich natürlich nicht, eine so junge Frau wie Sie."

„So jung auch wieder nicht. Ich bin Anfang dreißig. Und, wie geht es jetzt weiter mit meiner Bewerbung?"

Sie scheint sich einen Spaß daraus zu machen, den im Umgang mit Frauen ungeübten Schmied auf den Arm zu nehmen.

Peter versucht es mit zaghaftem Lächeln. „Das ist jetzt etwas ungünstig. Ich schlage vor, Sie gehen jetzt zum Hotel, dort werde ich Sie in etwa einer Stunde aufsuchen. Ist das in Ordnung?"

„Ich hatte gehofft, Sie würden mir mit meinem Gepäck helfen."

Peter O'Connell ist zerknirscht. „Das tut mir leid, ich kann gerade jetzt nicht fort. Lassen Sie den Koffer doch stehen, ich bringe ihn nachher mit."

Die künftige Lehrerin verabschiedet sich mit einem Lächeln, Peter O'Connell sieht ihr noch einen Moment nach und stellt dann den Koffer an das Tor.

Es ist etwas mehr als eine Stunde her, dass die junge Frau bei Peter O'Connell vorstellig geworden ist. Deshalb hat Peter O'Connell es jetzt eilig. Er hat gerade sein Arbeitszeug gegen saubere, vorzeigbare Kleidung getauscht, er schnappt sich den Koffer und geht mit flottem Schritt zum Hotel.

Sie sitzt bereits im Raum am Empfang und empfängt den Bürgermeister mit einem Lächeln. Peter setzt sich zu ihr.

„Tut mir leid, dass es noch so lange gedauert hat, heute war ganz besonders viel zu tun, Mrs.…äh, ich kenne Ihren Namen noch nicht."

„Entschuldigung, ich habe mich noch nicht vorgestellt. Ich heiße Susan Brooks, und Sie sind bitte?"

„Jetzt bin ich dran, mich zu entschuldigen. Ich heiße Peter O'Connell. Ich bin der Schmied, wie Sie sicher schon bemerkt haben und der Bürgermeister hier im Ort."

Peter O'Connell erfährt, dass Susan Brooks aus Dodge City kommt. Dort war sie bereits als Lehrerin tätig. Verheiratet war sie mit dem Marshall, bis dieser dann vor zwei Jahren erschossen wurde. Kinder haben sie nie gehabt, es war unklar, ob es an ihr oder an ihrem Mann gelegen hatte. Peter hört ihr aufmerksam zu und stellt gelegentlich eine Frage. „In meiner Funktion als Bürgermeister habe ich den Schlüssel für die Schule, in der Sie auch wohnen können. Ich schlage vor, wir gehen jetzt dort hin und ich zeige Ihnen, wie es aussieht."

Susan Brooks nickt, und legt kurz ihre Hand auf seinen Arm. „Wenn Sie mich entschuldigen würden, ich möchte mich kurz frisch machen. Wenn Sie mir dazu den Koffer auf mein Zimmer bringen würden?"

Peter springt sofort auf. „Ja natürlich! Lassen Sie sich Zeit, ich warte gerne auf Sie."

Er hilft ihr den Koffer auf das Zimmer zu tragen. Bis zur Übernahme als Lehrerin und der Fertigstellung der Einrichtung in ihrer künftigen Wohnung, wird sie ein paar Tage im Hotel wohnen. Peter sieht die Treppe hoch, als sie wieder herunterkommt. Sie hat ihren Knoten aufgelöst und die Haare gebürstet. Sie hat schwarze Locken, die ihr bis auf den Kragen reichen. Aufmerksam mustert der Schmied seine Besucherin. Ein Lächeln huscht über ihr Gesicht, als sie bemerkt, wie Peter O'Connell sie anerkennend ansieht.

Peter O'Connell bietet ihr den Arm, als sie über den Bürgersteig zu der zukünftigen Schule gehen. „Haken Sie sich gerne bei mir ein, der Bürgersteig ist nicht ganz eben und hat so seine Tücken."

„Danke, das mache ich gerne."

Peter gibt ihr auf dem Weg zu der Schule einen kurzen Abriss über die Geschichte des Ortes Gillette. Er wohnt selbst fünf Jahre hier und kann deshalb nur etwas zur neueren Entwicklung sagen. Susan Brooks ist sehr beeindruckt.

„Ich kenne Dodge City gut, das ist größer als ihr Ort hier, aber Gillette gefällt mir besser. Es ist alles ordentlicher, man sieht keine heruntergekommenen Häuser, es ist alles sehr gepflegt."

Sie erreichen das Haus der verstorbenen Witwe Barrymore, Peter O'Connell holt den Schlüssel heraus und führt die junge Lehrerin hinein.

„Hier unten sind die Klassenräume. Sie sind beinahe fertiggestellt, es fehlen lediglich noch einige Bänke."

„Ach, das sieht aber sehr gut aus! Die Gemeinde Gillette geizt nicht mit Geld, das kann man überall sehen."

Die zukünftige Lehrerin ist sichtlich beeindruckt. Peter führt sie die Treppe hinauf und zeigt ihr die für die Lehrkräfte vorgesehenen Wohnungen. Es gibt eine Küche, die von beiden Personen genutzt werden soll. Die eigentliche Wohnung besteht aus einem Schlaf- und einem Wohnzimmer. Das Obergeschoss hat ein Mansardendach, die Fenster gehen zur Straße und nach hinten hinaus. Susan Brooks sieht nach unten in den Garten. Die verstorbene Besitzerin des Hauses hat einen üppigen Blumengarten hinterlassen.

„Oh! Das ist schön! So viele Blumen!", ruft Mrs. Brooks entzückt aus. Es ist Juli, die meisten Gehölze und Stauden geizen nicht mit ihrer Blütenpracht.

Sie dreht sich zu Peter O'Connell um. „Ich möchte hier gerne als Lehrerin arbeiten. Haben Sie noch irgendwelche Fragen an mich?"

„Ich kann ohnehin nicht prüfen, ob sie eine gute Lehrerin sind. Ich benötige Ihren Qualifikationsnachweis. Ideal wäre noch ein Nachweis, dass Sie als Lehrerin gearbeitet haben."

Susan Brooks strahlt ihn an. „Ich habe beides bei mir, ich kann also sofort anfangen!" Sie ist sehr froh, beinahe hätte sie den stämmigen Bürgermeister umarmt.

„Das ist schön, ich freue mich über Ihre Zusage. Es fehlt noch etwas Einrichtung in der Küche, die soll laut Aussage unseres Händlers in den nächsten Tagen kommen." Peter grübelt noch ein wenig. „Wir könnten in zwei Wochen eine Einweihung der Schule durchführen. Wir laden die Eltern aus dem Ort ein, sie können ihre Kinder mitbringen und wir stellen Sie dann als neue Lehrerin vor."

„Wer war denn die bisherige Lehrerin?"

„Die Stelle war nur vorübergehend besetzt. Eine Frau aus dem Ort hatte die Kinder im Gemeindesaal unterrichtet. Die Anzahl der Kinder hat so zugenommen, dass sie das nicht länger leisten konnte."

„Das ist gut so, ich wollte nicht jemandem die Arbeit wegnehmen."

Peter schmunzelt. „Wir haben das große Glück, dass unser Ort so wächst, dass niemand jemand anderem Arbeit wegnimmt."

Gut gelaunt schlägt der Bürgermeister vor: „Ich fühle mich in so guter Stimmung, dass ich gerne mit Ihnen zu Abend essen würde. Seien Sie bitte mein Gast."

Susan Brooks freut sich über das Angebot. „Das ist eine wunderbare Idee. Ich nehme selbstverständlich Ihre Einladung an."

Sie essen im Boarding House. Wie immer ist die Auswahl nicht groß, dafür lässt die Qualität nichts zu wünschen übrig. Peter ist in aufgeräumter Stimmung, und auch die neue Lehrerin kommt aus ihrem Schneckenhaus.

Sie plaudern beide und erzählen sich von ihrem Leben. Als Susan Brooks hört, dass die Familie von Peter O'Connell bei einem Indianerüberfall ums Leben gekommen ist, ist sie ehrlich betroffen und sie legt ihre Hand auf seinen Arm.

„Sie Armer, das ist ja schrecklich!"

„Ja, das war schlimm damals, das ist nun über fünf Jahre her. Ich hatte damals in Laramie gewohnt und hatte mein Heim und alles andere zurückgelassen, um hier eine neue Heimat zu finden."

„Ich habe vermutet, dass der junge Mann, der bei Ihnen in der Schmiede tätig ist, Ihr Sohn ist."

„Nein, obwohl es mir manchmal so vor kommt, als wenn er mein Sohn wäre. Das ist Tom Pearce, er ist vor zwei Jahren mit seinen Schwestern hierhergekommen. Auf der Fahrt hierher waren die Eltern ums Leben gekommen. Nun wohnt Tom bei mir und er ist mir fast wie ein Sohn ans Herz gewachsen. Die beiden Mädchen sind übrigens von einem befreundeten Paar adoptiert worden."

Da kommt Peter O'Connell ein Gedanke. „Ich habe eine Idee! Ich muss für Ihre Einstellung noch die Zustimmung des Gemeinderates einholen."

„Oh! Habe ich meine Stelle noch nicht sicher?"

„Nein, keine Sorge. Die Zustimmung des Gemeinderates ist in diesem Fall nur eine Formalität. Nein, meine Idee ist folgendes: In zwei Tagen ist wieder Sitzung des Gemeinderates. Dort möchte ich Sie meinen Kollegen vorstellen, sie werden genauso begeistert sein wie ich."

Jetzt ist es an Susan Brooks zu lächeln.

„Und das Besondere an dieser Gemeinderatssitzung ist, das Mickey Callaghan dazukommt."

„Ist es der Mister Callaghan, den Sie vorhin schon ein paar Male erwähnt haben?

„Ja, genau der. Er möchte dem Gemeinderat seine neuen Pläne hinsichtlich der Wiederbelebung der Mine in Madsen vorstellen. Das ist für den Ort Gillette von erheblicher Bedeutung. Ich stelle mir vor, dass Sie bis Ende dieses Vortrages bei uns verweilen können."

„Das ist wirklich eine gute Idee. Dann werde ich schnell eingeführt. Zusammen mit der Einweihung der neuen Schule ist es ein Bilderbuchstart, den Sie mir hier ermöglichen. Noch eine Frage: Kann ich einen Schlüssel für die Wohnung und die Schule bekommen? Ich möchte versuchen, mich schon ein wenig einzurichten."

„Das ist kein Problem. Ich kann Ihnen morgen die beiden Schlüssel ins Hotel bringen. Passt es um die Mittagszeit? Dann könnten wir gemeinsam essen."

Susan Brooks lächelt wieder. „Sie legen ja ein ziemliches Tempo vor. Vor zwei Stunden guckten Sie nur verlegen herum, und nun mutieren Sie zum Herzensbrecher!"

„Nein, nein! Verstehen Sie das nicht falsch. Ich freue mich an Ihrer Anwesenheit. Und wenn Sie lieber die Zeit alleine verbringen, dann ist das auch in Ordnung."

Zwei Tage später ist die Sitzung des Gemeinderates. Peter O'Connell hat die neue Lehrerin abgeholt und steht nun mit den schon eingetroffenen Mitgliedern des Gemeinderates vor dem Besprechungsraum. Susan will bei den Mitgliedern einen besonders guten Eindruck bewirken und hat sich hübsch zurechtgemacht. Der Gemeinderat besteht nur aus Männern, die sie neugierig mustern.

Mickey Callaghan betritt jetzt auch das Gemeindehaus und wird von allen Anwesenden mit Freude und Respekt begrüßt. Neugierig mustert er die einzige Frau und gibt ihr die Hand. „Madam, ich bin sehr erfreut Sie kennenzulernen!"

Susan Brooks nickt etwas verlegen. Sie ist überrascht, dass dieser wichtige Mann so jung ist.

Die Sitzung wird vom Bürgermeister Peter O'Connell eröffnet. „Liebe Kollegen! Bevor wir zur nicht-öffentlichen Sitzung kommen, schlage ich vor, dass wir zwei Punkte zuerst bearbeiten. Es sind die Vorstellung und eventuell Einstellung der neuen Lehrerin und der Vortrag von Mickey Callaghan."

Der Gemeinderat ist damit einverstanden. Sichtlich erfreut betrachten Sie die neue Lehrerin. Susan Brooks berichtet dem Gemeinderat in knappen Worten ihren Lebenslauf und von ihren bisherigen Tätigkeiten als Lehrerin.

Nachdem Sie die gewünschten Papiere dem Gemeinderat zur Einsicht übergeben hat, wird ihre Einstellung beschlossen.

Nun ist es an Mickey Callaghan, seinen Plan für den Bau einer Kupfermine im Gebiet der früheren Silbermine Madsen vorzustellen.

„Mit größeren Silberfunden rechnen wir nicht, die Kupfervorkommen sind jedoch nach ersten Untersuchungen ganz erheblich. Der Abbau wird sich über mehrere Jahrzehnte hinziehen, abhängig von der Entwicklung des Kupferbedarfs."

„Können Sie etwas über die Verwendung von Kupfer berichten?"

Das lässt sich Mickey nicht zweimal fragen. Genau diese Frage hat er erwartet und beantwortet sie ausführlich.

„Kupfer wird in den nächsten Jahren ganz erheblich an Bedeutung zunehmen. Es ist der zweitbeste Leiter für elektrischen Strom, gleich nach Silber. Die Elektrifizierung befindet sich jetzt noch in den Kinderschuhen, ohne Kupfer wird es nicht funktionieren."

„Wann rechnen Sie mit einem zunehmenden Bedarf an Kupfer?"

Mickey zögert, das ist der einzige Punkt, der ihm etwas Bauchschmerzen macht. „Ich bin kein Prophet, das hängt maßgeblich von weiteren noch notwendigen Entwicklungen ab. Ich kann mir vorstellen, dass wir in Gillette beispielhaft die Nutzung der elektrischen Energie einführen, sozusagen als Reklame. Ich habe kürzlich von einem Gerät gehört, womit man Stimmen übertragen kann, ein sogenanntes »Telephon«. Ich wünsche mir die Einführung und Erprobung in Gillette so bald wie möglich, und ich bin gerne bereit, die notwendigen Gelder dafür zur Verfügung zu stellen."

Die Mitglieder des Gemeinderates sehen sich gegenseitig an, eine lebhafte Diskussion beginnt. Dann meldet sich Ben Nolan. Er gehört wie viele der Geschäftsinhaber von Gillette, dem Gemeinderat an.

„Ich finde, dass die Einführung der Elektrizität in Gillette für Reklamezwecke eine sehr gute Idee ist. Stellen Sie sich die Schlagzeilen in den Zeitungen vor! Gillette wird über die Grenzen von Wyoming hinaus bekannt werden."

Damit hat er den Gemeinderat überzeugt. Mickey Callaghan gibt noch einen Überblick über die weiteren Pläne und die vielen Arbeiter, die er benötigt.

Susan Brooks gefällt der Gemeinderat. Die meisten Mitglieder sind aufgeschlossen und zukunftsorientiert. Das ist es, was ein Ort für seine Entwicklung braucht. Vielleicht kann sie eines Tages auch im Gemeinderat mitwirken. Dann wäre sie die einzige Frau, dieser Gemeinderat würde das wohl ermöglichen.

Mickey Callaghan ist mit vier Packeseln unterwegs auf dem Weg nach Madsen. Ein Reiter der Double-M hilft ihm die Tiere zu führen. Das Gepäck auf den Tieren beinhaltet Lebensmittel und weitere Ausrüstung für das noch kleine Projektteam.

Heute ist kein schöner Tag, es hat teilweise geregnet und der Wind ist unangenehm. Die beiden Männer haben sich eine Wachsjacke übergezogen. Das Gepäck auf den Eseln ist ohnehin in Persenning eingepackt, die hält eine Weile dicht. Nun ist der Regen vorbei, es tropft immer noch von den Bäumen. Die Sonne ist wieder zu sehen und die wärmenden Sonnenstrahlen lassen die Feuchtigkeit aus dem Gras als Dampf aufsteigen.

Als die Kolonne Madsen erreicht, ist die Freude groß. Die Männer vom Projektteam stürzen sich auf die Säcke und bringen sie in das Hotel. Clint, Mickey und sein Gehilfe von der Ranch fassen mit an. Danach führt Clint Mickey in den Essensraum, den sie tagsüber für ihre Planung verwenden. Auf dem Tisch liegt eine große Karte der Gegend um Madsen. Stolz zeigt Clint ihm die bisherigen Ergebnisse. Neue Häuser sind eingezeichnet, eine Straße und eine Eisenbahn sind auch schon zu sehen.

„Wir sind zurzeit dabei, Berechnungen für die erforderlichen Holzmengen anzustellen, du kannst dein Sägewerk schon mal warmlaufen lassen."

„Das läuft schon ständig warm", sagt Mickey und lacht. „Mein Leiter des Sägewerkes, Matthew Richmond, hat schon jetzt gut zu tun, wir arbeiten am Rande unserer Kapazität."

„Sobald die neuen Häuser fertiggestellt sind, werden wir unser Projektteam verstärken. Wenn du morgen wieder zurückreitest, werde ich mit dir kommen, um mich um weitere Fachleute zu kümmern. Wir brauchen noch mindestens einen Geologen und einen Fachmann für den Minenbau, dazu noch einige Bauingenieure. Außerdem brauchen wir noch jede Menge Arbeiter für den Bau der Straße und der Bahntrasse. Ich denke an etwa fünfzig Bauhelfer."

„Die Pläne für die Wohnungen berücksichtigen die steigende Zahl der Arbeiter, oder?" Mickey gehen Clints Überlegungen fast zu schnell.

„Ja, natürlich. Unsere Planung geht bereits sehr viel weiter. Hast du dir im Übrigen schon Gedanken darüber gemacht, wie wir das Silber abbauen, ohne dass es gestohlen wird?"

„Ehrlich gesagt, nicht. Können dir die vorgesehenen Fachleute helfen?"

„Wahrscheinlich nur zum Teil. Wir müssen uns selbst etwas einfallen lassen. Ich habe mir folgendes gedacht: Wir müssen den gesamten Minenbereich mit Stacheldraht zwei Meter hoch einzäunen. Wir brauchen eine Wachmannschaft, die aus mehreren Personen besteht, sodass wir zum Beispiel täglich nach Arbeitsende jeden Arbeiter überprüfen können."

„Ich denke, dass du Recht hast. Obwohl es mir immer gegen den Strich geht, solche Überlegungen anstellen zu müssen."

„Das kann ich gut verstehen. Jetzt mal etwas anderes. Ich möchte dir draußen etwas zeigen. Wie gut kennst du Madsen?"

Mickey denkt drei Jahre zurück, als er in Begleitung des Indianers aus Gillette den damaligen Zufluchtsort für Verbrecher in Schutt und Asche legen ließ.

„Nein, ich kenne nur einen kleinen Teil, kaum mehr als dieses Hotel hier."

„Dann schwing dich auf dein Pferd, ich habe eine Überraschung für dich!"

Mickey ist sehr gespannt auf das, was Clint ihm zeigen wird. Sie gehen beide hinaus und holen ihre Pferde von dem Platz hinter dem Hotel. Es ist genau der Ort, an dem Mickey vor drei Jahren den Verbrecher Dusty MacKenzie erschossen hatte.

Clint reitet voraus. „Es ist nur ein kurzes Stück!"

Mickey reitet hinter ihm her. Am Ende des Ortes biegt er ab, zwischen zwei Felswänden hinein. Kurz danach treten die Felswände zurück und geben den Blick auf ein kleines Tal frei. Es ist höchstens 600 Yards breit und überwiegend von Kiefern bewachsen. Von einer Felswand fällt ein Wasserfall, der sich zu einem kleinen Fluss sammelt und später in einen kleinen See übergeht. Das Ende des Tales öffnet sich und man kann weit in die Ferne sehen. Man erkennt das Tal südlich von Gillette, in dem die Siedler leben. Ganz ferne, kaum erkennbar im Dunst, glaubt Mickey die

Dampfwolke der Eisenbahn sehen zu können. Clint reitet in das kleine Tal hinunter, bis er den Bach erreicht. Der Bach ist schmal, gerade so breit, dass man nicht hinüber springen kann.

Clint sieht Mickey triumphierend an. „Na, habe ich zu viel versprochen?"

Mickey ist überrascht, das hatte er nicht erwartet. Hier ist es beinahe so schön wie dort, wo die Ranch seines Schwiegervaters steht und er nun auch sein Zuhause hat. „Nein, hast du nicht. Ich bin ehrlich überwältigt."

Clint strahlt ihn an. „Hier werde ich mir ein Haus bauen. Und wie ich Martin Jefferson einschätze, wird er mit seiner Frau hier auch wohnen mögen."

Mickey nickt zustimmend. „Das könnt ihr kaum besser treffen. Bis nach Madsen und zu den Minenanlagen sind es nur fünf Minuten zu reiten, das könnte hier ein kleiner Edelort werden."

Clint wendet sein Pferd. „Ja, so ähnlich stelle ich mir das auch vor. Nun möchte ich dir noch zeigen, wie weit wir mit der Herstellung der Straße gediehen sind."

Die Straße ist fertig geräumt und bald wieder zu verwenden. Clint ist sichtlich stolz auf das Ergebnis, dass er mit seinen wenigen Leuten erreicht hat.

„Wir sind noch nicht ganz fertig, in nur einer Woche werden hier Wagen fahren können. Das brauchen wir auch, um alleine das benötigte Holz hierher zu schaffen."

Mickey ist sehr zufrieden. In Clint hat er ganz offensichtlich nicht nur einen guten Freund, sondern auch einen tüchtigen und klugen Planer hierher bekommen. Die Arbeit an dem Projekt und die spätere Beteiligung an der Kupferfirma werden ihn für lange Zeit beschäftigen.

Micky, Clint und der Helfer von der Ranch reiten am nächsten Morgen wieder nach Gillette. Die Packesel sind aneinandergebunden und laufen ohne Gepäck hinterher. Lediglich die leeren Säcke sind auf ihnen festgebunden.

Clint und Mickey haben noch viele Dinge zu besprechen. Mickey geht schon eine Weile die Holzverladestation am Bahnhof in Gillette durch den Kopf.

„Weißt du, Clint", sagt er, „das Holz sollten wir schon am Sägewerk aufladen. Dazu müssen wir allerdings ein Gleis über den Brazos River führen. Der Platz, den wir dann in Gillette gewinnen, sollten wir für den Anschluss an die Bahnlinie nach Madsen verwenden."

Clint hört sich das an und denkt einen Moment darüber nach.

„Das halte ich für eine ausgezeichnete Idee. Wir sollten die Normalspur verwenden, also keine Kleinbahn oder etwas ähnliches, denn dann brauchen wir nicht umladen, sondern können die Erzwagen direkt weiter fahren lassen."

Clint wird am Nachmittag mit dem Zug nach Laramie fahren und sich ein paar Tage in der Firma zeigen lassen. Der Hauptgrund für die Fahrt ist die Suche nach weiteren Fachleuten. Am Abzweig zum alten Postkutschenweg verabschieden sich die beiden Freunde.

Es ist inzwischen September geworden. Ein wunderbarer September im Jahr 1875. Marilyn Callaghan kann ihre Schwangerschaft schon lange nicht mehr verheimlichen, im nächsten Monat wird die Entbindung stattfinden.

Die Arbeiten an der neuen Minenstadt schreiten plangemäß voran. Die Schienen sind fertig verlegt, in den nächsten Tagen soll die erste Probefahrt mit der neuen Lokomotive stattfinden. Für die zukünftigen Erztransporte ist sie und fünf Erzwagen angeschafft worden, des weiteren gehört ein Personenwagen und ein geschlossener Güterwagen zu der neuen Eisenbahn. So können bei Bedarf sowohl Personen als auch Pferde transportiert werden.

Clint Wagner arbeitet jetzt mit zwanzig Mitarbeitern für die Planung, auf der Baustelle sind jetzt über achtzig Arbeiter tätig.

Mickey besucht Clint wieder einmal in Madsen. Das macht er häufig, ist doch die Baustelle in Madsen sein zurzeit wichtigstes und auch kostenintensivstes Vorhaben.

Clint empfängt ihn bereits mit sichtlichem Stolz. „Du musst dir mal ansehen, wie wir das mit den Erzwagen gelöst haben."

Mickey freut sich über die sinnvolle Lösung. Die Zufahrt der Erzwagen ist so tief unterhalb der Minenausgänge, dass die Karren direkt oberhalb der unter ihnen stehenden Wagen entleert werden können.

„Sehr schön. Das bestätigt mir wieder einmal, dass ich in dir einen prima Projektleiter gefunden habe."

„Na, ja. Es geht so. Manchmal wünsche ich mir noch mehr Einfallsreichtum."

„An welcher Stelle mangelt es dir denn daran?"

„Ich bin mit der Durchsuchung der Arbeiter nach Schichtende noch nicht zufrieden. Wir können uns mal ansehen, was ich dort habe bauen lassen. Vielleicht fällt dir dazu noch etwas ein."

Clint möchte zwanzig Arbeiter in den Silberminen arbeiten lassen, weitere fünfzig in den Kupferminen. Die Arbeiter aus den Silberminen müssen sich bis auf die Unterwäsche ausziehen und werden dann pro Person noch einmal untersucht, ob sie zum Beispiel Silber im Mund versteckt haben. Dazu haben sie Arbeitszeug in der Mine an, und normale Kleidung außerhalb. Für die Bewachung sind vier Wachleute im Schichtbetrieb vorgesehen.

„Das ist doch gut, was du da geplant hast. Mir fällt jedenfalls nichts Besseres dazu ein."

Mickey lacht: „Wenn man die vielen Wachen sieht, könnte man meinen, wir betreiben hier die Goldminen von Sacramento!"

„Nein, das Gegenteil ist der Fall. Wenn von dem bisschen Silber auch noch etwas gestohlen wird, können wir den Abbau vergessen."

Jetzt ist es an Clint über Mickeys dummes Gesicht zu lachen.

Danach besichtigen sie den wieder aufgebauten Ort. Für alle Arbeiter sind ausreichend Wohnungen gebaut worden, es ist auch noch Platz für weitere Häuser vorhanden. Einige Geschäfte sind ebenfalls schon fertig und werden auch benutzt. So zum Beispiel eine Filiale des General Store von Ben Nolan aus Gillette. Sein Mitarbeiter Karl Trautmann hat vorhin erst wieder eine Wagenladung Material hierher gebracht und trägt es jetzt in den Laden.

Auch ein Saloon befindet sich im Bau. Mickey sieht sich das an und lächelt Clint an. „Alter Freund, was hast du alles vor?"

„Du wirst lachen. Wir haben hier etwa einhundert Männer, die wollen nicht jeden Abend im Licht einer Petroleumlampe sitzen, die wollen ab und zu etwas erleben."

Mickey überrascht das nicht, er nickt, er kennt diese Verhältnisse aus Laramie zur Genüge. „Brauchen wir eigentlich auch einen Marshall?"

„Ich dachte, dass die Wache der Silbermine die Aufgabe mit erledigen kann."

Mickey zweifelt, ob das genügen wird.

„Mag sein, wir müssen ein Auge darauf richten."

Am Ende der Besichtigung führt Clint noch Mickey zu seinem neuen Haus. Er hat es bis zum Schluss aufgespart und ist nun sehr gespannt auf die Meinung seines Freundes.

Das Haus ist größer als Mickey erwartet hatte. „Was hast du alles vor, du ganz alleine?"

„Du bist schließlich auch verheiratet und hast eine Familie. Was meinst du, wie lange ich noch warten will. Anfang nächsten Jahres werde ich zweiunddreißig!"

Micky nickt, ja das kann er Clint gut nachfühlen. Hier oben ist es wunderschön zu wohnen. Wie wird es jedoch im Winter werden? „Was macht ihr denn hier oben im Winter, in den Bergen ist doch Schnee ohne Ende?"

„Das wird schon. Mit der Bahn haben wir eine zuverlässige Versorgung, zur Not muss man mit der Lokomotive und einem Schneepflug die Strecke freischieben."

Die neue Lehrerin hat sich gut eingearbeitet. Die Kinder mögen sie sehr, auch der Gemeinderat ist zufrieden. Eine zweite Lehrkraft hat sich auch gefunden, es ist eine Frau aus dem Ort. So braucht die zweite Wohnung im Obergeschoss der Schule nicht verwendet zu werden.
Peter O'Connell trifft sich häufig mit Susan Brooks. Er mag ihr sanftes und lustiges Wesen. Er ist sehr zurückhaltend und auch ein bisschen misstrauisch, weil er nicht so schnell wieder auf eine Frau hereinfallen will, schon gar nicht nach dem Fiasko mit Rosy Simmons.
Peter hat sich, wie manche andere wohlhabende Bürger aus dem Ort, ein Haus im Callaghan Drive gebaut. Er ist jetzt der direkte Nachbar von Mitchell Baker und seiner Frau Jennifer. Peter hat wenig Zeit für seinen Garten, deshalb sieht es dort sehr vernachlässigt aus. Susan Brooks kann das gar nicht mit ansehen und hilft ein wenig, den Garten nicht völlig verwildern zu lassen. Heute sitzt sie nach getaner Arbeit im Garten mit Peter auf einer Bank hinter dem Haus. Susan hat einen Kuchen gebacken, den hat sie mitgebracht und den genießen sie nun beide.
Heute will sich Peter einen Stoß geben und ihr seine Liebe gestehen. Er rafft sich auf und beginnt: „Susan, es ist nun drei Monate her, dass Sie in unseren Ort gekommen sind."
Sie nickt mit einem Lächeln, sie weiß was nun kommen wird, kommen muss.
„Susan, ich liebe Sie!"
Nun ist es raus. Peter sieht sie vorsichtig an. Susan blickt nach unten, ein Lächeln leuchtet in ihrem Gesicht. Sie sieht hoch und blickt ihm genau in die Augen. „Wie lange soll das mit dem »Sie« denn noch dauern?" Sie lacht ihn an und nimmt seine Hand. „Ich liebe dich auch, mein großer Bär!"

Peter nimmt ihre Hand und zieht sie an sich. Verdammt, das war ihm jetzt schwer gefallen. An körperlicher Kraft ist er kaum zu übertreffen, gegenüber Frauen fühlt er sich immer schwach. Susan hat das schon lange gemerkt. Sie legt ihre Arme um ihn und zieht ihn an sich.

„Ich habe schon lange gemerkt, wie es um dich steht. Ich wollte nicht den Eindruck erwecken, dich überrumpeln zu wollen. Ich bin keine zweite Rosy Simmons."

Er hatte ihr die Geschichte mit der Rosy Simmons erzählt, sie hatte noch im Nachhinein mit ihm gelitten. Gelacht hatte sie, als sie hörte, wie Matthew das Betrügergespann ausgetrickst hatte. „Ich muss gerade wieder an die Geschichte vom Pokerspiel denken. Sei froh, dass du so gute Freunde hast."

„Ja, dass bin ich auch. Darum fühle ich mich hier auch so wohl." Peter ist sehr glücklich. Ihm ist ein Stein vom Herzen gefallen, weil sie ihn angehört hat und sie seine Liebe erwidert.

Es ist Oktober. Im Hause Callaghan hat es wieder Nachwuchs gegeben. Es ist wieder ein Mädchen. Marilyn lacht ihren Mickey an, als sie es ihm erzählt. „Jetzt musst du dir gegenüber deinen Freunden etwas einfallen lassen."

„Das ist ganz einfach. Ich sage denen, dass leidenschaftliche Frauen nur Mädchen bekommen."

Marilyn boxt ihn in die Rippen. „Untersteh dich, so etwas zu erzählen."

Mickey streckt ihr die Zunge raus. „Stimmt es etwa nicht?"

„Du musst so etwas nicht sagen", sie wird ein bisschen rot. Aber nur ein bisschen, dann sieht sie ihn an und lacht ihm ins Gesicht. „Sage mir lieber, wie die Kleine heißen soll, oder fallen dir keine Mädchennamen mehr ein?"

„Was hältst du von Laura?"

„Laura…..Laura? Hm, hört sich gut an. Ja, der Name gefällt mir."

„Ich werde Matthew bitten, die Patenschaft zu übernehmen."

„Das ist eine gute Idee, er wird sich darüber freuen."

Marilyn macht eine Pause und fragt: „Will nicht seine ältere Adoptivtochter heiraten?"

„Ja, du hast recht. Kimberley ist jetzt achtzehn Jahre alt. Soweit ich weiß, ist es einer von den jungen Männern aus dem Tal der Siedler."

„Das ist schön, dann werden die beiden noch einen Jungen dazu bekommen."

„Das kommt noch besser. Der Verlobte von Kimberley ist der neue Gehilfe bei dem Wagenbauer. Das heißt, der Gehilfe vom Schmied und der Gehilfe vom Wagner werden bald verschwägert sein."

Marilyn schmunzelt. „Ja, so ist das, es ist eben immer noch ein kleiner Ort."

In den Bergen, in Madsen, hat es den ersten Schnee gegeben. Clint hat sich eine Pelzjacke angezogen und den Stetson gegen eine Pelzmütze getauscht. Noch gehen die Arbeiten weiter. In den Minen ist es jetzt besser zu arbeiten, als draußen. Das Silber wird gesammelt und immer für mehrere Tage in einem eigens dafür angeschafften Geldschrank aufgehoben. Bis jetzt hat das Einsammeln des Edelmetalls noch nicht zu Problemen geführt. Das Silber brachte man früher mit dem Wagen und wird jetzt mit dem Zug in die Bank nach Gillette transportiert.

Die Silbergewinne sind nicht so gering, wie erwartet. Dadurch, dass sie tiefere und längere Schächte bauen können als die kleinen Silberschürfer von früher, können sie die vorhandenen Reste vollständiger ausbeuten. Die Einnahmen sind jetzt so hoch, dass ein großer Teil der Kosten durch die Gewinne aus den Silberverkäufen gedeckt werden können.

Das Geschäft mit den Aktien ist auch angelaufen. Die Aktien werden zu zehn Dollar pro Stück verkauft. Fast der ganze Ort hat sich an den Aktienkäufen beteiligt, weil Mickey Callaghans Name dahinter steckt. An den Banken in Cheyenne und in Laramie werden die Aktien auch verkauft und sollen demnächst auch - jedenfalls nach den Plänen von Martin Jefferson - an der Ostküste angeboten werden. Mister Jefferson hat sich das Haus von Clint angesehen und war davon so begeistert, dass er sich daneben ein eigenes Haus bauen lassen will. Zurzeit wohnt er in Gillette und reist viel umher. Dank der Eisenbahn ist es möglich geworden.

Der Saloon in Madsen ist inzwischen fertiggestellt worden. Der Geschäftsführer hat einen Keeper gefunden und ist jetzt dabei, sich ein paar Animiermädchen zu suchen. Der Barkeeper leitet seinen neuen Laden während seiner Abwesenheit. Clint betritt den Amüsierladen und grüßt den Barkeeper. „Howdy, Busty"

Busty grinst. Wegen seines ungeheuren Brustkorbs wird er so genannt. Mit so einem Kerl wie ihm, legt man sich besser nicht an, das wird so manchen rauflustigen Besucher im Zaum halten. Darüber hinaus ist auch er ein pfiffiger Bursche, der Saloon von ihm gut betreut wird.

„Du kannst mir mal einen Whisky geben. Bei der Kälte kann ich das gut gebrauchen." Clint dreht sich um und sieht zur Tür. „Das ist jetzt gut, dass ihr keine Schwingtür habt, sonst müsstet ihr noch extra heizen."

„Schwingtüren sind was für Texas, wo einem die Sonne das Hirn wegbrennt."

„Wie geht das Geschäft denn so?"

„Bis jetzt lässt sich das gut an. Wir werden demnächst unsere Küche in Betrieb nehmen, dann kann man hier etwas zu essen bekommen. Und wenn der Chef mit den Mädchen zurückkommt, dann wird es hier rund gehen."

Clint hebt seinen Whisky und prostet dem Barmann zu.

„Dann auf gutes Gelingen!", er fühlt das honiggelbe Getränk etwas kratzig die Kehle hinunterfließen, er sieht sich

um und fragt: „Wie werdet ihr mit dem Holz zurecht-
kommen? Klappt es mit dem Nachschub?"

„Doch, das ist kein Problem. Die Arbeiter haben sich für
den Winter so organisiert, dass immer andere täglich zum
Schlagen von Holz eingesetzt werden. Wir haben uns auch
daran beteiligt und zahlen einen Beitrag."

Die Tür geht auf, zwei Männer kommen lärmend herein
und mit ihnen ein Schwall kalter Luft. Clint dreht sich um
und sieht sie an. Er kennt sie, es sind zwei von den Berg-
arbeitern. Sie schimpfen laut über die Kälte und bestellen
sich erst einmal zwei Whiskys. Sie kramen ihr Päckchen
mit dem Tabak heraus und beginnen, sich eine Zigarette zu
drehen.

Busty schiebt ihnen die Gläser hinüber und fragt: „Na, ihr
zwei? Schon Feierabend?"

Die Männer nicken, sie heben das Glas hoch und kippen
sich den Inhalt hinunter. „Ja, das war wieder ein langer
Tag. Acht Stunden in dem dunklen Stollen und immer nur
mit der Hacke und Schaufel, das geht in den Rücken. Wir
sind nicht zum Jammern hergekommen. Los, füll noch
einmal nach!"

Clint geht zu den beiden hinüber und sieht zu Busty hin.
„Diese Runde geht an mich!" Er sieht die Männer an und
fragt: „Kann ich mich zu Euch setzen?"

Sie lachen ihn an, freigebige Spender sind immer willkommen. „Nur zu, setz Dich zu uns."

Clint ist immer interessiert, in lockerer Runde Information
über die Arbeit und eventuelle Probleme zu bekommen.
So befragt er die beiden nach ihrer Zufriedenheit mit den
Arbeitsbedingungen. Ist das Licht ausreichend, steht für
jeden genügend Werkzeug zur Verfügung und so weiter.
Die beiden sind zuerst etwas zurückhaltend, dann tauen sie
auf und reden sich ihren Kummer von der Seele. „Wir
würden gerne bessere Waschmöglichkeiten haben", sagt
der eine, der zweite ergänzt: „Über den Winter wäre warmes Wasser schon schön."

Sonst ist man recht zufrieden. Vor allem der Lohn ist gut, da kann man schon mal über manchen Ärger hinwegsehen. In Clints Kopf arbeitet es schon. Ja richtig, warmes Wasser gerade im hier sehr kalten Winter, das wäre schon gut.

„Stellt euch nicht so an. Mancher ist froh, wenn er nicht noch Eis auftauen muss."

Die Männer lachen, aber die Kritik bleibt: „Wenn man acht Stunden unter Tage im Dreck gewühlt hat, dann wünscht man sich schon eine bessere Waschmöglichkeit."

Clint nickt dazu, die Leute haben Recht. Er verspricht ihnen, sich des Problems anzunehmen.

Der Silberdiebstahl

Es ist jetzt tiefer Winter. In manchen Lagen liegt der Schnee mehr als zehn Fuß hoch. Die Nächte sind kalt, häufig um -20 Grad Celsius und darunter.

Clint liegt in seinem Schlafzimmer und schläft. In der Küche brennt auch in der Nacht immer ein kleines Feuer und wärmt so die Räume des Hauses. Mitten in der Nacht, gegen 2 Uhr, wacht Clint auf. Er hört Schüsse aus dem Ort kommen. Schüsse gibt es immer mal, normalerweise nicht so viele, besonders nicht um diese Uhrzeit. Und bei der Kälte liegen die Männer lieber in ihren warmen Betten, es muss also etwas passiert sein.

Clint schwingt die Beine aus dem Bett und zündet die Petroleumlampe an. Leicht rußend verbreitet die Lampe einen milden, gelben Schein, der diffus in die Nachbarräume kriecht. Clint zieht sich warm an, dann greift er den Revolver neben dem Bett und eilt zur Tür. Er hat jetzt einen neuen Revolver von Colt, den Single Action Army. Seine Präzisionsrevolver mit langem Lauf hat er natürlich auch hier, sie liegen in ihrer Schatulle und werden eigentlich nur noch vorgezeigt.

Kurz vor der Tür schlüpft er in seinen warmen Mantel und setzt sich die Pelzmütze auf. Er greift nach der Lampe und läuft hinaus. Es fällt etwas Schnee, die Flocken kommen alle aus der Finsternis herab, als hätten sie es auf ihn abgesehen. Er geht so schnell er kann in den Ort, mit der Lampe in der einen Hand und in der anderen den Revolver. Der Schnee ist hier kniehoch und er kommt nur mühsam voran. Auf der Straße tritt jemand aus dem Dunkeln auf ihn zu. Der Schnee hat seinen Schritt bis zur Lautlosigkeit gedämpft.

Der Mann hat sich an Clints Lampe orientiert und sieht ihn nun an. „Ach, Sie sind es, Mister Wagner. Es ist Silber gestohlen worden und ich habe dem flüchtenden Dieb einige Schüsse nachgesandt. Der sitzt auf einem Pferd und ist jetzt im Schneetreiben verschwunden."

„Sie sind doch einer der Wachleute?"

„Ja, richtig. Ich war kurz in meiner Bude, um mich aufzuwärmen. Als ich herauskam, sprang der Dieb gerade auf sein Pferd."

„Wo ist das Silber denn gestohlen worden?"

„Der Mann muss das Silber in der Nähe des Schachtausganges versteckt haben. Er hat vorhin den Stacheldraht durchgeschnitten und sich das Silber geholt. Genau in dem Moment kam ich dazu."

„Haben Sie ihn treffen können?"

„Keine Ahnung. Die einzige Lampe, die wir hier draußen haben, gibt nur wenig Licht. Und bei dem Schnee ist noch weniger zu sehen."

Das Schneetreiben wird stärker, der Wind nimmt an Stärke zu und die Flocken wehen den beiden Männern eiskalt ins Gesicht. Jede Flocke sticht wie eine eisige Nadel in die Haut. Clint überlegt einen Moment. „Es ist unmöglich, unter diesen Bedingungen jemand zu verfolgen. Wir können überhaupt nichts erkennen."

Der Wachmann nickt und ruft Clint gegen den Wind zu: „Wir sollten bis zum ersten Tageslicht warten und dann mögliche Spuren verfolgen."

„Ja, richtig!", ruft Clint zurück, „der Flüchtige kann genau so wenig sehen wie wir. Der kommt jetzt nicht weit. Vielen Dank für Ihre Aufmerksamkeit, wir werden morgen früh einen Suchtrupp zusammenstellen."

Es ist ungefähr neun Uhr, die Morgendämmerung beginnt. Clint nimmt seinen Revolver und prüft, ob die Trommel gefüllt ist. Er zieht sich wieder warm an und holt sein Pferd aus dem Stall. Es hat in der Nacht noch geschneit, nun ist der Schnee so hoch, dass sein Tier fast bis zum Bauch im Schnee versinkt. Der Wind hat nachgelassen, die Sonne ist noch hinter den Bergen und sendet erste goldene Strahlen über die Gipfel. Vor dem Eingang zu den Minen steht der Wachmann der letzten Nacht. Er hat den Kollegen von der Freischicht dabei. Dieser sitzt auf seinem Pferd und hört seinem Kollegen zu.

„Mister Wagner", ruft der Wachmann Clint zu, „mein Kollege weiß Bescheid. Meine Nachtschicht ist gerade zu Ende, ich werde mich jetzt ins Bett legen."

Clint nickt, „das ist in Ordnung, „besser wäre es noch, wenn der Wachmann von der Spätschicht mit dazu kommen würde."

„Das geht klar. Ich sage ihm gleich Bescheid, wenn ich in mein Quartier gehe."

Bis der zweite Wachmann dazukommen wird, ist es noch etwas Zeit. Clint lässt sich von dem Mitarbeiter der Morgenschicht den Diebstahl erklären. Der Mann ist schon etwas älter, er ist ein kleiner, sehr lebhafter Kerl. „Kommen Sie, Mister Wagner. Ich habe mir das vorhin schon angesehen."

Clint steigt vom Pferd und geht hinter dem Mann hinterher. Der versinkt mit seinen kurzen Beinen bis über die

Knie in den Schnee. Clint fragt ihn: „Weiß man schon, wer es war? Es muss doch jetzt jemand fehlen."

Der Wachmann nickt und dreht sich zu Clint um. „Ja, wir wissen, wer es war. Es fehlt einer von den Schachtarbeitern, und zwar Jacky Edwards. Von dem hätten wir das zuletzt erwartet. Er war immer sehr still und unauffällig."

„Das war gerade der Trick, er wollte nicht auf sich aufmerksam machen."

Der Wachmann lacht und schüttelt gleichzeitig den Kopf. „Das ist jetzt vorbei. Wir erkennen ihn überall wieder."

Sie erreichen das Versteck des Silbers. Der Wachmann erklärt den Ablauf aus seiner Sicht: „Sehen Sie hier, Mister Wagner! Dort hat der Mann ein Schalbrett bearbeitet."

Richtig! Clint kann es sehen. Mit den Brettern sind die Stollenwände ausgekleidet. Dieses Brett ist durchgesägt, sodass es sich leicht herausnehmen lässt. Es hat ein Astloch, hinter dem Astloch hatte der Dieb eine Vertiefung in die Felswand geschlagen. Und dann hatte er offensichtlich immer wieder ein Silberstückchen durch das Astloch gesteckt. Bis es dann jetzt genug war, er musste nur in den Schacht gelangen und das Schalbrett entfernen.

„Auf die Weise konnte er den Diebstahl schnell durchführen. Dann kam ihm das schlechte Wetter zugute und die kurze Abwesenheit meines Kollegen."

„Ja, das war geschickt gemacht. Und nun werden wir wohl etwas Glück brauchen, um ihn zu finden."

Clint geht wieder nach draußen. Jetzt ist auch der Wachmann der Spätschicht gekommen. Er sitzt auf seinem Pferd und hat neben seinem Revolver noch eine Winchester dabei.

„Schön, dass Sie kommen können", sagt Clint, „bedenken Sie bitte, dass wir sicher nicht bis zum Nachmittag zurück sind. Dann muss ihr Kollege von der Nachtschicht früher beginnen."

„Das ist klar, ich habe meinen Kollegen bereits entsprechend informiert."

Clint fragt die beiden Wachleute: „Kennen Sie den Dieb, den Jacky Edwards?"

„Ja, der hat sich immer abseits gehalten, den erkennen wir trotzdem sofort wieder."

Clint ist sehr zufrieden, die Männer sind sehr aufmerksam. Dann beginnt die Suche. Es liegt überall frischer Schnee, keine Spur zu sehen ist. Es gibt nur einen Weg hinaus, und den reiten sie jetzt entlang. Die Pferde haben Mühe, in dem hohen Schnee vorwärts zu kommen. Es ist gutes Wetter geworden, der Wind hat nachgelassen. Nun scheint die Sonne von einem blauen Himmel herab und bringt den Schnee zum Glitzern. Der Blick in den gleißend weißen Schnee ist fast schmerzhaft für die Augen. Der Atem der Männer und der Pferde gefriert in der klaren Luft zu weißen Wolken aus Eiskristallen.

Nach einem halben Kilometer beschwerlichen Rittes ruft der Mann vorne an der Spitze: Hier! Ich kann Spuren sehen!"

Die anderen Männer erkennen es jetzt auch. Der Dieb hatte über Nacht ein Versteck in einer Felsspalte gefunden und ist vor kurzem weiter geritten.

Clint sieht sich die Spuren an und fragt seine Kollegen: „Wie lange mag das her sein?"

„Schwer zu sagen", sagt der eine der beiden Männer, „wenn er zum Sonnenaufgang losgeritten ist, hat er jetzt vielleicht zwei Stunden Vorsprung."

So etwa hatte Clint sich das auch schon gedacht. Nun sind Spuren zu sehen, denen müssen sie jetzt folgen. Sie werden den Dieb kaum einholen können, irgendwo wird er jedoch anhalten müssen. Sie haben sich Essen eingepackt und können sich unterwegs Feuer machen, um Schnee zum Trinken zu schmelzen. Zunächst müssen sie hinter dem Mann mit dem Silber hinterher.

Der Spur ist einfach zu folgen, das größte Problem ist der hohe Schnee, in dem die Pferde nur langsam vorankom-

113

men. Im Sommer benötigt man für die zehn Meilen nach Gillette auf einem guten Pferd eine Stunde, heute wird es bei dem tiefen Schnee fünfmal so lange dauern.

Die Sonne verschwindet bereits hinter den Bergen, als sie Gillette erreichen. Bis hierher war es einfach, der Spur zu folgen, hier im Ort ist es nicht mehr möglich. Es laufen zu viele Spuren durcheinander, sie müssen die Verfolgung vorerst aufgeben.

Clint schüttelt den Kopf, als er den zerwühlten Schnee sieht. „Ich schlage folgendes vor: Ich reite zum Bahnhof und erkundige mich, ob die letzten Stunden ein Zug abgefahren ist. Denn wenn der Dieb die Bahn genommen hat, müssen wir die Verfolgung abbrechen. Ihr beide geht zum Büro des Marshalls und gebt ihm eine Personenbeschreibung, später treffen wir uns im Hotel."

Am Bahnhof ist die Situation klar. Heute Mittag ist der letzte Zug gefahren. Der Dieb Jacky Edwards ist entweder noch im Ort oder hat ein Pferd für eine weitere Flucht verwendet. Bei dem vielen Schnee, der hier überall liegt, ist das jedoch kaum anzunehmen.

Clint steigt wieder auf sein Pferd und reitet zum Livery Stable. Dort stellt er das erschöpfte Tier unter und lässt ihm eine reichliche Portion Hafer zukommen. Anschließend sucht er ihren vereinbarten Treffpunkt im Hotel von Mitchell Baker auf.

Die Sonne ist untergegangen. An zwei Kreuzungen im Ort brennen Petroleumlampen. Diese beiden Lampen und der schwache Lichtschein, der aus einigen Fenstern herausdringt, ist das einzige Licht, das ihm den Weg weist. Die hölzernen Gehsteige sind fast überall überdacht, einige soziale Anwohner haben Teile der Straße vom Schnee befreit.

Im Hotel trifft er die beiden Wachleute wieder, sie haben es sich an der Bar gemütlich gemacht. Als Clint eintrifft, melden sie sich aufgeregt bei ihm. „Mister Wagner! Er ist hier!"

„Das ist ja interessant! Was haben Sie denn herausgefunden?"

„Wir sind zuerst beim Marshall gewesen und haben ihm von dem Diebstahl erzählt. Er hat sich ein paar Notizen gemacht und uns für morgen weitere Hilfe zugesagt." Der Wachmann nimmt einen Schluck von seinem Bier, „dann haben wir noch die Saloons abgeklappert."

Clint ist ganz ungeduldig. „Reden Sie schon, was haben Sie entdeckt?"

„Jacky Edwards ist vom Barmann im Red Bull gesehen worden. Er ist sich ziemlich sicher, er scheint dort ein Mädchen zu kennen."

„Er wird den Ort so schnell wie möglich verlassen wollen. Es gibt jedoch nicht viele Möglichkeiten für ihn, zu verschwinden. Die Straßen sind so hoch voll Schnee, dass er mit dem Pferd schlecht vorwärtskommt. Die Postkutsche fährt ohnehin nicht mehr. Das einzige, was ihm bleibt, ist die Eisenbahn."

Der ältere der beiden Wachmänner, Phil Goodnight, macht einen Vorschlag: „Wir sollten uns aufteilen. Und zwar so, dass wir abwechselnd den Saloon beobachten können. Ab morgen beobachten wir die Bahn, um zu sehen, ob er dort versucht, einzusteigen."

Clint nickt. „So können wir das machen. Die erste Bahn fährt nach Fleetwood, sie geht ungefähr um zehn. Kurt nach Mittag kommt der Zug nach Cheyenne, dann fährt morgen nichts mehr." Er macht eine Pause. „Ich schlage jedoch vor, dass wir alle Zimmer des Red Bull jetzt durchsuchen, dann sparen wir uns das Bewachen."

So wird es gemacht. Je ein Mann hält vor und einer hinter dem Saloon Wache. Clint geht mit dem gezogenen Revolver hinein. Im Saloon gibt es eine große Aufregung, als er ihn betritt. „Keine Sorge, meine Damen und Herren! Wir suchen einen Verbrecher, Sie haben nichts zu befürchten!"

Das Geschrei verstummt, die Gäste im Saloon reden laut durcheinander. Im Schankraum ist niemand, der der Beschreibung entspricht. Clint geht zur Treppe und steigt sie hinauf. Er klopft an jede Tür und sieht in die Zimmer. Auch der Abstellraum und der Raum unter der Treppe werden von ihm untersucht. Der Gesuchte ist jedoch nicht zu finden, er muss sich anderswo versteckt haben.

Clint steckt den Revolver ein und geht auf die Straße zurück. „Okay, hier ist er nicht. Wir werden uns Morgen um acht wieder unten im Hotel treffen. Sobald es hell wird, untersuchen wir die Wege aus Gillette hinaus nach frischen Spuren. Findet sich dort kein Hinweis, werden wir uns auf die Bahn konzentrieren."

Am nächsten Morgen treffen sich die drei Männer im Speiseraum im Hotel. Draußen ist es noch stockfinster, auf den Tischen leuchten Petroleumlampen und verbreiten ein gelbes, unruhiges Licht. Heute wird wieder ein langer Tag werden, sie lassen sich gebratenen Speck mit Eiern schmecken. Dank der Versorgung mit der Bahn kann auch im Winter der Tisch wieder ausreichend gedeckt werden.

„Wie lange wird in Madsen eigentlich noch Silber abgebaut werden?", fragt der jüngere der beiden Wachleute.

„Über ihren Job brauchen Sie sich keine Gedanken zu machen, wenn es das ist, worauf Sie hinaus wollen. Erstens wird noch eine Weile Silber gefunden werden und außerdem brauchen wir auch danach mehr Arbeiter, als wir hier jemals bekommen können."

Der junge Mann nickt. „Das war genau das, was ich wissen wollte. Obwohl ich auf Dauer etwas mehr Verantwortung tragen möchte."

„In der Hinsicht kann sie beruhigen. Sie könnten zum Beispiel zum Vorarbeiter aufsteigen. Je nach Ihren Fähigkeiten gibt es noch eine Reihe weiterer Einsatzmöglichkeiten. Der Kupferbergbau in Madsen wird noch sehr viel größer werden, sich für jeden die richtige Arbeit finden lassen wird."

Das Nachtschwarz vor dem Fenster wandelt sich in ein dunkles Grau. Es wird nicht mehr lange dauern, und erste Sonnenstrahlen werden über die Berge scheinen.

„Satteln wir unsere Pferde", sagt Clint Wagner, „wir müssen jetzt jedes bisschen Licht nutzen." Die Männer gehen zum Stall und holen ihre Pferde heraus. Sie reiten erst zu dem einen, dann zu dem anderen Ende der Straße, die aus der Stadt führt und untersuchen sorgfältig die Spuren im Schnee. Die Sonne ist nun beinahe zu sehen und die goldenen Strahlen, die sie über die Berge schickt, lassen jetzt Einzelheiten der Abdrücke erkennen. Es sind seit gestern keine frischen Spuren hinzugekommen, weder an dem Weg nach Fleetwood, noch an dem nach Cheyenne.

„Das haben wir auch so erwartet", sagt Clint Wagner. „Es liegt zu viel Schnee auf den Wegen, um dort entlang zu flüchten. Lasst uns zum Bahnhof reiten und uns dort auf die Lauer legen."

Die Sonne ist jetzt gerade zu erkennen, die Schatten sind noch lang und dunkelblau. Auf dem Weg zum Bahnhof wird es heller. Viele Menschen sind bereits unterwegs, trotz des tiefen Winters ist ein reges Treiben zu verzeichnen.

Am Bahnhof ist es ruhig. Der Stationsvorsteher hält sich in seinem Büro auf, er bestätigt ihnen ihre Kenntnisse über die beiden Züge, die heute fahren werden. Der kleine Raum wird von einem Ofen mit Holz beheizt. Die Abdeckplatte glüht dunkelrot und der Kessel mit dem Kaffee darauf dampft vor sich hin.

„Schön warm haben Sie es hier", sagt Clint.

Der Mann mit der roten Mütze nickt. „Ja, ich habe das große Glück, mich von den Holzvorräten für die Lokomotiven bedienen zu dürfen."

Die drei Männer verstecken ihre Pferde in der Nähe und suchen für sich selbst auch ein Versteck. Der jüngere Wachmann beobachtet die abgewandte Seite des Gleises.

Fast pünktlich, kurz nach zehn, fährt der erste Zug ein. Bei der kalten Luft ist die weiße Wolke aus dem Schornstein schon aus der Ferne zu sehen. Mit lauten Bimmeln und Fauchen fährt der Zug in den Bahnhof ein. Auf dem Bahnsteig ist wenig los, eine fremde Person würde leicht zu erkennen sein.

Ein unbekannter Mann kommt mit einer großen Tasche auf den Bahnsteig. Er hat einen langen, schwarzen Mantel an und trägt eine Pelzmütze. Kurz vor dem Pfiff des Stationsvorstehers springt er auf den Zug. Clint springt aus seinem Versteck, mit dem Revolver in der Hand.

„Bleiben Sie stehen, Mann!" ruft er. Der Unbekannte steht noch auf dem Tritt, den Türgriff in der Hand. Der Zug setzt sich bereits langsam in Bewegung. Der Mann dreht sein Gesicht zu Clint Wagner und sieht ihn erschrocken an. Da ruft der ältere der beiden Wachmänner: „Das ist er nicht, Mister Wagner!"

Clint macht eine entschuldigende Geste und steckt den Revolver ein. Der Unbekannte setzt seinen Fuß in den Wagen und schließt die Tür hinter sich.

„Verdammt!", ruft Clint, „wie konnte mir das passieren!"

„Sie können nichts dafür. Ich finde auch, dass er sich sehr auffällig benommen hat."

Die drei Verfolger versammeln sich wieder im Büro des Bahnhofsvorstehers. Der Raum wird durch den kleinen Ofen schön geheizt. Auf dem Ofen steht noch die Kanne mit Kaffee, aus der sie sich bedienen dürfen.

Der Zug nach Cheyenne soll laut Fahrplan kurz nach zwölf Uhr den Bahnhof erreichen, von jetzt an in etwa zwei Stunden. Für heute ist es der letzte Zug, der nächste fährt erst wieder morgen.

„Lasst uns unsere Pferde in den Stall bringen", sagt Clint zu seinen Begleitern. „Ich denke nicht, dass wir heute noch weit reiten müssen, und hier draußen ist es zu kalt für die Tiere."

Im Livery Stable ist es nicht geheizt, es stehen ein paar weitere Pferde dort, die den Raum ausreichend warm halten.

Phil Goodnight hat eine Idee. „Ich schlage vor, dass wir früh zum Bahnhof zurückgehen und uns dort verstecken. Er muss diesen Zug nehmen, die Chance müssen wir nutzen."

Clint Wagner ist genau derselben Meinung. Die drei Männer gehen zum Bahnhof zurück und suchen sich ein Versteck, so wie heute Morgen schon. Der Zug soll um zehn Minuten nach zwölf kommen. Nach der Aussage des Stationsvorstehers müssen sie wieder mit Verspätung rechnen. Es sind einige Fahrgäste auf dem Bahnhof, die sich zum Warten in den kleinen Warteraum zurückgezogen haben. Ein junges Pärchen ist dabei. Die Frau hat sich einen Schal um den Kopf gewunden. Sie trägt einen langen Mantel, der bis fast zu den Schuhen reicht. Der Mann trägt ebenfalls einen langen Mantel. Den Kopf bedeckt eine Pelzkappe, die er weit in die Stirn gezogen hat. Den Schal hat er sich bis zur Nase hoch gebunden. Die beiden sprechen gelegentlich leise miteinander.

Mit über einer halben Stunde Verspätung fährt der Zug in den Bahnhof ein. Die schwarze Lokomotive spült einen Schwall heiße Luft über den Bahnsteig, mit lauten Schlägen beginnt die Kesselspeisepumpe zu laufen. Schnell strömen die wenigen Fahrgäste aus dem Warteraum heraus und steigen eilig in die mit Dampf beheizten Waggons. Der Zug besteht aus drei Personenwagen und einem Gepäckwagen am Ende.

Der Bahnhofsleiter hebt seine Hand mit der Kelle, die Pfeife hat er schon zwischen den Lippen. Von Jacky Edwards ist keine Spur zu sehen.

Clint kommt aus seinem Versteck und ruft dem Mann mit der Kelle zu: „Warten Sie noch eine Minute, wir sind auf die Suche nach einem Verbrecher!" Der Bahnhofsvorstand bemerkt den Revolver in Clints Hand und nickt hastig.

Phil Goodnight kommt zu Clint Wagner gelaufen. „Schnell, in den Zug. Das Mädchen mit dem langen Mantel kenne ich. Die ist aus dem Red Bull."

Clint sieht ihn erstaunt an. „Dann muss ihr Begleiter Jacky Edwards sein. Schnell in den Zug, ruf du deinen Kollegen, er soll vorne bei der Lok einsteigen!"

Der Bahnhofsvorsteher hebt die Kelle, und der Pfiff aus seiner Pfeife hallt über den Bahnsteig. Der Dampf presst sich in den Schieberkasten, die Räder der Lokomotive drehen für einen Moment auf den glatten Schienen durch, dann greifen sie und der Zug setzt sich langsam in Bewegung.

Clint und Phil sind im letzten Wagen, direkt vor dem Gepäckwagen. „Du begleitest mich, denn du kennst den Jacky Edwards besser."

Sie nehmen beide ihre Revolver aus dem Holster und suchen den Wagen ab. Im ersten Wagen ist eine Gruppe von Bahnarbeitern. Sie kommen aus der Bahnarbeitersiedlung in Fleetwood und sollen auf der Strecke zwischen Cheyenne und Benton helfen, einen eingeschneiten Zug auszugraben. Die Männer unterhalten sich laut, die Aussicht auf die Arbeit in der Kälte hat ihre Laune nicht verbessert. Als Clint Wagner und Phil Goodnight mit gezogener Waffe durch den Wagen gehen, machen sie trotzdem Späße. Sie heben die Hände und rufen: „Wir haben nichts, liebe Eisenbahnräuber!"

Clint grinst und schüttelt den Kopf. „Wir kommen gleich zurück, dann sammeln wir eure Geldbörsen ein!" Lautes Gelächter ist die Antwort.

Im nächsten Wagen sind nur wenige Fahrgäste und er ist schnell durchsucht. Clint öffnet die Tür des Durchganges zum vordersten Wagen. Kalte Luft schlägt ihm entgegen, vermischt mit wirbelnden Schneeflocken. Der Lärm der Räder dringt laut herein, sodass er zuerst den Ruf von Phil Goodnight nicht hört.

„Schnell, zurück! Wir haben das Pärchen übersehen!"

Die beiden Männer drehen sich um, da kracht ein Schuss und eine Kugel summt gefährlich nahe an Clints Kopf vorbei. Der Mann, der Jacky Edwards sein muss, ist aufgesprungen und zielt mit dem Revolver auf die beiden Männer. Ein weiterer Schuss kracht. Phil Goodnight stöhnt laut auf und fasst sich an die Schulter.

Jacky Edwards hat eine Tasche über die Schulter gehängt und flüchtet nach hinten. Clint sieht zu Phil Goodnight, der auf der Bank neben ihm zusammengesackt ist. Mit blassem Gesicht sieht er zu Clint hoch. „Es geht schon, Mister Wagner. Ich habe eine Kugel in der Schulter, ich muss hier sitzenbleiben."

Die Tür zum vordersten Wagen wird geöffnet und der junge Wachmann, der bei der Lokomotive eingestiegen war, kommt herein, kalte Luft und Schnee begleiten ihn. Erschrocken sieht er auf seinen Kollegen hinunter. „Mensch, Phil! Was ist mit dir los?"

„Du bist jetzt mit Clint Wagner alleine, Ben. Mach dir um mich keine Sorgen, das ist nicht schlimm." Er lächelt etwas gequält.

Clint Wagner und der Wachmann Ben laufen in den letzten Wagen zurück. Die Bahnarbeiter sind in heller Aufregung. Einer von ihnen ruft: „Er ist nach hinten in den Gepäckwagen gelaufen!"

Wo sollte er auch sonst sein. Clint öffnet die Tür und tritt auf den Podest zwischen den beiden Wagen. Ein eiskalter Wind packt ihn und bläst unter seinen Mantel. Es schneit wieder, die Schneeflocken wirbeln um ihn herum. Clint öffnet die Tür zum Gepäckwagen und sieht vorsichtig hinein. Der Wagen ist mit vielen Gepäckstücken und Kisten gefüllt. Die wenigen Fenster, die von außen mit Schnee und innen mit Eisblumen bedeckt sind, lassen nur wenig

Licht in den Wagen. Aus einer Ecke wird ein Schuss abgefeuert, der jedoch niemanden trifft. Es hat ausgereicht, dass Clint die Position des Schützen erkennen konnte. Fast am Ende des Wagens, hinter einer großen Kiste, hat sich Jacky Edwards verschanzt. Aufs Geratewohl sendet Clint zwei Schüsse in Richtung der Kiste. Die Kugel dringt in das Holz, Splitter fliegen umher, eine schlecht gezielte Kugel kommt zurück.

Clint ruft dem Verbrecher zu: „Geben Sie auf, Mann. Sie haben keine Chance mehr! Spätestens in Cheyenne fassen wir Sie!"

Als Antwort kracht wieder ein Schuss. Clint Wagner und der Wachmann haben sich gut geschützt, so bleibt er ohne Folgen.

Der Zug fährt jetzt langsamer, er kriecht eine lange Steigung hinauf. Die beiden Verfolger sehen, wie Jacky Edwards die Schiebetür am Ende des Wagens aufschiebt und nach draußen verschwindet. Clint und der Wachmann Ben sehen sich verblüfft an. Clint glaubt zu wissen, was Jacky Edwards plant:

„Da draußen sind Haltegriffe. Ich glaube, er versucht auf das Dach zu gelangen. Laufen Sie ihm nach, ich werde versuchen, von der Plattform vor dem Wagen auf das Dach zu klettern!"

Der junge Mann läuft mit dem Revolver in der Hand zu der offenen Schiebetür, Schnee und kalte Luft tobt dort herein. Vorsichtig blickt er hinaus. „Hier ist niemand zu sehen!"

Clint hat die Tür geöffnet und steht wieder draußen auf der Plattform zwischen den beiden Wagen. Er steckt den Revolver in den Holster und steigt auf das Geländer. Eis und Schnee sind darauf festgefroren, er muss sich vorsehen, um nicht auszurutschen. Mit den Händen zieht er sich am Dach des Wagens hoch und blickt vorsichtig auf die schneebedeckte Fläche. Er sieht Jacky Edwards, er liegt bäuchlings auf dem Dach und hält sich mit beiden Händen fest. Einen Revolver kann Clint nicht erkennen. Es sieht so aus, als ob der Verbrecher ihn verloren hat. Der Wagen wackelt und ruckelt beim Fahren, sodass es sehr mühsam sein muss, sich auf dem vereisten Dach zu halten. Der schneidend kalte Wind beißt Clint ins Gesicht und dringt ihm tief in seine Kleidung.

„Geben Sie auf, Mister Edwards!", ruft Clint dem eisigen Wind entgegen. „Was wollen Sie jetzt noch erreichen?"

Es kommt keine Antwort. Clint hat den Eindruck, als ob der Verbrecher kurz vor dem Erfrierungstod ist.

Er ruft noch: „Kommen Sie vom Dach, wir helfen Ihnen dabei!" Er steigt vorsichtig von seinem wackelnden Stand herunter und springt auf die Plattform. Im Gepäckwagen steht der junge Mann an der Tür und beobachtet nach draußen. Clint findet im Gepäckwagen einen Besen und reicht ihn dem Wachmann, der den Stiel dem Verbrecher als Stütze hinhält.

Jacky Edwards gibt auf. Mit steifen Fingern klettert er langsam in den Wagen zurück.

„Wo haben Sie das Silber?", fragt Clint Wagner. Jacky Edwards sagt nichts, mit starrem Gesicht blickt er auf den Boden.

„Das Schweigen nützt Ihnen nichts, Sie kommen so oder so hinter Gitter."

Clint geleitet Jacky Edwards mit der Waffe in der Hand in den letzten Wagen. Dort gibt es bei den Bahnarbeitern großes Gelächter, als sie den fast erfrorenen Dieb sehen.

Clint Wagner bittet die Fahrgäste: „Jungs, passt mal ein bisschen auf den Mann hier auf. Mein Kollege und ich, wir müssen noch etwas suchen!"

„Lassen Sie sich Zeit, der kommt hier nicht weg!"

Das glaubt Clint ihnen aufs Wort. Zwei kräftige Kerle nehmen den Dieb, der noch blau gefrorene Lippen und steife Finger hat, in ihre Mitte.

Als Clint Wagner in den Gepäckwagen tritt, ruft der Wachmann schon von hinten:

„Mister Wagner! Ich habe das Silber gefunden!"

Clint eilt rasch hinten. Ben Armitage zeigt mit der Hand in eine Ecke. Hinter einem Koffer steht die Tasche mit dem Silber. Jacky Edwards hat sie dort notdürftig versteckt, bevor er auf das Dach gestiegen ist.

Cheyenne ist in Sicht. Es dauert jetzt noch eine Viertelstunde, bis sie den Bahnhof erreichen. Clint Wagner stützt den angeschossenen Phil Goodnight, Ben Armitage hat sich die Tasche mit dem Silber umgehängt und führt den willenlosen Jacky Edwards mit erhobenem Revolver vor sich her. Auf dem Bahnsteig trennen sich ihre Wege, Clint hilft dem angeschossenen Wachmann zum nächsten Arzt und Ben führt Jacky Edwards direkt zum Marshall.

Der Marshall von Cheyenne benötigt keine langen Erklärungen. Er hat in seiner Stadt jeden Tag mit Verbrechern zu tun, so sperrt er Jacky Edwards nach einer kurzen Erklärung von Ben Armitage in eine freie Zelle.

„Sie müssen heute oder morgen zu mir kommen, dann werde ich mir ein paar Notizen machen. Später benötigen wir Sie und Ihre Kollegen noch als Zeuge bei der Gerichtsverhandlung. Bis dahin ist es noch eine Weile hin."

Clint Wagner und Ben Armitage treffen sich später im Grand Hotel von Cheyenne. „Phil Goodnight muss noch ein paar Tage beim Arzt bleiben. Er hat ihm eine Kugel aus der Schulter geholt und nun liegt er mit einem dicken Verband im Bett", erzählt Clint dem jungen Wachmann.

Das Silber wird am nächsten Morgen auf die Bank in Cheyenne gebracht. Dort sind bisher auch alle bisherigen Funde verwahrt worden. Der Wert des gestohlenen Silbers beträgt etwa 500 Dollar, das sind etwa zwei Jahresgehälter für einen Bergarbeiter.

Mary Green

Zwei Wochen sind vergangen. Der Diebstahl des Silbers ist fast vergessen, es ist wieder Normalität in der kleinen Minenstadt eingekehrt. Es herrscht tiefer Winter, es ist bitter kalt und schneit häufig.

Der Chef des Saloons, Jeff Butler, ist vor kurzem mit ein paar Mädchen aus Cheyenne zurückgekehrt. Seitdem ist im Saloon noch mehr los als sonst, alle Arbeiter wollen die Mädchen sehen.

Auch Clint Wagner hat nach einem langen Arbeitstag den Saloon aufgesucht, um sich zu entspannen. Er setzt sich an einen der Tische und bestellt einen Whisky. Eines der Mädchen bringt ihm das Glas, sie gefällt ihm. Es ist kein Wunder, dass die Arbeiter seit Tagen keinen anderen Gesprächsstoff haben, als die Mädchen vom »Silver Palace«. Clint dreht sich eine Zigarette und sieht sich um. Fast jeder Tisch ist gut besetzt. Es sollen fünf neue Mädchen sein, drei kann er hier sehen. Sie sind alle schlank und nett anzusehen. Eine ist sehr jung, vielleicht achtzehn Jahre, die anderen zwei, die er sehen kann, sind irgendwo zwischen zwanzig und dreißig.

Es setzen sich zwei Männer an seinen Tisch. Sie grüßen ihn und er sieht sich zu ihnen um. Eine der beiden ist Ben Armitage, mit ihm und einem Kollegen hatte er vor zwei Wochen den Silberdieb verfolgt. „Hallo, junger Freund!", begrüßt er ihn. „Das ist schön, Sie mal wieder zu sehen."

Ben Armitage strahlt ebenfalls, als er Clint Wagner erkennt.

„Was macht eigentlich ihr Kollege, Phil Goodnight?", möchte Clint wissen.

„Das ist nett, dass Sie nach ihm fragen. Ich war heute Morgen bei ihm, er wird Anfang nächster Woche wieder arbeiten können."

Clint hat eine Nachricht für den jungen Mann. „Die Werksleitung wird Ihnen und der gesamten Wachmannschaft für die ausgezeichnete Zusammenarbeit eine Belohnung übergeben. Das werden wir mit der Einweihung der neuen Warmdusche für die Arbeiter zusammenlegen. Was halten Sie davon?"

Ben Armitage strahlt. „Das ist sehr großzügig von Ihnen, vielen Dank!"

„Danken Sie nicht mir, wir haben alle etwas davon."

Ein Mädchen nähert sich dem Tisch und setzt sich zu Ben Armitage auf den Schoß. Sie lächelt ihn an und gibt ihm einen Kuss auf die Wange. „Na, mein Süßer? Willst du mich heute wieder verwöhnen?"

Ben bestellt eine Runde Whisky für alle, und gibt dem Mädchen einen Kuss. Sie springt auf und verschwindet in Richtung Theke.

Clint beobachtet den Vorgang amüsiert und lächelt. „So also zieht man Euch hier das Geld aus der Tasche!"

„Sie müssen zugeben, dass das Mädchen etwas Besonderes ist."

„Ja, das stimmt", sagt Clint Wagner. Er blickt zur Theke, jetzt kommt das Mädchen wieder zurück. Sie ist groß und schlank, ihre langen, haselnussbraunen Haare fallen ihr hinten weit auf den Rücken. Sie trägt einen Rock, der bis zu den Knien reicht und hat ein eng geschnürtes Korsett, aus dem oben der Busen hervorquillt.

Clint versucht ihr in die Augen zu sehen. Das Mädchen hat eine aufgesetzte Fröhlichkeit, sie ist eigentlich schüchtern und sieht sich immer etwas ängstlich um. Sie stellt drei Whiskygläser auf den Tisch und will wieder verschwinden, da fasst Clint sie bei der Hand. „Wie heißen Sie, meine Schöne?"

Sie sieht auf und blickt ihn mit ihren grau-grünen Augen an. Clint glaubt etwas Angst darin erkennen zu können. „Ich heiße Mary Green, »Green« wegen meiner grünen Augen. Sie können Mary zu mir sagen, wie alle anderen auch."

Sie lächelt ihn kurz an und erlaubt ihm einen kurzen Blick in ihr Inneres. Clint erkennt ein verletzliches, ängstliches Wesen, dass hier den rohen Männern und ihren derben Späßen hilflos ausgeliefert ist.

„Wie alt sind Sie, Mary?"

„Ich werde dieses Jahr einundzwanzig, Mister."

Sie entzieht ihm ihre Hand und geht. Clint sieht ihr nachdenklich hinterher. Den Rest des Abends folgt er immer wieder mit den Augen der jungen Frau, wie sie scheinbar fröhlich und unbekümmert zwischen den Tischen herumläuft und mit den Männern schäkert. Wenn sie sich unbeobachtet fühlt, verschwindet das Lächeln aus dem Gesicht und ein angstvoller Blick, wie der eines eingesperrten Tieres, wird kurz sichtbar.

Die Konstruktion einer Dusche ist schon ziemlich neu, eine Warmdusche ist etwas Besonderes. Im Waschraum der Bergarbeiter wird sie deshalb ausgiebig bestaunt. Im Haus befindet sich ein Ofen, der Wasser in einem Behälter im Obergeschoss erhitzt. Der Ofen ist so platziert, dass die Rückwand den Duschraum heizt. Das warme Wasser kann aus einer Brause herausfließen. Oben, neben dem Heißwasserbehälter, befindet sich ein weiterer Behälter mit kaltem Wasser, sodass über zwei Ventile die Temperatur des aus der Brause herauslaufenden Wassers eingestellt werden kann. Der Entwurf und die Konstruktion ist eine Gemeinschaftsleistung der Schmiede und des jungen Wagenbauers aus Gillette.

Das Auffüllen mit Wasser und das Beheizen des Ofens werden jeweils von der Freischicht übernommen, am Ende der Arbeit kann dann geduscht werden.

Es ist gerade Einweihung gewesen, die Arbeiter, deren Schicht gerade zu Ende gegangen ist, stehen nun Schlange an der neuen Dusche. Anfänglich stellt sich die Regulierung der Wassertemperatur als etwas umständlich heraus, nach ein wenig Üben haben es die Männer heraus.

Phil Goodnight hat sich auch unter die Männer gemischt, die die neue Dusche als erste benutzen dürfen. Clint steht im Umkleideraum neben der Dusche und unterhält sich mit den Arbeitern. Er strahlt über das ganze Gesicht, weil das Duschen gut funktioniert und bei den Männern auf großen Zuspruch stößt.

„Ich möchte mich im Namen aller meiner Kollegen für die großzügige Spende bedanken.", Phil Goodnight schüttelt Clint die Hand. Der schüttelt den Kopf. „Sie müssen nicht mir danken. Der Einsatz von Ihnen und Ben Armitage sowie die Doppelschichten der zurückgebliebenen Wachleute waren uns sehr wichtig. Der Geschäftsleitung hat die Spende weniger gekostet als das zurückerhaltene Silber."

„Wie auch immer, meine Kollegen und ich wissen das sehr zu schätzen."

Es ist inzwischen März im Jahr 1876, die Temperaturen sind jetzt gelegentlich oberhalb des Gefrierpunktes. Der Schnee liegt überall noch hoch und es schneit gelegentlich.

Martin Jefferson ist nach Madsen gekommen. Zusammen mit Mickey Callaghan und mit seinem Gast Simon Brooksbank hat er die Eisenbahn von Gillette nach Madsen benutzt. In den nächsten Tagen ist eine Versammlung des Vorstandes der » Wyoming Copper Company « geplant. Mister Jefferson hat noch einen älteren Herrn mitgebracht, den niemand kennt. Er wird von Mister Jefferson mit Howard Hughes vorgestellt, seine Aufgabe bleibt vorläufig unklar. Selbst Mickey, der sonst immer alles weiß, hat keine Ahnung.

Simon Brooksbank, der frühere Angestellte der Bank in Gillette, ist als Wertpapierspezialist ebenfalls Mitglied des Vorstandes geworden. Sein großer Einsatz und seine Sachkenntnis bei dem Verkauf der Aktien haben ihn als Schatzmeister prädestiniert.

Mister Jefferson wohnt für die Zeit seines Aufenthaltes in Madsen im Haus von Clint Wagner. Sein Haus ist großzügig angelegt, sodass auch für Gäste ausreichend Platz vorhanden ist. Martin Jefferson sitzt im Wohnzimmer und sieht in die Winterlandschaft hinaus.

„Schön haben Sie es hier. Die Idee mit dem großen Fenster ist ganz ausgezeichnet, das muss ich mir auch so einrichten lassen."

„Ja, mir gefällt es jeden Tag aufs Neue, selbst jetzt im Winter ist es wunderschön. Wenn nur das Hacken des Holzes nicht wäre!" Beide lachen, dann gehen sie in die Küche, in der Clint das Frühstück vorbereitet hat.

Martin Jefferson blickt sich um. „Wieso hat so ein charmanter und gut aussehender Bursche wie Sie eigentlich keine Frau?"

Clint zuckt mit den Schultern. „Das hat sich bisher irgendwie nicht ergeben. Sie wissen ja, der Männerüberschuss hier im Westen ist erheblich, da bleiben viele von uns ewige Junggesellen." Er denkt dabei an Mary Green aus dem Saloon. Er hat schon mehrfach versucht, sie einzuladen und sie näher kennenzulernen, sie hat es immer mit dem Hinweis, dass die Mädchen keine privaten Kontakte haben dürfen, abgewiesen. Dabei ist er sich ganz sicher, dass sie ihn mag. Wenn diese Besprechungen erst vorbei sind, will er wieder einen Versuch starten.

Die Vorstandssitzung findet im großen Speiseraum im alten Hotel statt. Die Mitglieder sind Mickey Callaghan, Martin Jefferson, Clint Wagner und Simon Brooksbank. Der Geologe des Planungsteams und einer der Ingenieure sind ebenfalls Mitglieder des Vorstandes.

Simon Brooksbank gibt eine Übersicht über den Verkauf der Aktien und den finanziellen Status der Gesellschaft.

„Wenn man bedenkt, dass wir mit unserer Gesellschaft Neuland betreten, muss man feststellen, dass wir gesund dastehen."

Simon Brooksbank neigt sich zu Mickey Callaghan hinüber. „Ohne die erheblichen Geldmittel von Mister Callaghan wäre das jedoch nicht möglich gewesen."

Mickey räuspert sich verlegen. „Das ist nicht wirklich mein Geld, ich habe es nur mit viel Glück erworben."

Clint Wagner gibt eine Übersicht über den Stand des Projektes. „Wir sind beinahe im Zeitplan. Der Winter mit dem vielen Schnee hat uns etwas zurückgeworfen. Als sehr wichtig möchte ich erwähnen, dass wir alle Auflagen des Territoriums Wyoming für die Übereignung des Grundstückes erfüllt haben und seit 4 Monaten die rechtmäßigen Eigentümer sind."

Martin Jefferson erhebt sich. „Meine Herren, ich bedanke mich bei Ihnen allen für die ausgezeichnete Arbeit. Ich möchte Ihnen nun die weiteren Pläne für die Entwicklung der Wyoming Copper Company erläutern."

Alle Mitglieder hören ihm aufmerksam zu. Martin Jefferson ist eine Autorität und er versteht es, seine Zuhörer durch seine humorvolle Art und präzise Schilderung zu fesseln. Seine Augen blitzen, als er seine Vorschläge erklärt: „Mein Plan ist es, so bald wie möglich eine großangelegte Werbeaktion zu starten. Alle wichtigen Zeitungen von der Ost- bis zur Westküste sollen einen Vertreter hierher schicken und von unserer Kupfermine berichten. Perfekt wäre es, wenn wir zum Thema Elektrizität ein wirkungsvolles Projekt präsentieren könnten."

Er bittet, den Techniker Howard Hughes hereinzulassen. „Mister Hughes, stellen Sie sich bitte selbst vor."

Howard Hughes ist ein Mann etwa Mitte fünfzig. Er ist sehr schlank, fast hager und ist einfach gekleidet. Er räuspert sich. „Mein Name ist Howard Hughes. Bis vor kurzem war ich Mitarbeiter von Alexander Graham Bell. Wir haben beide zu unterschiedliche Auffassungen über die Technik des Telephons, sodass ich mich von ihm getrennt habe. Ich habe einige Ideen für ein technisches System für die Sprachübertragung, doch Mister Bell ließ sich davon nicht überzeugen. Er verfolgt andere Techniken, die mir wenig erfolgreich zu sein scheinen. Nun habe ich die große Hoffnung, mit Ihrer Hilfe das erste funktionsfähige Telephon der Welt herstellen zu können. Mister Bell besitzt zwar seit März 1876 das Patent für ein Telephon, er ist der Fachwelt bisher schuldig geblieben, ein funktionsfähiges Gerät vorzuführen. Und genau darin möchte ich ihm zuvorkommen." Er zögert einen Moment und sieht sich im Kreise des Vorstandes um. „Was mir jetzt fehlt, ist eine kleine Werkstatt und einige Hilfsmittel".

Mickey Callaghan nickt ihm freundlich zu. „Mister Hughes, kommen Sie nach dieser Sitzung bitte zu mir, wir werden Ihnen jeden erdenklichen Wunsch erfüllen."

Der Techniker aus Boston bedankt sich und nimmt auf einem der freien Stühle Platz. Martin Jefferson setzt nun seine Erläuterungen fort. „Das Telephon scheint mir eines der Geräte zu sein, die zuerst vom Kupfer Gebrauch machen werden. Wenn es uns" - er blickt zu Howard Hughes hinüber -"gelingt, ein funktionierendes Telephon vorzuführen, dann haben wir eine echte Sensation für die Presse. Alexander Graham Bell entwickelt mit Hochdruck an so einem Apparat, wir haben mit Howard Hughes die Möglichkeit, ihm zuvorzukommen."

Simon Brooksbank gibt noch eine detaillierte Aufstellung der Aktienverkäufe. Um weiter investieren zu können, werden noch doppelt so viele Anteilscheine verkauft werden müssen.

„Ich denke, dass wir das nach der Werbeaktion mit dem Telephon erreichen werden. Dazu kommen bereits die Verkaufserlöse aus dem Kupfererz, das in der Kupferhütte in Omaha verarbeitet wird. Es gibt bereits Telegrafenleitungen, die mit Kupfer aus Madsen hergestellt worden sind."

Martin Jefferson erhebt sich wieder: „Meine Herren, ich bin davon überzeugt, dass wir uns auf dem richtigen Weg befinden. Ich danke Ihnen für Ihre Aufmerksamkeit."

Die Teilnehmer erheben sich und gehen in den Nebenraum, der jetzt als Speiseraum hergerichtet worden ist. Es
gibt für alle ein Essen, das von dem neuen Koch aus dem
Silver Palace zubereitet worden ist.

Mickey sitzt neben Howard Hughes. Während sie beide
essen, versucht Mickey von dem Techniker weitere Einzelheiten zu erfahren. „Wir haben einen sehr geschickten
Schmied und auch einen Wagenbauer in Gillette, wäre
Ihnen damit geholfen?"

„Einen Teil können mir diese Herren sicher herstellen,
zum Beispiel Gehäuse und einen Schaltschrank. Ich benötige jemanden, der ganz feine Teile anfertigen kann, zum
Beispiel so etwas wie einen Uhrmacher."

„Hm", überlegt Mickey, „wenn Sie bereits eine Person im
Kopf haben, sagen Sie es nur. Ich werde versuchen, Sie in
jeder Hinsicht zu unterstützen."

Howard Hughes lächelt. „Das ist sehr freundlich von Ihnen. Ich habe allerdings schon eine genaue Vorstellung, ich
muss nur noch etwas Überzeugungsarbeit leisten. Wenn
ich meinem Bekannten erzähle, mit welcher Unterstützung
er hier rechnen kann, dann ist das so gut wie sicher, dass er
zu uns stoßen wird."

Martin Jefferson lässt sich von Clint Wagner als Projektleiter die Kupfermine zeigen, ebenso die Häuser mit den
Wohnungen für die Arbeiter, die neuen Geschäfte und
auch den Saloon. Die Verladeanlage mit dem Gleisan-
schluss wird auch noch von ihm besichtigt.

„Was Sie hier geschaffen haben, ist ganz ungewöhnlich. Es
zeugt von viel Phantasie und technischem Geschick."

Er lacht Clint Wagner an. „Ein besonders gutes Beispiel ist
die Dusche mit warmem Wasser. Das alleine ist schon die
Erwähnung in einer Zeitung wert." Er macht eine Pause
und sieht Clint Wagner an. „Ich freue mich schon darauf,
hier im Sommer neben ihnen einziehen zu können. Meiner

Frau habe ich schon viel von dem hübschen Fleckchen Erde vorgeschwärmt."

„Ich weiß es zu schätzen, dass Sie mein Nachbar werden möchten" Martin Jefferson lacht den jungen Mann an. „Das beruht ganz auf Gegenseitigkeit!"

In den nächsten Tagen ist Clint Wagner mal wieder im Saloon, dem Silver Palace. Er blickt sich um und versucht, Mary Green zu entdecken. Und richtig, gerade kommt sie von oben herunter, hinter ihr geht ein ihm unbekannter Mann. Der Anblick der beiden gibt ihm einen Stich ins Herz. Er nimmt sich sein Whiskyglas und kippt den gelben Inhalt mit einem Schluck hinunter. Er schüttelt sich und blickt wieder hoch. Mary Green steht vor ihm und sieht ihn etwas traurig an. „Was gibt es, Mister Wagner, kann ich Ihnen etwas bringen?"

„Ja, noch so ein Glas voll. Für Sie eins mit, Mary, und dann setzen Sie sich bitte zu mir."

Mary verschwindet und kommt kurz darauf mit zwei Gläsern Whisky zurück. Clint hat sich inzwischen eine Zigarette gedreht und raucht sie, er bemüht sich, ruhiger zu werden. Er kann nur schwer verarbeiten, dass Mary immer wieder mit anderen Männern ins Bett geht.

Mary stellt die Gläser auf den Tisch und setzt sich ihm gegenüber hin. Sie heben beide ihre Gläser und prosten sich zu.

Mary sieht heute noch trauriger aus als sonst. Sie kippt den Whisky in einem Zug hinunter und sieht Clint nachdenklich an. Clint greift über den Tisch und zieht ihre Hand zu sich herüber.

„Wissen Sie eigentlich, wie sehr ich Sie mag, Mary?"

„Was wissen Sie schon über mich. Alle Männer hier mögen mich. Das ist ja gerade das Problem." Sie sieht traurig auf den Tisch. Clint ist sich sicher, dass sie kurz davor ist zu weinen.

„Ich möchte mehr über Sie wissen, viel mehr!"

„Ganz einfach. Bezahlen Sie mich, wir gehen auf eines der Zimmer und ich erzähle Ihnen alles, was Sie wissen möchten."

„So habe ich das nicht gemeint, aber wenn das der einzige Weg ist, dann machen wir das so."

Mary Green zuckt mit den Schultern. „Wenn Sie das so möchten, dann lassen Sie uns jetzt damit anfangen."

Clint gelingt ein Blick in ihre grünen Augen, bevor sie sich abwendet. „Warum machen Sie das hier?"

„Womit soll ich denn sonst meinen Lebensunterhalt verdienen? Jeff Butler hat Geld an meinen vorigen Chef bezahlt, um mich freizukaufen. Was soll ich denn sonst machen, ich kann nichts und bin nichts!"

Tränen ziehen eine feuchte Spur auf ihren Wangen.

Clint ist tief betroffen. Er weiß, dass die Mädchen hier für ein Butterbrot arbeiten. Er hatte nur immer verdrängt, dass hinter jeder Person ein persönliches Schicksal steht. Wie sollte er jetzt vorgehen? „Was kostet denn so ein Techtelmechtel mit Ihnen?"

„Fünf Dollar die Stunde, zwanzig Dollar eine Nacht."

Clint Wagner staunt, das sind ja stolze Preise, damit bringen die Mädchen dem Besitzer eine ordentliche Menge Geld ein. Er schluckt. „Gut, ich gebe Ihnen zwanzig Dollar, das ist es mir wert."

Mary Green lächelt ihn zaghaft an. „Es freut mich, dass ich Ihnen gefalle."

„Das ist mehr als nur äußerlich, ich möchte etwas für Sie tun." Er greift wieder nach ihrer Hand. „Nun denn, lass es uns versuchen."

Sie gehen beide die Treppe hinauf, Mary Green geht vor, sie kennt den Weg.

Das Zimmer ist spartanisch eingerichtet. Es steht ein breites Bett darin, auf der Kommode steht eine Schüssel und ein Krug mit Wasser. Mary setzt sich auf das Bett und rafft ihren Rock.

„Behalten Sie Ihren Rock unten", sagt Clint. „Ich möchte Sie kennenlernen, das ist der Hauptgrund für meine Investition."

Er lacht, als er ihr dummes Gesicht sieht. „Ja, da staunen Sie. Wir werden heute nur reden. Erzählen Sie mir etwas von Ihnen, ich erzähle Ihnen etwas von mir."

Er macht eine Pause. „Zuerst muss das mit »Sie« aufhören. Ab sofort bin ich für dich Clint, oder Liebling, oder Schatz."

Mary Green lächelt zaghaft und beginnt, aus ihrem Leben zu erzählen. Sie hat bereits zwei Kinder zur Welt gebracht, die jetzt beide bei ihrer Mutter leben. Sie hat alle seit zwei Jahren nicht mehr gesehen. Mit fünfzehn Jahren wurde sie mit einem entfernten Onkel verheiratet. Als ein Jahr später ihr Mann an einer entzündeten Wunde starb, war sie schwanger. Ihre Mutter nahm sie bis zur Entbindung des Kindes bei sich auf, sie musste dann Geld verdienen, um ihrer Mutter einen Teil der Verpflegungskosten für das Kind zu ersetzen. „Was blieb mir damals anderes übrig, außer als Animiermädchen im Saloon zu arbeiten?"

Clint lässt sich das eben Gehörte durch den Kopf gehen und nickt dazu. „Musstest du damals schon mit den Männern ins Bett?"

„Nein, zuerst noch nicht. Es hatte genügt, wenn ich Getränke gebracht und den Männern schöne Augen gemacht habe. Das blieb leider nicht immer so, auf Dauer wollten sie mehr. Der Besitzer des Saloons hatte mich auch unter Druck gesetzt, sodass ich mich nicht länger davor drücken konnte. Dabei bin ich dann wieder schwanger geworden und habe deshalb ein zweites Kind, das nun ebenfalls von meiner Mutter aufgezogen wird. Sie muss noch mehr Geld haben und ich muss noch mehr den Männern zu Gefallen sein." Sie macht eine Pause und sieht nachdenklich auf das Bett. „Ich sehe keine Möglichkeit, aus diesem Kreislauf heraus zu kommen."

Clint sieht sie an. „Hast du schon einmal an eine Heirat gedacht?"

Mary zieht ihre Augenbrauen hoch. „Du weißt wohl nicht, wie viel Auslösung mein künftiger Gatte bezahlen müsste? Heiraten wollten mich schon viele, allerdings wollte keiner für mich bezahlen."

„Hm", Clint sieht sie nachdenklich an. „Das muss sich doch herausfinden lassen. Weißt du, wie viel Jeff Butler für Dich bezahlt hat?"

Mary schüttelt den Kopf. „Keine Ahnung, es muss aber sehr viel gewesen sein."

Sie liegen beide nebeneinander auf dem Bett, halten ihre Hände und sehen sich an. Mary fragt mit leiser Stimme: „Lass uns mal über erfreulichere Dinge sprechen. Was machst du den ganzen Tag, wenn du nicht einem Mädchen die Seele aus dem Leib fragst?"

Clint beginnt, von seinem Leben zu erzählen. Als junger Mann war er als Kunstschütze auf Jahrmärkten aufgetreten.

Mary macht große Augen und sieht ihn erstaunt an. „Du bist also ein Revolverheld gewesen, wer hätte das gedacht!"

„Naja, kein so richtiger Held. Ich habe Präzisionsschüsse ausgeführt und habe damit Wetten gewonnen."

Mary kuschelt sich an ihn. „Du hast ein viel interessanteres Leben geführt als ich. Erzähl bitte weiter."

Clint erzählt aus seinem Leben. Er hatte eine weiterführende Schule besucht und ist dann Landvermesser geworden. In der Zeit war er zum ersten Mal in dieses Tal gekommen. Später ist ihm sein scharfer Verstand und sein Durchsetzungsvermögen zu Gute gekommen und er hatte die Position eines Projektleiters bei der Laramie Mining & Engineering Company erhalten. In dieser Funktion hat er hier in Madsen die alte Minenstadt wieder zum Leben erweckt. Vor kurzem hat er in seiner Firma gekündigt und ist nun Mitglied im Vorstand der Wyoming Copper Company.

Verträumt sieht er sie an. Mary blickt ihm ehrfürchtig in die Augen und streicht ihm über seine Wange. „Da habe ich jetzt einen richtig wichtigen Mann kennenlernt."

Clint lächelt sie an. Sie gibt ihm einen Kuss und fügt hinzu: „Und einen richtig netten, wie ich feststelle."

Zart legt sie ihre warmen Arme um seinen Hals und gibt ihm einen langen Kuss. Clint erwidert erst zaghaft, dann immer leidenschaftlicher die feuchten Bewegungen ihrer Zunge. Mary erhebt sich und beginnt, ihr Korsett zu öffnen.

Clint sieht sie erstaunt an. „Du musst nicht mit mir schlafen, das war nicht vorgesehen."

„Sei still und zieh dich aus!", sagt Mary und legt sich splitterfasernackt zu ihm unter die Decke. „Ich will dir jetzt eine Freude machen!", sie küsst ihn wieder und hilft ihm die Hose auszuziehen.

Hinterher liegen sie beide unter der warmen Decke, eng aneinander geschmiegt. Clint mustert sie nachdenklich. „Bist du immer so leidenschaftlich?"

Mary lächelt verlegen. „Das ist oft so bei mir. Sobald die Männer mich berühren, kann ich mich kaum zurückhalten. Das ist Fluch und Segen zugleich. Ein Segen, weil es mich für einen Moment mein Schicksal vergessen lässt. Ein Fluch ist es, weil ich mich leicht verführen lasse, hinterher kommt dann der Absturz und Ernüchterung. Bei vielen Männern hasse ich diese Tätigkeit, dann nützt auch Berühren nichts. Die meisten der Männer sind unsensible Schweine, da bin ich jedes Mal froh, wenn es vorbei ist." Mary Green macht eine Pause und kuschelt sich in die Arme von Clint Wagner.

„Das ist eben bei dir seit langer Zeit nicht passiert. Ich bin immer noch glücklich. Du bist mir eben sehr sympathisch."

Clint schmunzelt. „Nur sympathisch?

Mary zieht sich zu seinem Kopf hoch und gibt ihm einen langen Kuss. „Nein, es ist mehr als Sympathie. Ich glaube, ich empfinde Liebe für dich."

Es ist bereits früher Morgen, als sie beide aus dem ersten Stock in den Schankraum hinuntergehen. Einige wenige Gäste sitzen noch an der Theke und unterhalten sich laut-stark. Bei dem Lärm, den sie machen, bekommen sie die beiden Liebenden nicht mit. Clint verabschiedet sich an der Tür mit einem weiteren Kuss. Er geht vor die Tür. Es ist stockfinster, lediglich der Mond wirft einen schwachen Schein auf die verschneite Landschaft. Ein paar Minuten später haben sich Clints Augen an das schwache Licht gewöhnt und er findet den Weg zu seinem Haus. Das Feu-er im Kamin glimmt nur noch schwach, er holt sich erst etwas Holz vom Lagerplatz hinter dem Haus, bevor er sich schlafen legt.

Diese Nacht ist eine kurze Nacht. Er wälzt sich immer hin und her und denkt an Mary Green. So bald wie möglich wird er mit Jeff Butler über die Höhe der Auslösung reden müssen. Er schläft schließlich doch ein und wird von sei-nem Wecker aus einen tiefen, traumlosen Schlaf gerissen.

Der Techniker Howard Hughes ist inzwischen mit dem Zug nach Gillette gefahren. Dort trifft er sich mit Peter O'Connell und dem jungen Wagenbauer, Timothy Tucker, um sich seine neue Wirkungsstätte anzusehen. Er kann einen großen Raum für seine Werkstatt bekommen. Dort wurden bisher Pferde eingestellt, die haben nun ein ande-res zuhause bekommen. Howard Hughes sieht sich die Schmiede und die Wagnerei an, um sich von den Möglich-keiten der beiden Handwerker ein Bild zu machen.

Stolz zeigen ihm die beiden ihre Maschinen und Werkzeu-ge. In der Werkstatt von Timothy Tucker steht eine kleine Dampfmaschine, die eine Bohrmaschine und eine Dreh-bank antreiben kann. Gemeinsam mit Peter O'Connell hat er den Wärmeaustauscher hergestellt, der nun in der Warmwasserdusche des Bergwerkes eingesetzt wird.

Howard Hughes ist beindruckt. „Ich werde Ihre Hilfe ganz sicher in Anspruch nehmen. Ich habe außerdem den Eindruck, als wenn ich in Ihnen beiden zwei besonders ideenreiche Tüftler gefunden habe."

In den nächsten Tagen fertigt Howard Hughes eine lange Liste an, die er vom Telegrafenamt im Bahnhof an seinen Bekannten in Boston weiterleiten lässt.

Mickey Callaghan kommt zu Besuch und lässt sich die Ideen von Howard Hughes erklären. „Ich kenne das Gerät von dem Deutschen Philipp Reis ganz gut, es ist bereits seit acht Jahren hier in Amerika bekannt. Mister Bell hat sich das Prinzip auch erklären lassen, er ist nur nicht davon überzeugt. Ich denke jedoch, dass der Deutsche auf dem richtigen Weg war."

„Gibt es bereits Patente für das Telephon?", fragt Mickey Callaghan.

„Alexander Graham Bell besitzt seit März dieses Jahres ein Patent. Mir ist aus sicherer Quelle bekannt, dass das patentierte Gerät noch lange nicht funktionsfähig ist. Zu meinem Ärger versucht Mister Bell immer wieder, die Ideen anderer für seine Zwecke auszunutzen und ist nun allen mit einem Patent zuvorgekommen, für ein Gerät, das nicht zu gebrauchen ist." Howard Hughes grinst. „Das möchte ich ändern und ihm mit einem funktionierenden System zuvorkommen. Wir werden jedoch nicht umhin kommen, Patentgebühren zu bezahlen."

Mickey sieht sich im Kreise der Kollegen um, er überlegt eine Weile. „Mir geht es in erster Linie darum, Reklame für Elektrizität nutzende Geräte zu verbreiten. Wir wollen Kupfer verkaufen und keine Telephone." Er sieht Howard Hughes an. „Können Sie mit dieser Einstellung leben?"

Mister Hughes zögert nicht, als er antwortet: „Mir gibt es ausreichend Genugtuung, wenn ich vor Alexander Graham

Bell mit einem funktionsfähigen Apparat auf den Markt komme, Patent hin oder her."

Wenige Tage später steigt Howard Hughes in die Eisenbahn. Er hat eine lange Reise vor sich, die ihn bis an den Anfang der Strecke führen soll, ins ferne Boston. Dort will er den befreundeten Mechaniker bitten, seine bisherige Stellung aufzugeben und nach Gillette zu ziehen. Er hat bereits viele Argumente gesammelt, um ihn zu überzeugen. Eine Bestätigung für seine Einkaufsliste hat er erhalten, nun muss er sich für eine lange Reise einrichten.

Clint Wagner hat sich heute Abend mit Jeff Butler, dem Besitzer des Saloons und dem Zuhälter der Animierdamen, verabredet. Er ist die letzten Tage immer wieder im Saloon gewesen, um sich mit Mary Green zu treffen. Und zwei Mal sah er sie wieder mit irgendwelchen Männern verschwinden, beziehungsweise zurückkommen. Eine tiefe Traurigkeit, gemischt mit großem Zorn kam dann jedes Mal in ihm hoch. So darf das nicht weitergehen. Mary kam dann später immer zu ihm und versuchte ihn zu trösten. „Ich liebe dich, vergiss das nicht. Egal, wie viele Männer es gewesen sind."
Jetzt sollte es sich ändern. Jeff Butler kommt aus seinem Büro und tritt an den Tisch, an dem Clint sitzt und sich mit einem Glas Bier und einer Zigarette die Wartezeit vertreibt. „Sie wollten mich sprechen?"
„Ja, das ist richtig. Es handelt sich um eines Ihrer Mädchen."
Jeff Butler ist ganz Gentleman. Er neigt seinen Kopf zu Clint Wagner hinunter und fordert ihn höflich auf: „Folgen Sie mir bitte in mein Büro."
Auf dem Weg dorthin ruft er seinem Barmann zu: „Busty, für mich bitte ein neues Glas!"
Busty weiß, welches Getränk gemeint ist und nickt zur Bestätigung.

Im Büro setzt sich Jeff Butler in den Sessel hinter dem Schreibtisch und bittet seinen Gast, ebenfalls Platz zu nehmen. „Nun, Mister Wagner, was kann ich für Sie tun?" Clint ist furchtbar nervös. Er versucht sich zu entspannen, zieht erst einmal sein Päckchen Tabak aus der Tasche und dreht sich eine Zigarette. „Ja, das ist so. Ich, äh, - ich möchte Mary Green heiraten."

Nun war es raus. Jeff Butler hat aufgehört, unverbindlich zu lächeln und sieht ihn mit großen Augen an. „Haben Sie sich das gut überlegt? Sie können sich sicher vorstellen, wie wertvoll Miss Green für mich ist. Sie ist die schönste der Mädchen und kommt am besten bei den Männern an."

Clint schluckt. „Ich weiß, das bemerke ich auch schon eine Weile. Nun lassen Sie schon hören, um welche Summe geht es?"

Jeff Butler überlegt. Er schließt die Augen und murmelt leise vor sich hin. Dann sieht er hoch und blickt Clint Wagner direkt in die Augen. „Zweihundertfünfzig Dollar!"

Clint wird blass. Was für eine hohe Summe! Obwohl, in seinen schlimmsten Befürchtungen hatte er schon mit so viel Geld gerechnet. „Das ist sehr viel, so viel kann ich nicht aufbringen. Ist das ihr letztes Wort?"

Jeff Butler mustert Jeff eine Weile. Durch den Rauch seiner Zigarre blickt er ihn an. „Sie lieben Sie wohl sehr, wie?"

„Ja, wir sind fest entschlossen, es miteinander zu versuchen."

„Gut. Mein letztes Angebot: Zweihundert Dollar, das gilt allerdings nur bis morgen Abend."

Oha, Clint schwinden fast die Sinne. Das ist immer noch sehr viel Geld, mehr als er besitzt. Er hatte mal so viel besessen, das hat der Bau des Hauses fast vollständig aufgezehrt. Wie er es auch dreht, es muss sein. Er steht auf und reicht Jeff Butler die Hand. „Abgemacht. Ich komme morgen Abend mit dem Geld."

Jeff Butler steht auch auf und erwidert den Händedruck. Er grinst Clint an. „Für mich ist das ein Verlustgeschäft, ich bin aber mit Ihnen der Meinung, dass es gerade dieses Mädchen verdient hat."

Er geht zur Tür und ruft zur Bar hinüber: „Bring uns eine Flasche Sekt, Busty, und zwei Gläser!"

So schnell kommt Clint Wagner hier nicht raus, obwohl ihm die Unruhe unter den Sohlen brennt. Er muss alle seine Freunde anpumpen, so schnell wie möglich. Oder ist noch so viel Silber im Safe der Firma? Nein, den Gedanken verwirft er sofort wieder. Das wäre Veruntreuung, das kommt auf keinen Fall in Frage. Es wäre jedenfalls sofort zur Verfügung. Nein - energisch schiebt er den Gedanken beiseite.

Wie durch einen Nebel dringt die Stimme von Jeff Butler an sein Ohr.

„…Sie beide müssen mich zu Ihrer Hochzeit einladen."

„Äh, ja. Natürlich, das machen wir doch gerne." In seinem Kopf kreisen die Gedanken. Wie viel Geld seine Freunde wohl geben mögen? Erreicht er sie schnell genug?

„Sie hören mir nicht zu!", dringt die Stimme von Jeff Butler zu ihm. Er lacht. „Sie sind wohl schon bei den Hochzeitsnacht?"

So geht das nicht weiter. Er stellt sein halb ausgetrunkenes Glas auf den Schreibtisch und steht auf. „Entschuldigen Sie mich bitte, Mister Butler, ich muss sofort versuchen, das Geld aufzutreiben."

„Oh, bitte, klar doch! Und nicht vergessen, das Angebot steht nur bis morgen Abend!"

Clint Wagner stürzt aus dem Büro. Draußen steht Mary Green, sie hat gesehen, dass Clint im Büro des Chefs verschwunden ist. Sie sieht ihn mit großen Augen fragend an. „Was wird jetzt aus uns?"

Clint setzt sie mit wenigen Worten in Kenntnis. „Dein Chef will zweihundert Dollar für dich haben. Und ich muss jetzt versuchen, es bis morgen Abend aufzutreiben." Mary sieht ihn erschrocken an. „Das ist sehr viel Geld. Wie willst du das denn schaffen?"

„Etwas habe ich gespart. Und ich habe hier Freunde, die mich sicher nicht im Stich lassen werden." Er gibt ihr einen Kuss und stürmt aus dem Saloon.

Der nächste Weg führt ihn in sein Büro. Es ist spät, er hat Schlüssel für alle Räume und begibt sich in das Telegrafenbüro in der Verwaltung. Er kann mit dem Gerät umgehen und überlegt sich jetzt einen Text. An wen soll er die Nachricht schicken? Er hat etwa siebzig Dollar von seinem Gesparten, er braucht also noch einhundertdreißig Dollar von seinen Freunden. Er setzt zuerst einen Text auf: »*Brauche dringend bis morgen 130 Dollar. Privat!*« Das sollte genügen. Die Liste seiner Freunde ist lang, so sucht er die aus, die er morgen schnell erreichen kann und nach seiner Erkenntnis über ausreichend Bargeld verfügen. Es sind dies: Peter O'Connell, Mickey Callaghan und Matthew Richmond. Der Kaufmann Ben Nolan gibt ihm sicher auch etwas. Den einzigen, den er direkt erreichen kann, ist Matthew Richmond im Sägewerk. Also schickt er zwei Telegramme, eines geht an die Telegrafenstation zum Bahnhof von Gillette, mit der Bitte um Abschrift und Verteilung, das andere sendet er an das Sägewerk an Matthew Richmond. Er kann nur hoffen, dass die Empfangsgeräte eingeschaltet sind, zur Sicherheit will er morgen früh zwei weitere Telegramme schicken.

Wie geht es morgen weiter? In den Bergen liegt immer noch hoher Schnee, sodass er nicht schnell genug reiten kann. Schnell genug geht es nur mit der Bahn, die schiebt sich jeden Tag einmal die Schienen frei.

Das ist die Idee! Er wird morgen ganz früh den Schneepflug abwarten und mit ihm nach Gillette fahren, zurück wird er dann den Zug ihrer Gesellschaft verwenden. Der steht zwar jetzt hier in Madsen, er wird morgen organisieren, dass der Zug nach Gillette kommt und ihn mit zurück nehmen kann.

Das sieht doch jetzt vernünftig aus. Entspannt lehnt er sich zurück und atmet tief durch. Er ist fest davon überzeugt, dass ihm seine Freunde helfen werden. Über die Rückzahlung macht er sich jetzt keine Gedanken. Er verdient recht gut als Projektleiter und Vorstandsmitglied, das sollte wohl in einer akzeptablen Zeit möglich sein.

Früh am Morgen steht Clint am Bahnhof und wartet auf den Schneepflug. Der fährt nicht nach Fahrplan, sodass seine Ankunft nur ungefähr bekannt ist. Es ist noch dunkel, es weht ein kalter, unangenehmer Wind. Schneeflocken sind dabei und beißen ihm ins Gesicht.

Ihre eigene Eisenbahn steht auf einem Nebengleis. In der Feuerbüchse brennt ein kleines Feuer. Weil das Anheizen einer kalten Lokomotive viele Stunden dauert, lässt man das Feuer nicht ausgehen. Außerdem besteht im Winter die Gefahr, dass das Wasser im Kessel gefrieren könnte und diesen zerstören würde. Er geht um die Lok herum. Leise summt das Wasser im Kessel, er klettert in den Führerstand. Dort ist es warm und er kann die Zeit bis zum Eintreffen des Schneepfluges gut abwarten. Er muss nur vorher die Mannschaft der Bahn informieren, dass sie heute für ihn eine Sonderfahrt nach Gillette und zurück fahren müssen. Er weiß, wo der Lokführer wohnt und springt wieder rasch aus der Lok. Im Dunkeln stapft er durch den Schnee. Das kleine Häuschen hat er schnell erreicht, er klopft laut an die Tür, um den Mann zu wecken.

Es ist seine Frau, die ihm öffnet. Sie hat eine Flinte in der Hand, das kann er im Dunkeln kaum erkennen.

„Ach Sie sind es, Mister Wagner. Was führt Sie denn so früh hierher?"

„Ich bin wegen Ihres Mannes hier, Mrs. Jones. Ich benötige spätestens ab 2 Uhr am Nachmittag einen Zug von Gillette hierher zurück. Das ist ganz wichtig für mich!"

Die Frau des Lokführers nickt. „Einen kleinen Moment, ich werde meinen Mann wecken."

Ritchie Jones, der Lokführer, hat die Unruhe an der Tür bemerkt und kommt jetzt angeschlurft. „Was ist denn hier los, mitten in der Nacht?"

Seine Frau dreht sich zu ihm um: „Deine Lok wird gebraucht. Mister Wagner hat einen eiligen Auftrag!"

Ritchie Jones sieht zu Clint Wagner hin. „Wann soll es denn losgehen?"

„Ich will spätestens morgen Abend aus Gillette zurück sein. Ich fahre gleich mit dem Schneepflug in den Ort und komme am frühen Nachmittag zurück."

Ritchie Jones nickt. „Das kriegen wir hin. Wir müssen noch etwas Holz nachlegen, in zwei Stunden ist unsere Lok startklar und steht Ihnen dann zur Verfügung. Ich sage gleich meinem Heizer und dem Zugführer Bescheid, Sie können sich auf uns verlassen."

Clint Wagner bedankt sich bei dem Ehepaar und verspricht ein gutes Trinkgeld zu zahlen. Der Lokführer winkt ab. „Keine Ursache, wir helfen Ihnen gerne."

Der Pfiff der Lok, die den Schneepflug schiebt, hallt durch die Dunkelheit zu ihnen. Eilig verabschiedet sich Clint und läuft so schnell es der Schnee zulässt, zum Bahnhof.

Der Führer des Schneepfluges ist ausgestiegen und sitzt mit dem Heizer im Betriebsraum des Bahnhofes. Dort unterhalten sie sich mit dem Bahnwärter, der ihnen einen Kaffee eingeschenkt hat. „Guten Morgen, Mister Wagner. Was machen Sie denn so früh hier?"

„Ich muss ganz eilig nach Gillette. Können Sie mich auf Ihrer Rückfahrt mitnehmen?"

„Das ist kein Problem. Sie müssen nur mit uns auf der Lokomotive mitfahren, wir haben keinen Platz für Passagiere."

Bereits eine halbe Stunde später setzt sich die Lokomotive mit dem Schneepflug in Bewegung. Vorher haben die Männer noch Holz nachgeladen, nun fährt die schwere Maschine mit dem Schneepflug in den beginnenden Morgen hinein. Clint steht am Rande des Führerstandes, um den beiden Männern nicht im Weg zu stehen. Die verschneite Landschaft zieht vorbei und ein kalter Wind bläst in den hinten offenen Führerstand hinein. Es wird jetzt hell, von der Sonne ist nicht viel zu sehen. Sie hat sich hinter dichten Wolken versteckt, es bläst ein starker Wind.

Sie haben etwa die Hälfte der Strecke nach Gillette zurückgelegt. Plötzlich wird die Lokomotive langsamer und bleibt mit einem heftigen Ruck stehen. Clint Wagner fällt auf den Heizer, dieser stürzt und lässt das Stück Holz, das er eben nachlegen wollte, fallen.

Der Lokführer schimpft. „Das ist immer dieselbe Stelle. Hier pfeift der Wind durch eine Schlucht und es bildet sich immer wieder eine große Schneewehe auf den Gleisen."

Clint und der Heizer rappeln sich wieder hoch. Der Lokführer dreht die Steuerung auf rückwärts und öffnet langsam das Dampfventil. Die Räder drehen kurz durch, dann setzt sich die Lok in Bewegung und fährt ein Stück zurück.

Der Lokführer blickt aus dem Fenster und versucht in der weißen Schneewüste etwas zu erkennen. „Man kann hier nicht sehen, wo vorne oder hinten ist! Meine Maschine schafft das schon."

Er fährt noch weiter zurück, dreht die Steuerung wieder auf Vorwärtsfahrt und gibt gefühlvoll Dampf. Der Schneepflug beißt sich in den Schnee, große Brocken der weißen Masse fliegen durch die Luft und werden vom Wind in den Führerstand geweht. Der Pflug bleibt wieder stecken, er ist immerhin mindestens zehn Yards weiter gekommen.

Der Lokführer nimmt wieder Anlauf und das Spiel beginnt von neuem. Nach zwei weiteren Anläufen, die jedes Mal die Schneewehe verkleinern, ist es geschafft. Der Rest der

Fahrt bis nach Gillette geht ohne weitere Probleme zu Ende.

Clint Wagner wendet sich an den Lokführer. „Ist es möglich, dass ihr mich wieder zurückbringt? Ich habe Sorgen wegen der Schneewehe."

Der Lokführer und sein Heizer sehen sich an. „Das geht sicher." Er grinst Clint Wagner an. „Sie müssen nur für unsere Verpflegung für heute aufkommen."

Clint fällt ein Stein vom Herzen. Das ist so die viel bessere Lösung. Er hatte sich schon Sorgen wegen der Schneewehe gemacht. Wenn der Wind am Tag so weiter bläst wie heute Morgen, dann hätte die andere Lok die Strecke vielleicht überhaupt nicht fahren können.

„Vertreibt Euch die Zeit im »Go Lucky«. Der bietet sich an, weil er dicht am Bahnhof liegt. Ich komme dann in ein paar Stunden und wir fahren zurück."

„Alles klar, ich telegrafiere an den Bahnhof in Madsen, damit Ritchie Jones Bescheid weiß, dass er heute nicht mehr fahren muss."

Clint Wagner eilt zur Schmiede. Peter O'Connell ist die zentrale Figur, bei ihm laufen alle Fäden zusammen. Clint trifft Peter, er ist gerade dabei, den großen Raum vor dem Schmiedefeuer aufzuräumen und zu fegen.

„Guten Morgen, Peter."

Er sieht sich um. „Was habt ihr denn vor?"

Peter stellt den Besen beiseite und die beiden Freunde drücken sich die Hand. „Heute ist seit einigen Wochen ein Tag, wo wir alle zusammentreffen werden, deshalb richte ich meine Schmiede für eine kleine Feier ein."

Clint ist verblüfft. „Ich habe nicht viel Zeit, ich will, beziehungsweise ich muss heute Abend wieder in Madsen sein."

Peter zögert kurz beim Fegen, dann sagt er: „Das habe ich zwar nicht gewusst, das macht jetzt nichts. Der Zug braucht nur eine halbe Stunde bis nach Madsen, und bis zum Abend ist noch viel Zeit. Das gibt uns reichlich Gelegenheit, uns zu unterhalten."

„Na gut", Clint sieht ein, dass Peter Recht hat, obwohl er am liebsten so schnell wie möglich mit dem Geld nach Madsen zurückgekehrt wäre." So hilft er mit, zwei Tische in die Mitte des Raumes zu stellen und Stühle um sie herum zu stellen.

„Wer kommt denn eigentlich alles?"

„Meine Verlobte Susan Brooks kommt. Kennst du sie eigentlich?"

Clint reißt erstaunt die Augen auf. „Na sieh mal an, da hat sich das Kommen für mich doppelt gelohnt. Nein, bisher noch nicht, jetzt bin natürlich gespannt."

„Außerdem kommen natürlich Mickey und Marilyn sowie Matthew mit Joan. Wegen des Schnees lässt sich die genaue Zeit nicht vorhersagen."

Der erste Gast ist Susan Brooks. Stolz stellt Peter sie Clint vor. „Meine liebe Susan, das ist Clint Wagner."

Clint Wagner nickt und ergreift die dargebotene Hand. Zu Peter gewandt, sagt er: „Meinen Glückwunsch zu deiner Wahl. Deine Susan ist eine Augenweide!"

Susan lächelt verlegen. Clint sieht sie an und fragt: „Warum habe ich Sie eigentlich nie früher bemerkt?"

„Ich bin jetzt seit einem Jahr hier und arbeite als Lehrerin an der Schule. Da wäre es schon ein großer Zufall, wenn Sie mich bemerkt hätten."

Peter ist stolz, dass seine Verlobte Clint sofort gefällt. „Warum duzt ihr euch nicht, das machen wir doch alle untereinander."

Um eine Antwort kommen sie herum, weil jetzt Mickey Callaghan und seine Frau Marilyn hereinkommen. Alle umarmen sich herzlich, auch die Verlobte von Peter wird davon nicht ausgeschlossen. Marilyn ist schöner denn je, ihre neue Schwangerschaft ist nicht mehr zu übersehen. Clint wendet sich an Mickey: „Deine Marilyn ist ja in anderen Umständen. Soll es wieder ein Mädchen werden?"

Mickey lacht und antwortet: „Das entzieht sich meinem Einfluss. Wenn das Kind sich so entwickelt wie die Schwestern, ist mir ein Mädchen recht."

Marilyn hört das und knufft Mickey in die Rippen. „Wenn es ein Junge werden würde und er würde nach seinem Vater geraten, wäre es dir noch lieber."

Mickey nimmt sie in seine Arme und gibt ihr einen Kuss. „Wie kannst du so etwas sagen, du weißt wie lieb mir die Mädchen sind."

Matthew Richmond und seine Frau Joan kommen jetzt herein und schütteln sich Schnee von der Kleidung. Sie sind mit dem Zug gekommen und auf dem Weg vom Bahnhof hierher hat es ein wenig geschneit. Joan stellt sich vor den Schmiedeofen, streckt die Hände aus und sagt: „Hier habt ihr es schön warm. Hier bleibe ich."

Peter hat keine Kochgelegenheit für so viele Personen und hat daher Essen im Boarding House bestellt. Die Tür geht auf und zwei Mitarbeiter des Gasthauses kommen herein. Da das Boarding House beinahe gegenüber auf der anderen Straßenseite liegt, haben sie das Essen einfach in Schüsseln und Töpfe gefüllt und stellen sie nun auf den Tisch.

Während des Essens gibt es zwischen den Freunden einiges zu erzählen. Peter berichtet von dem Techniker, der seit ein paar Wochen seine Werkstatt bei ihm eingerichtet hat. Er erwartet ihn in den nächsten Tagen aus Boston zurück.

Clint Wagner wird ganz unruhig. Was ist jetzt mit dem Geld? Bisher hat es keiner seiner Freunde erwähnt. Doch seine Unruhe ist unbegründet. Das Essen ist vorbei und die Teller sind abgeräumt. Mickey erhebt sich und sieht über die Runde der Freunde. „Vielen Dank, meine Lieben, dass ihr alle gekommen seid. Anlass war ein Hilferuf von Clint. Da er uns alle gemeint hat, wird er uns sicher erklären, was ihn bedrückt." Mickey setzt sich wieder und sieht Clint erwartungsvoll an.

149

Clint beginnt zu erzählen, von dem lieben Mädchen, das er kennengelernt hat. Es arbeitet im Saloon und ihr Chef, quasi ihr Besitzer, will eine hohe Auslösung von ihm bekommen. Er muss das Geld bis heute Abend übergeben, sonst muss er noch mehr bezahlen.

Als Clint geendet hat, herrscht einen Moment Ruhe, alle lassen sich das eben Gehörte durch den Kopf gehen.

Joan meldet sich als erste. Sie hat früher ebenfalls als Prostituierte gearbeitet und weiß genau, welche Seelenqual die Freundin von Clint durchmacht. „Wir sollten keinen Moment zögern, Clint jetzt auszuhelfen. Je mehr Mädchen aus diesem Milieu herausgeholt werden, desto besser. Ich schlage vor, dass jedes Paar von uns fünfzig Dollar gibt, das ist genug für Clint und wir können es alle verschmerzen. Über die Rückzahlung brauchen wir uns bei Clint keine Gedanken zu machen."

Joan hat allen aus der Seele gesprochen. Sie stimmen sofort zu und die Männer zücken ihre Geldbörsen.

Clint ist erleichtert, es ist ihm auch ein wenig unangenehm, das Geld seiner Freunde fast als Geschenk anzunehmen.

„Ich danke euch von ganzem Herzen für eure spontane Bereitschaft, mir zu helfen. Ich verspreche euch, dass ich es so bald wie möglich zurückzahlen werde."

Es klopft an der Tür der Schmiede, die Tür wird geöffnet und der Marshall tritt in die Runde. „Was ist denn hier los?", wundert er sich angesichts der leeren Teller und der Biergläser auf dem Tisch.

„Das ist hier quasi eine Familienfeier", sagt Peter O'Connell. „Was führt dich zu uns? Zu Essen gibt es leider nichts mehr, ein Bier kannst du gerne bekommen."

Marshall Richard Taylor hebt abwehrend die Hände. „Vielen Dank, ich bin eigentlich dienstlich hier. Ich habe Mrs. Callaghans Wagen gesehen, deshalb bin ich hereingekommen."

„Was hat Mrs. Callaghan denn angestellt?", fragt Mickey und grinst.

Der Marshall schüttelt den Kopf. „So habe ich das nicht gemeint. Nein, es ist folgendermaßen: Ich habe vor ein paar Tagen eine Nachricht von einem Überfall auf einen Eisenbahnwagen erhalten. Es war im Nachbarstaat Colorado, in Aspen, dort ist ein Silbertransport überfallen worden. Ihr macht doch in Madsen etwas ähnliches, deshalb habe ich gedacht..."

„Das ist in Ordnung, dass du uns davon unterrichtest, Richie", sagt Mickey. „Wir werden uns darauf einstellen und unsere Sicherheitsvorkehrungen verstärken. Setz dich doch und trinke noch ein Bier mit uns!"

„Nein danke, ich möchte nicht stören." Richard Taylor verabschiedet sich und verlässt die Schmiede.

„Sieh mal an", sagt Mickey, „Aspen ist nicht weit entfernt. Haben wir eventuell ein ähnliches Problem, Clint?"

„Bis jetzt noch nicht. Das Silber wird wochenweise aus Madsen hierher nach Gillette gebracht. Deshalb haben wir in Madsen nie viel auf einmal. Von der Bank in Gillette wird es dann etwa alle vier Wochen mit der Bahn nach Cheyenne gebracht. Das scheint mir der kritische Weg zu sein. Du solltest nachher zur Bank gehen und die Kollegen dort informieren, falls das Richie nicht bereits getan hat."

Clint wird langsam unruhig. So nett es hier im Kreise der Freunde ist, er möchte doch lieber nach Madsen zurück, seine Verpflichtung bei Jeff Butler erledigen und endlich Mary Green nach Hause führen. So steht er auf und verabschiedet sich überschwänglich mit vielen Dankesworten. Er hat jetzt über einhundertfünfzig Dollar erhalten, das reicht auf jeden Fall.

Mit schnellen Schritten geht er auf den Saloon zu. Er betritt ihn, sein Blick fällt auf den Lokführer und seinen Heizer. Beide sind umgeben von zahlreichen Männern und erzählen sich unter großem Gelächter Geschichten. Sie sind nicht mehr nüchtern.

Clint trifft der Schlag. Die beide sollen noch mit der Bahn fahren! Hoffentlich sind sie nicht zu betrunken dafür.

Erschrocken sehen die beiden auf, als Clint dazukommt. „Was machen Sie denn noch? Wir dachten, es wär abgeblasen worden, weil Sie sich nicht mehr gemeldet haben."

Der Lokführer spricht schon undeutlich, so kräftig hat er dem Bier zugesprochen. Der Heizer ist auch nicht besser dran, er sieht etwas glasig aus den Augen und stützt sich am Tisch hinter ihm ab. „Tut uns leid Chef, soll es denn jetzt noch los gehen?"

Clint ist entsetzt. Sein ganzer schöner Plan kommt jetzt ins Schwanken. Sofort denkt er an Mary Green. Wie soll er es ihr erklären, wenn es jetzt nicht klappt? „Los ihr Zwei! Auf zum Zug! Betrunken oder nicht, das muss jetzt klappen!"

Erschrocken verstummen die beiden und setzen sich etwas torkelnd in Bewegung. Vor der Tür weht ihnen der kalte Wind ins Gesicht und bläst ihren Kopf wieder etwas klar. Sie beschleunigen ihre Schritte, angetrieben von dem ungeduldigen Clint Wagner. An der Bahn wird es mit dem Aufstieg in den Führerstand etwas schwieriger und Clint muss seine ganze Kraft einsetzen, um ihnen in das Führerhaus hinauf zu helfen.

Der Lokführer sieht zuerst auf das Manometer. „Der Druck ist zu tief, ihr zwei müsst jetzt ordentlich Holz nachlegen!"

Clint hilft dem Lokführer das Holz aus dem Tender nach vorne zu bringen. Trotz der kalten Luft kommt er bald ins Schwitzen. Eine halbe Stunde später ist der Dampfdruck ausreichend hoch und der Lokführer öffnet das Ventil zu den Kolben. Die Maschine hüllt sich in Dampf und setzt sich zögernd in Bewegung. Clint ist etwas ruhiger geworden, der Schneepflug fährt nun Richtung Madsen, das ist das einzige, was jetzt zählt.

Nach einer Viertelstunde erreichen sie die Stelle, an der sich auf dem Herweg die Schneewehe gebildet hatte. Und richtig! Die Schneewehe ist wegen des Windes und des ständigen Schneefalles der letzten Stunden neu entstanden. Sie ist nicht so hoch wie heute Morgen, die schwere Lokomotive schafft es leicht. Nur einmal muss der Lokführer nachsetzen, dann ist diese Hürde überwunden.

Der Schneepflug fährt in den Bahnhof von Madsen ein. Clint ist aufgeregt vor Ungeduld, er wartet den Stillstand der Lok nicht ab und springt hinunter in den Schnee. Er zögert keinen Moment und eilt so schnell es der hohe Schnee ermöglicht, zu seinem Haus. Schwer atmend erreicht er es. In seinem Schreibtisch hat er in einem Geheimfach noch etwas Bargeld. Das holt er sich heraus und steckt es zu dem Geld in seiner Börse. Ohne zu zögern stürzt er zur Tür und eilt zum Saloon.

Er tritt durch die Tür und läuft mit raschen Schritten auf das Büro von Jeff Butler zu. Der sitzt in seinem Sessel und spricht mit Busty, der vor dem Schreibtisch steht. Erstaunt sieht er auf, als er Clint Wagner erblickt. „Sie sind schon da? So schnell hatte ich Sie nicht erwartet."

Dann spricht er wieder mit Busty. Zum Schluss gibt er ihm noch mit: „Sage doch Mary Bescheid, sie soll zu uns ins Büro kommen. Sage ihr, sie soll sich beeilen."

Er schmunzelt und sieht zu Clint hinüber. „Ich sehe Ihnen doch an, dass Sie es jetzt nicht mehr lange aushalten. Setzen Sie sich doch."

Schwer atmend setzt sich Clint auf den Stuhl vor den Schreibtisch. Zum Sitzen ist er viel zu unruhig, er springt wieder auf. Er fummelt seine Geldbörse hervor und zählt zweihundert Dollar vor Jeff Butler auf den Tisch.

Der sieht erstaunt auf das Geld vor sich. „Ich hatte meine Zweifel, ob Sie das schaffen würden, unser Geschäft gilt natürlich. Sie können Mary mitnehmen, wie versprochen."

Die Tür des Büros wird geöffnet und herein kommt Busty, er führt Mary mit sich. Sie sieht Clint und schreit vor Freude, es kann nur einen Grund geben, warum er hier ist. „Clint, Clint!" Sie läuft auf ihn zu und schlingt ihre Arme um seinen Hals. Clint strahlt sie an und sagt: „Jetzt gehörst du mir. Du kannst sofort mit mir kommen."

Mary beginnt vor Freunde an zu weinen. Jeff Butler steht auf und gibt ihr ein Taschentuch. Er ist ein knallharter Geschäftsmann und hat keine Probleme seine Mädchen auszunutzen, jetzt jedoch ist er sichtlich gerührt. Mit belegter Stimme sagt er: „Es ist ja gut jetzt. So viel Glück macht mich ganz unruhig." Er grinst wieder. „Vielleicht sollte ich umsatteln und Wohltäter werden." Er lacht laut über seinen eigenen Witz. „Los, raus ihr beiden! Ich wünsche Euch viel Glück!"

Er hält Busty zurück. „Bleib du noch einen Moment hier, wir müssen uns jetzt überlegen, wie es für uns weitergeht, nachdem ich mein bestes Mädchen weggegeben habe." Er lacht wieder laut, auch Busty kann sich ein Lächeln nicht verkneifen.

Clint steht jetzt mit Mary Green im großen Schankraum. Es ist nicht unbemerkt geblieben, was hier passiert ist. Alle Gäste stehen auf und klatschen, als Clint mit Mary an der Hand hinaus geht. Clint legt seinen Mantel um sie und geht mit ihr durch den Schnee zu seinem Haus.

„Deine Sachen lassen wir morgen abholen, jetzt möchte ich dich so schnell wie möglich zu mir nach Hause bringen."

„Ja, das ist gut, ich habe ohnehin nicht viel. Es ist nur etwas zum Anziehen. Ich glaube, ich möchte nie wieder den Saloon betreten." Sie sieht ihm in die Augen. „Ich kann es gar nicht glauben, es kommt mir vor, als wenn ich träume."

Clint öffnet die Tür seines Hauses und geht voraus. Mary sieht sich um und macht große Augen. „Du hast es schön hier, mit den kleinen Häusern, die ich kenne, hat das hier nichts zu tun."

„Ja, das freut mich zu hören. Einen kleinen Moment, ich lege noch etwas Holz im Ofen nach, dann werde ich dich herumführen."

Stolz zeigt Clint seiner neuen Freundin sein Haus. Ihr entfährt ein Ausruf der Überraschung nach dem anderen. Am besten gefällt ihr das Wohnzimmer, im Kamin brennt ein kräftiges Feuer und verbreitet eine wohlige Wärme. Draußen ist es noch nicht ganz dunkel und man kann durch das große Fenster weit in die Winterlandschaft hinaus sehen. Clint mustert sie von hinten, wie sie vor dem Fenster steht und in die Ferne sieht. Sie trägt einen Rock, der hinten lang ist und ihr vorne bis zu den Knien reicht, oben trägt sie eine Bluse mit einem tiefen Ausschnitt.

„Ich glaube, wir müssen deine Kleider aus dem Silver Palace noch heute holen. So kannst du nicht herumlaufen."

Mary dreht sich um. „Ich gefalle dir wohl nicht?" Sie lächelt ihn an und kommt auf ihn zu. Sie legt die Arme um seinen Hals und gibt ihm einen Kuss. Clint zieht sie fest an sich und genießt ihren warmen Körper.

„Doch, du gefällst mir ausgesprochen gut", sagt er und versucht einen Blick in ihren tiefen Ausschnitt zu erhaschen, „so kannst du nicht hinausgehen und wir können auch keine Gäste empfangen."

Er macht eine Pause und sieht sie an. „Du kannst dir doch denken, dass ich dich jetzt vielen Leuten vorstellen möchte."

„Du hast natürlich recht, ich habe auch nur Spaß gemacht. Falls du es noch einrichten kannst, in dem Zimmer der Mädchen im Saloon steht eine Kiste. Die gehört mir mit allem, was darin ist. Wenn du die noch hierherschaffen könntest, wäre das großartig."

Clint erfüllt ihr diesen Wunsch gerne. Er besorgt eine Karre, spannt sein Pferd davor und kommt eine Stunde später wieder mit der Kiste bei sich zu Hause an. Mary hat in der Zwischenzeit in der Küche Wasser aufgesetzt und sich nach Kaffee umgesehen.

„Du hast eine Pumpe in der Küche!", sagt sie aufgeregt. „Du hast wirklich jeden erdenklichen Luxus in deinem Haus."

„Naja, es ist eher ein kühler Verstand. Wäre die Pumpe jetzt draußen, wäre sie eingefroren."

Der Eisenbahnüberfall

Es ist April. Der letzte Schnee in Gillette ist verschwunden. Die Sonne scheint bereits heiß vom Himmel, von den Bergen weht ein würziger Tannenduft herunter.

Ein Fremder kommt in die Stadt. Er reitet ein braunweißes Pferd. Ein schwarzer Hut beschattet ein Gesicht, dessen auffallendstes Merkmal schwarze, stechende Augen sind. Der Mann hat dunkelblonde Haare, die ihm hinten bis zum Kragen reichen. Das rote Halstuch ist wegen des Staubes bis zur Nase hochgezogen. Er reitet bis zum Red Bull, steigt ab und bindet sein Pferd an der Haltestange fest. Dabei sieht er sich aufmerksam um. Einige Passanten haben ihn bemerkt, Fremde werden überall beobachtet, besonders wenn die Orte so klein sind wie Gillette.

Im Saloon setzt er sich auf einen der Hocker an der Theke. Das Halstuch hat er sich inzwischen heruntergezogen, man sieht jetzt seinen dunkelblonden Schnurrbart. An seinem Gürtel sind zwei Revolver befestigt. Er blickt zum Barkeeper und bestellt sich einen Whisky. „Ist Bill Dempsey hier?"

Der Barkeeper sieht erstaunt auf. „Tut mir leid, den kenne ich nicht.", dann wendet er sich einem anderen Gast zu.

„Hallo! Ein bisschen mehr Aufmerksamkeit!"

Erschrocken dreht sich der Keeper zu dem Fremden um. „Es tut mir leid, einen Bill Dempsey kenne ich nicht. Wie sieht er denn aus?"

„Ein schmächtiger Kerl mit einem schwarzen Bart. Er trägt einen Revolver mit Perlmuttgriffen. Manchmal wird er auch Billy oder William genannt."

Der Keeper überlegt eine Weile. „Ich glaube, so einer war schon mal hier. Wir haben hier übrigens noch zwei andere

Saloons im Ort. Vielleicht sollten Sie es mal woanders versuchen."

Man merkt, dass er nicht mit dem Fremden sprechen möchte, der hochgewachsene Blonde ist ihm unsympathisch. Er dreht sich fort und wischt mit einem Lappen an der Theke herum.

Die Tür wird geöffnet und ein schmächtiger Mann kommt herein, der Perlmuttgriff seines Revolvers blinkt hell beim Gehen. Er sieht sich um, geht zu dem Fremden an der Bar und setzt sich zu ihm.

„Hallo, Ron! Ich hatte dich nicht so früh erwartet. Ich habe dein Pferd draußen gesehen und bin sofort herein gekommen."

„Es wäre besser gewesen, du wärst schon hier gewesen. So musste ich deinen Namen unnötigerweise erwähnen." Er macht eine Pause, brummt vor sich hin und sagt noch: „Je weniger Leute unsere Namen hören, desto besser!"

„Ja, du hast ja recht, warum kommst du auch so früh." Ein Blick seines Kollegen bringt ihn zum Schweigen.

In den nächsten Tagen sind die zwei Fremden immer wieder in Gillette zu sehen. Marshall Taylor fängt bereits an, misstrauisch zu werden. Fremde, die länger in der Stadt sind und den ganzen Tag nichts zu tun haben, sind ihm verdächtig. Er öffnet die Schublade in seinem Schreibtischmit, holt den Stapel Steckbriefe heraus und sieht sie sorgfältig durch. Es ist keiner dabei, der auf die beiden zutrifft.

Ron Daniels, der Fremde mit den stechenden Augen, sitzt mit Bill Dempsey im Schatten auf dem Boardwalk und sieht zur Bank hinüber.

„Du sagst, es sind jetzt über vier Wochen, dass kein Silber mehr zur Bahn gebracht wurde?"

„Ich sage es dir doch. Der Transport ist so auffällig, dass er nicht zu übersehen ist. Gestern ist wieder ein Silbertransport aus Madsen gekommen, nun muss es in den nächsten Tagen losgehen."

Ron blickt seinen Kumpan misstrauisch an. „Wissen die anderen Jungs Bescheid?"

„Ja, die sind im »Go Lucky« und warten nur auf deinen Befehl."

Ron Daniels murmelt etwas Unverständliches. Bill fragt vorsichtshalber nicht nach, sein Kumpel ist manchmal etwas reizbar.

Zwei Tage später, es ist ein Vormittag, wird vor der Bank ein Transport vorbereitet. Ein Wagen mit einem kastenförmigen Aufbau wird vorgefahren. Drei Männer mit Repetiergewehren kommen aus der Bank, sie stellen sich mit schussbereiten Waffen neben den Wagen.

Bill Dempsey sitzt auf dem Gehsteig in fünfzig Yards Entfernung. Er steht gemächlich auf und geht unauffällig zu seinem Pferd, das er hinter einem Haus festgebunden hat. Er lässt sein Pferd in Richtung Bahnhof reiten. Vor dem Saloon »Go Lucky« steigt er ab und eilt durch die Schwingtür. "Es geht los!", ruft er.

Vier Männer stehen auf und kommen heraus. Ron Daniels ist auch dabei, er beugt sich zu Bill Dempsey hinüber und zischt ihm ins Ohr: „Lauter ging es wohl nicht, du Idiot! Du weißt, was du jetzt zu tun hast?", fragt er dann etwas ruhiger.

Bills Augen flackern ängstlich. „Ja, Boss. Ich reite jetzt zu dem Bahnübergang, wo unser Wagen steht und schiebe ihn an das Gleis."

Ron Daniels nickt, jetzt ist er wieder besänftigt. „Okay, dann mach schnell. Und vermassel es nicht!"

An der Bank wird jetzt die Kiste mit Silber herausgetragen. Vier Männer heben die Kiste in den Wagen, vor den ein Pferd gespannt ist. Die Wachleute nehmen den Wagen in die Mitte und begleiten gemeinsam das Gespann bis zum Bahnhof.

Dort gibt es eine Pause. Der Zug von Laramie nach Cheyenne ist noch nicht eingetroffen, laut Aussage des Stationsvorstehers kann es sich nur um einige Minuten handeln.

Während die Begleiter des Silbertransportes auf den Zug warten, verteilen sich vier fremde Männer unauffällig auf dem Bahnsteig. Sie sind alle bewaffnet, die Revolver sind zum Teil unter den Jacken versteckt und nicht sofort zu erkennen. Zwei von den vieren tragen einen Gehrock, wie er für Kaufleute typisch ist. Zur weiteren Tarnung haben sie einen kleinen Koffer dabei.

Der Zug fährt in den Bahnhof ein, er hat jetzt zehn Minuten Verspätung. Hinter der Lokomotive hängen drei Personenwagen, der letzte Wagen ist wie fast immer ein Gepäckwagen. Der Wagen mit dem Silber wird in die Nähe des Gepäckwagens gerollt, die Kiste wird von den vier Begleitern herausgeholt und zur Eisenbahn getragen. Die drei Wachleute haben ihre Winchester erhoben und sichern ständig in alle Richtungen. Mit viel Mühe wird die schwere Kiste eingeladen.

In der Zwischenzeit sind die vier Fremden in den Zug gestiegen. Einer ist jetzt im ersten Wagen direkt hinter der Lokomotive, die drei anderen, unter denen sich auch Ron Daniels befindet, sind im letzten Waggon vor dem Gepäckwagen.

Die drei Wachleute steigen zu der Silberkiste in den letzten Wagen. Man hört, wie von innen ein Riegel vor die Tür geschoben wird. Dann fährt der Zug los, langsam kommt er in Fahrt und lässt die vier Kistenträger auf dem Bahnhof zurück. Der Geruch nach Maschinenöl und Ruß hängt noch kurz über dem Gleis, wird schwächer und bald ist von dem Zug nichts mehr zu bemerken.

Bill Dempsey reitet währenddessen im schnellen Galopp die alte Poststraße Richtung Cheyenne. Er hat keinen weiten Weg, nach zwei Meilen erreicht er einen Querweg und biegt dort hinein. Sein Pferd läuft so schnell, wie es der sandige Weg erlaubt. Schließlich hat der Reiter sein Ziel erreicht, hier kreuzen die Gleise der Bahn den Weg. Bill springt vom Pferd und zieht es zu einem kleinen Wagen, der hinter einer Baumgruppe versteckt ist. Er schirrt das Pferd an und lässt es den Wagen auf den Weg ziehen, dann dirigiert er den Braunen so, dass der Wagen kurz hinter den Gleisen zu stehen kommt.

Viel Zeit ist Bill Dempsey nicht geblieben. In der Ferne kann er bereits die Dampfwolke der Eisenbahn erkennen.

Der fremde Fahrgast, der in den Wagen hinter der Lokomotive eingestiegen ist, sieht aus dem Fenster. Er ist nicht entspannt, sondern wippt mit einer Schuhspitze nach einem nur ihm bekannten Takt. Er springt schließlich auf, sieht nach seinem Revolver und geht auf die Tür zu, die an den Tender der Lok angrenzt. Er zieht einen Vierkantschlüssel aus der Jackentasche und öffnet die Tür, die normalerweise verschlossen ist. Er tritt auf die vordere Plattform und schließt die Waggontür hinter sich. Sein Stand ist ungemütlich, es wackelt und ruckelt. Zielsicher ergreift er die Haltegriffe am Tender und klettert hinauf. Von oben blickt er nach vorne zum Führerstand, er ist noch nicht bemerkt worden. Der Lokführer spricht mit dem Heizer, der dreht sich jetzt nach hinten, um ein Stück Holz herunterzunehmen. Dabei fällt sein Blick auf den Mann, der oben auf den Holzscheiten steht. Der hat seinen Revolver auf ihn gerichtet und ruft: „Mach jetzt keine Mätzchen. Sage deinem Kollegen, er soll schon mal Dampf zurücknehmen!"

Der Lokführer hat eine Hand am Regler und sieht nach hinten, zu seinem Kollegen. Der Mann mit dem Revolver ruft: „Los jetzt, drossel deine Geschwindigkeit!"

Er hebt den Revolver und zielt auf den Führerstand. Er schießt und trifft die Scheibe neben dem Kopf des Lokführers. Der zuckt zusammen, er folgt der Aufforderung des ungebetenen Passagiers und schließt den Dampfregler langsam.

„Na bitte, geht doch! Und nun langsam weiterfahren!" Der Fremde klettert über das Holz, den Revolver ständig auf den Lokführer gerichtet. Der Heizer ist beschäftigt, seine Aufgabe ist es, die schier unersättliche Feuerbüchse ständig mit Nachschub an Holz zu versorgen. Dabei hat er den Dampfdruckmesser und den Wasserstandsanzeiger immer im Auge.

Der Revolvermann steht jetzt auf dem Führerstand. Er blickt nach vorne, am Gleis entlang.

„Da vorne, etwa 200 Yards weiter ist ein Bahnübergang. Du fährst deinen Zug jetzt so, dass der Gepäckwagen genau am Überweg zu stehen kommt."

Der Lokführer sieht auf seine Instrumente. Der Fremde wird ungeduldig. „Hast du das verstanden?" Er drückt dem Lokführer den Lauf auf den Rücken.

„Ja! Ich muss den Wasserstand immer wieder überprüfen, das ist wichtig."

„Das einzige, was hier wichtig ist, sind meine Befehle!" Er verstärkt den Druck der Waffe.

Allmählich kommt der Gepäckwagen zum Stehen, er ist jetzt genau am Bahnübergang.

„Das hast du ja fein hinbekommen. Jetzt wartest du einen Moment. Wenn ich meinen Arm hebe, dann darfst du weiterfahren. Nach Cheyenne, da wolltest du ja sowieso hin." Er lacht, springt vom Führerstand auf den Boden und richtet sofort wieder seine Waffe auf den Lokführer.

„Komm jetzt nicht auf dumme Gedanken!" Er blickt zum Ende des Zuges, zum Gepäckwagen. Dort ist einer der drei anderen Männer gerade dabei, den Wagen abzukoppeln. Er arbeitet zügig und ist schnell fertig. Er klettert unter dem Wagen hervor und hebt seinen Arm. Okay, das ist das vereinbarte Zeichen. Der Mann am Führerstand hebt ebenfalls seinen Arm und ruft dem Lokführer zu: „Jetzt los, und nicht übermütig werden!"

Der Lokführer blickt noch kurz nach hinten und richtet seinen Blick in Richtung Cheyenne. Er öffnet das Dampfventil und der Zug setzt sich in Bewegung. Die Fahrgäste haben nur wenig mitbekommen. Sie stehen an den Fenstern und sehen nach draußen.

„Ja, guckt nur, ihr Dummköpfe!", ruft der Bandit und lacht, während der Zug an Fahrt gewinnt und immer schneller an ihm vorbeifährt.

Der Zug ist nicht mehr zu sehen. Der Mann, der den Lokführer in Schach gehalten hatte, läuft zu seinen Kollegen am Gepäckwagen. Dort ruft Ron Daniels den Wachleuten im Zug zu: „Da drinnen nutzen euch eure Gewehre gar nichts. Am besten ist es, ihr ergebt euch. Wir sind in der Überzahl!"

Von drinnen ruft jemand zurück: „Wir haben Zeit. In spätestens einer Stunde erhalten wir Verstärkung!"

Ron Daniels lacht. „Ihr habt die Rechnung ohne unser Dynamit gemacht, jetzt werdet ihr was erleben!"

Sein Kollege öffnet die mitgebrachte Tasche und holt eine Stange Dynamit heraus. Er geht damit zum Wagen und befestigt sie an der Tür. Er entzündet die Zündschnur und auf seinen Ruf gehen seine Kollegen kurz in Deckung.

Die weiße Flamme sprüht, kriecht schnell die Zündschnur entlang und erreicht das Dynamit. Es dauert einen kleinen Moment, dann explodiert der Sprengstoff mit einem gewaltigen Knall. Teile der Tür wirbeln durch die Luft. Die Rauchwolke verzieht sich und lässt ein großes Loch zurück. Von der Tür hängen nur noch Reste in den Scharnieren. Die Verbrecher haben sich hinter den Felsen verschanzt, die noch von der Sprengung der Schneise für die Bahn übrig geblieben waren.

Ron Daniels ruft den Wachleuten zu: „Wir haben noch mehr Dynamit. Die nächste Stange kommt zu euch in den

Wagen!" Zur Bestätigung seiner Drohung jagt er einige Schüsse in das große Loch in der Wand, wo eben noch die Tür gewesen war.

Aus dem Wagen ruft jemand: „Einer unserer Kollegen ist verletzt. Wir kommen raus!"

„Gut! Hände hoch, die Waffen bleiben im Wagen!"

Zwei der Wachleute kommen heraus. Sie haben die Hände erhoben und werden sofort von den Verbrechern gefesselt und an einen der Bäume in der Nähe gebunden. „Und was ist mit unserem verletzten Kollegen?"

„Keine Sorge, um den kümmern wir uns."

Die Verbrecher springen in den Wagen. Mit vereinten Kräften zerren sie die Kiste aus dem Waggon und heben sie auf den Wagen, der von Bill Dempsey so vorsorglich bereitgestellt wurde. Einer von ihnen steigt auf den Kutschbock, dann bekommt das Pferd die Peitsche zu spüren. Es wiehert vor Schmerz und zieht den schweren Wagen an.

Ron Daniels sieht auf den verletzten Wachmann. Er hat einen Holzsplitter in den Hals bekommen. Er sieht gar nicht gut aus, er hat viel Blut verloren. Der Bandit hebt seine Waffe. „Du erhältst jetzt einen Gnadenschuss. So wie es aussieht, lebst du sowieso nicht mehr lange."

Der Schuss kracht und der Mann zuckt kurz zusammen. Nun liegt er still und starrt an die Decke. Ungerührt wendet sich Ron Daniels ab, springt aus dem Wagen und schließt sich seinen Kollegen an. Sie haben ein kurzes Stück zu Fuß zu gehen. Hinter der Wegbiegung beginnt eine Wiese, auf der fünf Pferde grasen. Im Schatten eines Baumes liegt ein Mann. Er springt auf, als er die anderen kommen hört.

„Da seid ihr ja endlich. Ich warte hier schon seit Tagen auf euch."

Einer der Männer knurrt ihn an. „Wir haben das nicht in der Hand. Sei froh, dass du hier so eine leichte Aufgabe hattest!"

Ron Daniels mischt sich ein. „Sabbelt nicht rum. Seht zu, dass ihr zu unserem Versteck kommt. Bill fährt den Wagen und Fred verwischt hinter uns die Wagenspuren."

Die Männer mit den Pferden reiten voraus und sind bald verschwunden. Bill Dempsey auf dem Wagen versucht sein Pferd mit der Peitsche zu einem schnelleren Tempo zu verhelfen.

Fred Murray ist der Letzte, er hat sich einen langen Ast abgebrochen und versucht damit etwas halbherzig, die Spuren zu verwischen. Er kommt nur langsam vorwärts, eine Stunde später hat er erst eine halbe Meile geschafft. Er ist wegen der Schinderei völlig kaputt und hält inne. Der Weg wird jetzt felsiger und die Spuren sind ohnehin kaum noch zu erkennen. Er beschließt, dass es jetzt genügt und wirft den Ast hinter ein Gebüsch. Sein Pferd ist die ganze Zeit neben ihm hergelaufen, er ruft es heran und steigt auf. Bald ist auch von Fred Murray auf dem Wagen nicht mehr zu sehen.

Der Zug fährt in den Bahnhof von Cheyenne ein. Der Lokführer springt von seinem Stand und läuft zum Telegrafenbüro. Der Stationsvorsteher sieht ihn und ruft ihm nach: „Wo hast du denn deinen Gepäckwagen gelassen?"

„Frag nicht so blöd!", hört er noch, dann verschwindet der Lokführer im Büro mit dem Telegrafengerät. „Robert, du musst sofort ein Telegramm an den Bahnhof in Gillette schicken. Wir sind überfallen worden!"

„Was! Das ist ja ein starkes Stück!" Er dreht sich zu seinem Tisch hinüber und nimmt die Morsetaste in die Hand.

Patrick, der Angestellte der Bahn in Gillette, der der Station vorsteht und jetzt das Telegrafengerät bedient, traut seinen Augen nicht. Immer wieder liest er den Strich-Punkt Code auf dem Papierstreifen in seiner Hand. Er greift sich einen Stift und schreibt die Nachricht in Klartext auf einen Zettel. Mit der Botschaft in der Hand springt er hoch und läuft zum Büro des Marshalls.

„Mister Taylor!", ruft er dem hinter seinem Schreibtisch sitzenden Mann zu. „Der Zug nach Cheyenne ist überfallen worden!"

Der Marshall hat es sich bequem gemacht. Seine Stiefel ruhen auf einer halb herausgezogenen Schublade, er liest in dem gerade herausgekommenen Exemplar des Gillette Mirror. Erschrocken richtet er sich auf und ergreift die Notiz des Bahnvorstehers. „Wir müssen sofort etwas unternehmen! Je länger wir warten, desto eher sind die Gauner über alle Berge!" Er wirft den Zettel hin und sieht den Bahnhofsvorsteher an. „Vielen Dank, Patrick. Ich muss jetzt sofort etwas organisieren. Ich komme gleich zu dir, die Nachricht muss noch weitergegeben werden."

Patrick Miller nickt und verabschiedet sich. Er verlässt das Büro des Marshalls und geht zum Bahnhof zurück. Er hat jetzt Zeit. Der Zug nach Cheyenne, der vor zwei Stunden überfallen worden war, war der letzte Zug für heute.

Richard Taylor geht in seinem Büro auf und ab. Der Überfall fand außerhalb seines Zuständigkeitsbereiches statt, denn der endet an der Ortsgrenze. Zuständig sind jetzt die Bahn und der Sheriff. Bis die verständigt worden sind und kommen können, vergeht zu viel Zeit. Der Marshall überlegt, jetzt ist es eine halbe Stunde nach zwei. Um acht Uhr wird es dunkel, da bleiben noch ein paar Stunden, um den Spuren zu folgen.

Wen soll er jetzt mit in den Suchtrupp, die Posse, aufnehmen? Auf jeden Fall Clint Wagner und Mickey Callaghan als Bestohlene, die beiden sind auch gut mit ihren Waffen. Vielleicht kann die Bank noch jemanden beistellen? Er selbst und einer seiner beiden Deputys. Ja, so geht das, seine beiden Hilfsmarshalls sollen gleich losreiten und noch weitere Helfer anwerben.

Marshall Taylor geht zum Bahnhof. Patrick Miller ist in seinem Büro mit der Telegrafierstation und hält gerade wieder einen langen Streifen Papier in der Hand. Er sieht hoch, als der Marshall hereinkommt und hält ihm den

Streifen mit den Morsezeichen hin. „Hier, Marshall, hier sind noch mehr Informationen!"

„Lies mir das vor. Du weißt doch, dass wir eure Zeichen nicht verstehen."

„Oh, Entschuldigung, Marshall." Patrick sucht den Anfang seines Streifens und beginnt langsam zu lesen. „Gepäck-wagen am Übergang des Weges zur Clearwater Farm ab-gehängt. Vier Verbrecher in der Bahn."

Er sieht hoch und blickt zum Marshall. Der hat die Stirn in Falten gelegt und reibt sich das Kinn. „Es sind schon vier Mann nur auf dem Zug; es können also noch einige mehr sein. Wir sollten versuchen, so viele Männer wie möglich für die Verfolgung aufzutreiben…" Er überlegt einen Moment, dann setzt er sich auf den zweiten Stuhl vor dem Morseapparat. „So, Patrick, nun schreib mal. Die erste Nachricht geht an das Minenbüro in Madsen, die zweite an die Sägerei."

Der Text beider Nachrichten lautet:

»Diebstahl des Silbers aus der Bahn. Bitte schnelle Hilfe und Männer für eine Posse. Treffen noch heute bei mir. Taylor, Marshall in Gillette«.

„So, das sollte genügen. Vielen Dank, Patrick, jetzt werde ich mir noch ein paar Helfer holen." Seine Deputys wissen bereits Bescheid und sind schon unterwegs. Er hat noch einen ganz speziellen Helfer im Sinn. Der Indianer, der früher im Ort lebte und gelegentlich bei einer Spurensuche geholfen hatte, steht nicht mehr zur Verfügung. Zwei Mei-len vor dem Ort lebt der alte Ben Bumper in einer kleinen Hütte. Der hat sein Leben lang hier als Fallensteller gear-beitet und kennt die Gegend wie seine Westentasche. Um dorthin zu gelangen, braucht er ein Pferd. Sein Gaul ist hinter seinem Büro angebunden, er hat das Tier schnell mit geübten Handgriffen aufgesattelt, dann reitet er fort.

Hoffentlich ist der alte Ben zu Hause. Wenn der unterwegs ist, um seine Fallen zu inspizieren, dann kann er mehrere Tage fort sein. Doch Marshall Taylor hat Glück. Ben Bumper ist hinter seiner kleinen, doch schon recht baufälligen Hütte und weidet gerade ein Reh aus.

Erstaunt sieht er hoch, als der Marshall vom Pferd springt. „Dich habe ich schon lange nicht mehr gesehen, Marshall. Wieder auf Verbrecherjagd?" Er lacht und legt sein Messer beiseite. „Dann bist du hier bei mir genau richtig. Du kannst mir nur nichts beweisen!" Er lacht und klopft dem Marshall auf die Schulter.

Richard Taylor grinst höflich, dann erklärt den Grund seines Besuches. „Wir brauchen dich und deine Kenntnisse als Fährtenleser. So wie ich das einschätze, müssen wir Spuren verfolgen. Dafür bist du der Beste, den wir haben."

„Und du hast gedacht, der alte Kerl hat ja sowieso nichts zu tun, den holst du dir jetzt."

„Nein, du bist genau richtig. Wenn es gefährlich wird, dann kannst du dich zurückhalten."

„Da schätzt du mich falsch ein, dann laufe ich erst zur Hochform auf!"

Beide Männer lachen. Ben nimmt dann wieder sein Messer. „Ich komme, es dauert noch ein paar Minuten. Du kannst schon mal mein Pferd aus dem Corral holen."

Eine halbe Stunde später sind die beiden Männer auf dem Weg zurück nach Gillette. Der alte Ben trägt seine Waldläuferkleidung, eine aus Hirschleder gefertigte Jacke und eine ebensolche Hose. Sein grauer Bart reicht ihm bis zur Brust.

Als sie das Büro des Marshalls erreichen, sehen sie schon mehrere Männer, die auf sie warten. Ihre Pferde sind vor dem Office angebunden und sie unterhalten sich lebhaft. Einer von ihnen erhebt seine Stimme: „Marshall, erzähl mal. Was willst du von uns?"

Doch der wiegelt ab, er sagt nur: „Einen kleinen Moment, Leute. Ich muss noch schnell sehen, ob Nachrichten für mich angekommen sind."

Rasch betritt er sein Büro. Dort liegen zwei Nachrichten von der Telegrafenstation. Eine ist von Matthew Richmond aus dem Sägewerk. Sie lautet:

`»Mickey kommt morgen früh mit zwei Leuten. Ich muss hierbleiben«.`

Die andere Nachricht ist von Clint Wagner aus Madsen:

`»Wir kommen heute mit unserem Zug. Ich bringe noch zwei Männer mit«.`

Marshall Taylor ist sehr zufrieden, das klappt gut. Er geht auf die Straße und informiert die Männer. „Leute, ich weiß nicht viel. Nur soweit: Heute Mittag ist der Eisenbahnzug mit dem Silbertransport nach Cheyenne überfallen worden. Es waren vier Mann auf dem Zug, die haben etwa zwei Meilen von hier, am Bahnübergang nach Clearwater, den Gepäckwagen abgehängt und den Rest des Zuges nach Cheyenne weiterfahren lassen."

Die Männer sind begierig, mehr zu erfahren und blicken den Marshall an. Der fährt fort: „Wie viele es insgesamt sind, wissen wir nicht. Ich gehe davon aus, dass es noch zwei oder drei mehr sein dürften. Wir werden in einer Stunde losreiten. Ich erwarte, dass wir bis morgen Abend die Suche beendet haben. Richtet euch also auf zwei Tage Abwesenheit ein."

Der Zug der Wyoming Copper Company fährt in den Bahnhof von Gillette ein. Clint Wagner und zwei weitere Männer steigen aus. Einer von ihnen ist der Wachmann, Ben Armitage, der im Winter geholfen hatte, den Silberdieb Jacky Edwards zu fangen.

Der Marshall und seine Posse stehen am Bahnhof bereit, sie hatten nur noch auf Clint Wagner und dessen Leute gewartet. Clint lässt sich den Überfall erklären, jedenfalls das wenige, was bis jetzt bekannt ist. Er zögert einen Moment und sagt: „Lass uns doch mit unserer Lok zu dem Bahnübergang fahren. Dann können die meisten von uns mitfahren und wir können dann außerdem den Gepäckwagen zurück nach Gillette schleppen lassen."

„Gute Idee!", sagt der Marshall. „Das machen wir so. Ich werde mit Ben Bumper zum Bahnübergang reiten. Dann kann Ben den Weg schon mal auf Spuren untersuchen."

Und so geschieht es. Es erfordert etwas Rangierarbeit, dann wird ein geschlossener Güterwagen an die Lok gehängt. Die Pferde werden in den Güterwagen hineingeführt. Einige der Männer hocken sich zu den Pferden auf den Boden, andere setzten sich in den Personenwagen. Eine Viertelstunde später hat der kurze Zug den Bahnübergang erreicht. Die Männer sehen nun das ganze Ausmaß der Gewalttat. Der Gepäckwagen steht einsam auf dem Gleis, die zerrissene Schiebetür hängt nur noch in Fetzen an den Scharnieren.

„Hilfe! Hier sind wir!", dringen Rufe zu den Männern der Posse. Es sind die beiden Wachleute, die seit mehreren Sunden gefesselt an einem Baum ausharren mussten. Zwei der Männer laufen zu ihnen hin und entfernen die Fesseln, entkräftet sinken die beiden auf den Boden. Clint Wagner kommt dazu und mustert die beiden Männer. „Wie geht es euch, könnt ihr die Leute beschreiben?"

Die beiden liegen auf dem Gras am Boden, sie sind kaum ansprechbar. Einer von ihnen ist in einer besseren Verfassung: „Es muss noch einer von uns im Wagen sein. Ich glaube jedoch, dass er nicht mehr lebt."

In dem Moment kommt ein Ruf vom Wagen her: „Clint! Hier liegt ein Toter!"

Clint Wagner springt auf und läuft zum Wagen. Dort liegt der dritte Wachmann. Er hat einen großen Holzsplitter im Hals, liegt in einer Lache aus Blut und hat ein dunkles Loch in der Stirn. Clint sieht den armen Kerl an und knirscht mit den Zähnen. „Na wartet, euch kriegen wir", murmelt er vor sich hin.

Der Marshall und Ben Bumper treffen am Bahnübergang ein. Sie erhalten von Clint Wagner eine Zusammenfassung der bisherigen Beobachtungen.
Ben Bumper fällt auf, dass eine Wagenspur hierher führt. Er steigt vom Pferd und sieht sich die Spuren am Bahnübergang an. Mitunter geht er in die Hocke, um sich die Abdrücke besser ansehen zu können. Dann gelangt er zu der Wiese, auf der die Pferde gewartet hatten und geht wieder zum Weg zurück. Der alte Waldläufer dreht sich zu Clint Wagner und dem Marshall um, die ihm neugierig gefolgt sind. „Für mich ist der Fall klar. Dort drüben", er zeigt auf die andere Seite des Bahnüberganges, „hat seit mehreren Tagen ein Wagen gestanden. Hier auf der Wiese haben Pferde und ein Mann gewartet. Alle sind dann mit dem Wagen dorthin verschwunden."
Er zeigt mit einer Hand nach Osten. „Wenn nun vier Leute auf der Bahn gewesen sind, dann kommt der Mann dazu, der die Pferde beaufsichtigt hat und vielleicht ein sechster, der diesen Mann informiert hat."
„Können es noch mehr gewesen sein?", will der Marshall wissen.
„Nein, ich kann keine Hinweise dafür finden. Bei sechsen ist das nicht mehr ganz klar. Einer ist zu Fuß gegangen und hat versucht, die Spuren zu verwischen. Das hätte er sich sparen können, wir wissen auch so, wo sie entlang geritten sind", er lacht leise in sich hinein.
Der Gepäckwagen ist jetzt an die Lok angekoppelt worden. Einer der Männer der Posse begleitet die beiden Wachleute zurück nach Gillette.
Die Posse folgt Ben Bumper, der mit dem Marshall die Gruppe anführt. Dann kommen sie an die Stelle, an der Fred Murray aufgehört hat, die Spuren zu verwischen. Ben Bumper zeigt nach unten auf den Weg. „Seht ihr, hier hat

der, der die Spuren verwischen sollte, damit aufgehört. Der Weg ist jetzt steiniger, die Stahlreifen auf den Rädern des Wagens haben immer mal wieder einen Kratzer hinterlassen. Außerdem haben die Pferde mit ihren Hufen gelegentlich einen Stein losgetreten, dessen bemooste Unterseite jetzt nach oben weist.

Ben lacht. „Pferden und einem Wagen zu folgen, ist einfach. Dafür hinterlassen sie zu tiefe Spuren." Er zögert einen Moment. „Ich habe auch schon eine Idee, wo die Männer hin geritten sein könnten."

Der Marshall sieht Ben forschend an. Das zerknautschte Gesicht mit dem langen grauen Bart funkelt, als hätte Ben einen Schabernack im Sinn.

„Die alte Mühle, sie wollen zu der alten Mühle, ganz bestimmt. Die steht seit dem Tod des Besitzers leer. Sie liegt genau in dieser Richtung. Wenn die Spur in einer halben Meile abzweigt, dann ist das sicher."

Und tatsächlich, der alte Ben hatte recht. Die Spuren des Wagens sind gelegentlich zu erkennen, und nun biegen sie ab.

Der Marshall hebt die Hand. „Leute, ab jetzt müssen wir besonders vorsichtig sein. Wir nähern uns mit großer Wahrscheinlichkeit dem Versteck der Verbrecher."

Keiner der Männer sagt mehr ein Wort. Alle sehen aufmerksam den Weg voraus und mustern den Wald an beiden Seiten. Der tritt jetzt mehr und mehr zurück, der Weg führt nach unten in eine sich öffnende Schlucht. In der Ferne hört man einen Fluss rauschen. Das ist der Oberlauf des Brazos River, er fließt hier schnell in einem schmalen und tiefen Bett. Immer wieder stören Felsen und Versetzungen den Lauf des Wassers, das seinen Ärger in lauten Stromschnellen kund tut.

Die Männer sind abgestiegen und führen ihre Pferde am Zügel. Die Schlucht wird jetzt breiter, an dem diesseitigen

Ufer sieht man die Sägemühle und ein Nebengebäude. Hinter dem Lagerhaus ist ein kleiner Wagen zu sehen. Die Mühle war zum Sägen von Baumstämmen verwendet worden. Seitdem der Sägewerksbesitzer vor vier Jahren gestorben ist, ist sie unbenutzt und verfällt immer mehr. Da das Sägewerk von Mickey Callaghan erheblich leistungsfähiger ist und viel günstiger am Weg beziehungsweise an der Bahn liegt, hat sich kein Interessent mehr für das kleine Sägewerk gefunden.

Die Männer verstecken ihre Pferde und versammeln sich um den Marshall, der jetzt die Leitung übernommen hat. „Männer, jetzt beginnt der gefährliche Teil unserer Mission. Wir gehen deshalb in folgender Weise vor: Vier von uns suchen sich einen Umweg um das Sägewerk und bewachen den Ausgang der Schlucht nach hinten. Der Rest der Posse bleibt hier und sucht sich ein Versteck. Wir warten, bis morgen Mickey Callaghan zu uns stößt. Es wird ohnehin bald dunkel, heute können wir nichts mehr ausrichten." Der Marshall sieht seine Leute an und bestimmt die vier, die den rückwärtigen Teil der Schlucht sichern sollen. Clint Wagner führt die Gruppe an. Dann sieht der Marshall den alten Ben an: „Du reitest bitte nach Gillette und wartest Mickey und seine Leute ab, die kannst du dann hierherführen oder ihnen den Weg beschreiben. Ist das in Ordnung?"

Der alte Ben nickt lebhaft. Die Schießerei, die es ganz sicher geben wird, ist vielleicht nicht ganz in seinem Sinne. „Okay, das mache ich. Ich finde wahrscheinlich auch von allen am besten den Weg im Dunkeln nach Gillette."

Mickey Callaghan hat die Nachricht von dem Überfall von einem Boten erhalten, den Matthew Richmond vom Sägewerk zu ihm geschickt hatte. Schnell hatte er sich daraufhin zwei Freiwillige aus dem Kreise der Cowboys der Double-M-Ranch gesucht. Am frühen Morgen brechen sie auf, die Sonne ist noch nicht aufgegangen, einige wenige

Strahlen sind hinter den Bergen im Osten zu erkennen und vertreiben die Schwärze der Nacht. Die Männer haben sich Decken und Essen mitgenommen. Jeder von ihnen hat mindestens einen Revolver und ein Repetiergewehr dabei. In den Packtaschen befindet sich noch weitere Munition.

Sie lassen ihre Pferde laufen und erreichen in zwei Stunden Gillette. Die Sonne ist jetzt über den Bergen und beleuchtet die Häuser des Ortes mit einem rosa Schimmer. Als die Männer Gillette erreichen, tritt Ben Bumper unter einem Dach hervor und hebt die Hand. Mickey Callaghan lässt seine Leute halten.

„Was gibt es, Ben?", fragt er den Waldläufer.

Ben gibt ihm eine Beschreibung der Lage. „Zusammen mit euch Dreien seid ihr insgesamt zehn. Damit seid ihr deutlich in der Überzahl."

„Vielen Dank, Ben. Wenn ich das richtig verstehe, können sich die Verbrecher in dem Sägewerk verschanzen?"

„Ja, das stimmt. Auf lange Sicht gesehen, müssen sie dort herauskommen, das ist dann eure Chance."

Mickey Callaghan nickt. Es ist immer dasselbe, wenn die Verbrecher nicht sofort verschwinden und dann die Übermacht zu groß wird, haben sie verloren. Nun müssen die Männer der Posse auf ihre Sicherheit achten, um nicht ihr Leben zu verlieren.

Weiter geht die flotte Gangart. Mickey kennt den Weg zu dem alten Sägewerk, das hatte er sich vor dem Bau seines neuen angesehen.

Nach kurzer Zeit haben sie das Tal erreicht. Mickey lässt sein Pferd Brighty langsamer gehen. Der Marschall tritt aus einem Dickicht heraus und hält den Finger vor den Mund. Mickey sagt kein Wort, er lässt absteigen und geht zum Marshall hinüber.

„Die Männer sind im Sägewerk", sagt dieser leise „ Es sieht aus, als wenn sie bald aufbrechen wollen, ihre Pferde sind gerade aufgesattelt worden."

„Okay, dann sollten wir beginnen. Wir sind bereit."

Richard Taylor nickt, dann gibt er leise seine Befehle. Er lässt seine Männer so weit wie möglich vorrücken und wartet, bis sie alle eine sichere Position eingenommen haben. Er schleicht sich so weit wie möglich vor. Zwei Verbrecher treten aus dem Lager des Sägewerkes heraus. Marshall Taylor zieht seinen Colt Peacemaker und gibt einen Schuss ab. Die beiden Männer erstarren kurz in ihrer Bewegung und springen dann rasch in die Tür zurück. Zwei Schüsse sind die Antwort. Der Marshall erhebt seine Stimme und ruft hinüber: „Hier spricht Marshall Taylor mit seiner Posse! Kommt raus! Ihr seid umzingelt! Wir sind mit zehn Mann hier, ihr habt keine Chance!"

In den Gebäuden ist es still. Ganz kurz kann man ein paar Mal ein Gesicht hinter einem der glaslosen Fenster sehen. Offensichtlich versuchen sich die Männer einen Überblick zu verschaffen. Dann ist völlige Ruhe.

Eine ganze Stunde passiert gar nichts. Mickey Callaghan wird ungeduldig. Er wendet sich an den Marshall, der neben ihm in der Deckung hockt. „Da jetzt nichts passiert, denke ich, dass es zwei Möglichkeiten für die Verbrecher gibt. Entweder sie versuchen einen Ausfall am Tag, oder sie warten die Dunkelheit ab, wobei ich letzteres für wahrscheinlicher halte. Wir müssen sie irgendwie aus der Reserve locken."

Der Marshall nickt. „Ich bin ganz deiner Meinung. Die Frage ist nur wie und wer."

Mickey hat schon eine Idee. Er steht auf und sieht sich vorsichtig um. „Siehst du das Boot dort hinten?" Der Marshall folgt dem Finger von Mickey und nickt. „Das ist ja ganz voll Wasser!"

Mickey hat das auch erkannt. „Ich glaube, das ist es nur, weil es nie einer leergeschöpft hat." Er klettert die steile Böschung hinunter und zieht das Boot mit dem Seil zu sich heran. Er löst das Seil von dem Pfahl, an dem es angebunden ist und zieht es weiter flussaufwärts, um unbemerkt von den Verbrechern seinen Plan vorbereiten zu können. Für seinen Zweck holt er sich einen kleinen Topf von seinem Essgeschirr und fängt an, das Wasser aus dem Boot zu schöpfen. „Siehst du, Richie, es schwimmt und es dringt kein Wasser nach."

„Was hast du denn damit vor?" Der Marshall hat den Plan von Mickey noch nicht erkannt.

„Ich denke mir folgendes. Siehst du die Treppe, die am Wasserrad in die Felswand gehauen ist?"

Richie nickt, er sieht sie, sein Gesicht zeigt noch kein Erkennen.

„Ich steige in das Boot und ihr lasst es dann an einem langen Lasso im Sichtschutz des Ufers bis zu der Treppe schwimmen. Sobald es die Treppe erreicht, beginnt ihr, das Feuer auf alle Fenster des Gebäudes zu eröffnen. In dem Moment springe ich in die Tür, die sich direkt oberhalb der Treppe befindet. Der Rest findet sich dann."

„Hm", der Marshall sieht zu dem Gebäude hinüber und sagt eine Weile nichts. „Das scheint mir ein ziemliches Risiko zu sein. Du setzt dabei dein Leben aufs Spiel."

„Du hast Recht. Wenn wir es genau nach meinem Plan machen, sollte es gehen. Und wer außer mir sollte es sonst machen? Ich bin der schnellste Schütze hier mit der größten Erfahrung in Feuergefechten!"

Er grinst, zieht beide Revolver heraus und lässt sie um die Zeigefinger kreisen. Und ehe es der Marshall richtig bemerkt, stecken sie wieder im Holster.

Richard Taylor schüttelt den Kopf, er gibt jedoch Mickey Recht, wenn auch widerstrebend. Er geht zu den Männern der Posse im Versteck und bespricht mit jedem von ihnen die Rolle, die sie gleich einnehmen sollen.

Mickey schöpft noch das letzte Wasser aus dem Boot, nun schwimmt es schon ganz ordentlich. Er bindet zwei Lassos zusammen und befestigt sie am Boot.

Der Marshall kommt zu ihm zurück. „Wir sind soweit. Sobald du an der Treppe bist, werden wir das Gebäude unter Beschuss nehmen."

„Okay, das klingt gut." Mickey zieht an dem Knoten und prüft das Lasso auf Fehler, dann klettert er in das Boot. „So, Richie, du gibst jetzt langsam immer mehr Leine, bis ich den Fuß auf die Treppe setzen kann."

Der Gesetzeshüter nickt. Er hat sich das Lasso um den Oberkörper geschlungen und stützt sich mit den Stiefeln an einem Felsen ab. Vor ein paar Jahren noch hatte der Marshall die Aktionen von Mickey Callaghan immer sehr skeptisch beurteilt. Inzwischen hat er erkannt, dass der junge Mann eine schier unfassbare Fähigkeit im Überleben von Schusswechseln hat.

Das Boot gleitet langsam an dem felsigen Ufer entlang. Wegen des Schmelzwassers ist die Strömung stark und das kleine Boot springt hin und her. Wasser spritzt über die niedrige Bordwand und nässt seine Hose. Langsam nähert sich das Boot der Treppe. Mickey versucht immer etwas von dem Sägewerk zu erkennen, um notfalls das Feuer sofort eröffnen zu können, bisher ist sein Manöver von den Verbrechern nicht bemerkt worden.

Jetzt ist das Boot genau vor der Treppe. In einer Hand hält Mickey einen seiner beiden Revolver, mit der anderen hält er sich an dem verrosteten Geländer fest.

Jetzt eröffnen Richies Leute das Feuer. Alle paar Sekunden wird ein gezielter Schuss auf eine der Öffnungen des Gebäudes abgegeben. Splitter fliegen durch die Luft. Aus dem Sägewerk wird zurückgeschossen. Die Männer der Posse haben sich gut versteckt, sodass niemand getroffen wird.

Mickey schwingt sich auf die Treppe und hastet in ein paar Sprüngen über den Vorplatz. Eine Sekunde später ist er in der Türöffnung verschwunden. Nun steht er in einem Raum und sieht sich um. Er ist fast leer, es scheint einmal eine kleine Werkstatt gewesen zu sein. Es gibt noch zwei weitere Türen, eine führt zum Sägewerk, die andere in einen weiteren, dunklen Raum. Mickey lauscht aufmerksam. Das Schießen hat jetzt nachgelassen, der Pulverrauch zieht in grauen Schwaden an der Türöffnung vorbei. Aus dem Nebenraum kommt kein Geräusch. Mickeys Sinne sind hochgespannt, seine Reflexe arbeiten ohne Verzögerung. Er springt mit zwei schnellen Schritten nach nebenan, den Revolver hoch erhoben. Dort ist noch eine Tür, sie ist verschlossen. Doch plötzlich wird sie aufgestoßen und zwei Männer kommen ihm entgegen. Als sie Mickey Callaghan erblicken, stutzen sie kurz. Sie haben nicht erwartet, hier jemanden zu treffen. Sie zögern den Bruchteil einer Sekunde zu lange, Mickeys Revolver kracht zweimal und beide stürzen tot zu Boden. Jetzt kommt der »Fast Cally« aus früheren Zeiten wieder zum Vorschein. Mickey Callaghan zögert keinen Moment mehr und sucht den Nachbarraum ab. Hier geht es nach draußen. Anscheinend hat sich der Rest der Verbrecher in dem Lagerraum neben dem Sägewerk versteckt. Er steckt seinen Kopf zur Tür hinaus und gibt der Posse ein Zeichen. So wissen sie, dass er lebt, dass sein Plan bisher klappt und dass sie nach Möglichkeit schon vorrücken können.

Mickey sieht zum Lagerhaus hinüber. Ein Kopf kommt kurz zum Vorschein, der Mann sieht sich um. Er hat zu lange gebraucht, der Gunfighter aus Laramie hat sein drittes Opfer gefunden. Mit einem kurzen Aufschrei sackt der Verbrecher in der Tür zusammen.

Ein anderer Mann springt in die Türöffnung, er hat einen Revolver in der Hand und zielt damit auf Mickey, ein zweiter steckt in seinem Holster. Es ist Ron Daniels, der Anführer. Er geht offenbar davon aus, dass der Schusswechsel zu einer Ablenkung von Mickey Callaghan geführt hat. Doch der hat sein neues Ziel schon im Visier. Ron Daniels schießt, er schießt jedoch schlecht gezielt. Eine Kugel trifft Mickeys Oberschenkel wie ein Hammerschlag, er beißt die Zähne zusammen, schießt zurück und trifft den Verbrecher genau in die Brust.

Jetzt hört er hinter dem Lagerhaus Schritte und mehrere Schüsse. Die laute Stimme des Marshalls ertönt: „Hände

177

hoch! Lasst die Revolver fallen und kommt mit erhobenen Händen heraus!"

Mickey fühlt, wie eine starke Anspannung von ihm abfällt. Seine Sinne nehmen wieder harmlose Reize wahr. Er sieht, wie die hochstehende Sonne harte, kurze Schatten erzeugt und sie ihm jetzt warm in den Nacken scheint. Er fühlt einen Schmerz im Bein und sieht an sich hinunter. Die Hose hat am Oberschenkel ein Schussloch, etwas Blut läuft in den Stiefel hinunter. Er tastet mit der Hand nach der Wunde. Nein, es ist nur ganz oberflächlich, die Hose hat mehr Schaden genommen, als sein Bein.

Mickey tritt vorsichtig auf den Vorplatz. Dort sind der Marshall und einige seiner Leute dabei, die Verbrecher zu fesseln. Es sind zwei, einer von ihnen ist Fred Murray, der die Aufsicht bei den Pferden hatte. Nachdem der größte Teil ihrer Kumpane das Leben lassen mussten, hatten sie versucht zu fliehen. Weit wären sie ohnehin nicht gekommen, da der Ausgang des Tales noch bewacht wird.

Der Marshall sieht zu Mickey hinüber. Er ist offensichtlich froh, ihn lebend wieder zu sehen. Dann bemerkt er das Blut an seinem Bein. „Mickey, du bist ja verletzt!"

Doch der winkt ab. „Das ist halb so schlimm", er geht auf den Marshall zu und zuckt zusammen. „Verdammt, das tut doch richtig weh." Dann muss er, ob er es will oder nicht, sich humpelnd vorwärtsbewegen.

Es ist erst kurz nach Mittag, als eine lange Reiterkolonne den Weg nach Gillette antritt. Die Männer der Posse sind vollzählig, zwei Verbrecher mit ihren Pferden und vier weitere Pferde ohne Reiter werden mitgeführt. Mickey reitet auf seinem Brighty, zu seiner Schande musste man ihm wegen des schmerzenden Beines in den Sattel helfen. Er reitet nun neben Clint Wagner her, der hatte auf seinem Wachposten kaum etwas mitbekommen und ist nun sehr gespannt, die Einzelheiten zu erfahren. „Mickey, du bist schon ein Teufelskerl! Ich bin froh, dass ich dein Freund bin und kein Gegner von dir."

Mickey beißt die Zähne zusammen und lächelt zurück.

Das Silber hat sich vollständig angefunden. Es war bereits aufgeteilt worden und jeder der Verbrecher hatte einen Beutel davon in seiner Satteltasche.

Das Telephon

Seit drei Monaten arbeitet Howard Hughes mit seinem Freund und Kollegen, dem Feinmechaniker Bill Coogan, in ihrer Werkstatt hinter der Schmiede. Häufig sind sie bis tief in die Nacht am Tüfteln und Basteln.

Schwer beeindruckt war Peter O'Connell und sein Kollege, der Wagner Ben Tucker, von der galvanischen Zelle. Howard Hughes besitzt verschiedene Formen davon. Es sind Behälter aus schwarzem Material mit mehreren Fächern, in denen je eine Kupfer- und eine Zinkplatte befestigt sind. Sie sind untereinander mit Drähten verbunden und die Behälter sind mit Säure gefüllt.

„Ja, da staunst du, nicht?", grinst Graham Hughes Peter O'Connell an, dem er die Stromquelle vorführt. „Alle Telegrafierstation sind übrigens damit ausgestattet. Ohne Strom können sie nicht funktionieren."

Er schließt eine Klingel, bestehend aus einer Kupferspule und einer elektromechanischen Glocke, an die Batterie an. Sofort ertönt ein heller Klingelton. Der Schmied und der Wagner sehen verblüfft das kleine Gerät an.

Howard Hughes lächelt verschmitzt, als er die beiden erstaunten Gesichter sieht. „So eine Klingel kommt in jedes Telephon, so wird man darüber informiert, wenn man angerufen wird."

Peter nimmt die Klingel in die Hand und dreht sie hin und her. Was macht euer Telephon, muss das nicht zuerst fertig sein?"

Howard Hughes winkt die beiden hinter sich her. Sie folgen ihm in die Werkstatt, dort sitzt Bill Coogan an der Werkbank und schraubt ein kleines Gehäuse zusammen. Er sieht hoch, als die drei zu ihm kommen.

Howard Hughes wendet sich an ihn. „Zeige doch unseren Kollegen, was wir jetzt fertig haben."

Das lässt sich Bill Coogan nicht zweimal sagen. Er ist ein kleiner Mann, über einen Kopf kleiner als der riesige Peter O'Connell. Er trägt eine Brille und sieht jetzt darüber hinweg die beiden an. Er lächelt stolz, als er den Apparat, an dem er gerade geschraubt hat, vor sich hinstellt. „Wir arbeiten mit einem Kohlemikrophon und einer Hörkapsel mit einer Magnetspule. Das ist beides nicht neu, das Problem war bisher die Herstellung eines funktionsfähigen Systems." Er steht auf und holt ein anderes Gerät hervor. „Das hier ist eine Hörkapsel oder auch Lautsprecher. Ich werde sie zur Demonstration an das Mikrophon anschließen, dann könnt ihr sehen, wie das funktioniert. Peter, nimm du doch die Hörkapsel und gehe damit in den Nebenraum. Die Leitung ist lang genug."

Der Schmied nimmt ehrfürchtig das Holzkästchen in die Hand und geht hinaus, er achtet sorgsam darauf, dass die Kabel nicht irgendwo hängenbleiben. Dann ruft er: „Fertig! Es kann losgehen!"

Neugierig hebt er das Kästchen hoch, um besser hören zu können.

In der Werkstatt beugt sich Bill Coogan über das Kästchen, das er als Mikrophon bezeichnet hat und ruft hinein. „Peter! Hörst du mich?"

Peter O'Connell hätte vor Überraschung die Hörkapsel beinahe fallen gelassen. Tatsächlich, er kann etwas hören, nicht sehr deutlich, gerade eben zu erkennen.

„Ja! Ich höre euch!", ruft er durch die Tür.

Er geht er in die Werkstatt zurück, das kleine Kästchen mit der Hörkapsel hält er wie ein Kleinod in seiner riesigen Hand. Howard Hughes und Bill Coogan sind sichtlich stolz. Die Überraschung ist ihnen gelungen. Howard erklärt den weiteren Ablauf. „Wir haben viel experimentieren müssen, um eine zweckmäßige Bauform und die geeigneten Werkstoffe zu finden. Die Kapsel für das Mikrophon ist aus Guttapercha, übrigens ist es das gleiche Material wie das Gehäuse der Stromquelle. Die Sprechqualität ist inzwischen gut, wir wollen jetzt mit größeren Entfernungen Versuche durchführen. Und für euch zwei habe ich auch eine Aufgabe."

Ben Tucker staunt. „Was können wir denn schon dazu beitragen?"

Howard erklärt es ihnen. „Ihr seid von großer Wichtigkeit für uns. Peter hat zum Beispiel die Kupfer- und Zinkbleche für die Batterien hergestellt. Allerdings wusste er nicht, wozu wir die vielen Metallstücke brauchen würden."

Er macht eine Pause und überlegt einen Moment. „Was wir brauchen, ist ein Verteilgerät für den Fall, dass mehrere Telephone in einem Netz verbunden sind."

Peter und Ben sehen die beiden ratlos an. „Ja, stellt euch vor, ein Telephon steht bei eurem Kaufmann, eines bei euch und eines in der Sägerei. Dann müsste bei euch dreien jeweils ein Schaltbrett stehen, an dem ihr den gewünschten Gesprächspartner durch Umstecken auswählt. Bei drei Anschlüssen ist das machbar, aber stellt euch vor, es sind zehn oder gar einhundert."

Peter schwirrt der Kopf, er hat das Telephon noch nicht ganz verstanden, und nun diese neue Idee. „Meinst du, es werden mal so viele werden?"

„Ja, ganz sicher. Vielleicht sogar tausende. Ich sehe es als eine der wichtigsten Erfindungen für eine neue Zeit."

Die beiden Techniker, der Schmied und der Wagner sitzen noch eine ganze Weile zusammen und überlegen sich, wie sie einen Telephonverteiler konstruieren könnten.

Howard Hughes und Bill Coogan fahren am nächsten Tag mit dem Zug der Wyoming Copper Company nach Madsen. In ihrem Gepäck haben sie eine Kiste. Sie enthält das Mikrophon, die Hörkapsel und eine Trogbatterie. Sie haben sich mit Martin Jefferson und Clint Wagner verabredet.

Die Fahrt nach Madsen ist kurz. Sie steigen am Bahnhof aus und holen ihre Kiste aus dem Güterwagen. Clint Wagner und Mister Jefferson haben die Nachricht von ihrer Ankunft erhalten und wollen jetzt keinen Moment versäumen. Das Büro der Wyoming Copper Company ist nicht weit vom Bahnhof entfernt, so haben sie die Kiste schnell dorthin gebracht. Sie bitten Clint Wagner und Martin Jefferson in zwei verschiedenen Räumen Platz zu nehmen. Dann startet die Vorführung. Clint spricht in das Mikrophon: „Welchen Tag haben wir heute?"

Martin Jefferson hört es deutlich. Er ruft durch die Tür: „Wir haben heute den siebzehnten August des Jahres 1876. Und heute ist ein besonders wichtiger Tag!" Er springt auf und umarmt ergriffen Howard Hughes, der neben ihm steht. „Meine Herren! Das ist sehr beachtlich, was Sie uns hier vorgeführt haben."

Sie nehmen alle vier in dem Besprechungszimmer Platz. Martin Jefferson ergreift wieder das Wort. „Ich denke, jetzt ist der Moment gekommen, dass wir das neue Sprechsystem einer größeren Gruppe vorstellen können. Was denken Sie, meine Herren?"

Bill Coogan räuspert sich. „Wir sollten noch solange warten, bis wir ein Gerät haben, welches das Hören und Sprechen in einem Gehäuse kombiniert. Wir sind bereits dicht davor. Was halten sie von zwei Monaten?"

Martin Jefferson nickt. „Das ist gut, dann habe ich ausreichend Zeit meine Kontakte zu knüpfen und die Werbetrommel zu rühren."

In Martin Jeffersons Kopf arbeitet es. Jetzt kommt sein wahres Genie zum Einsatz. Er denkt an die Zeitungen an der Ostküste, in New York und Boston. Auch aus San Francisco sollten ein paar Reporter kommen. Eine Einladung und ein Präsentationsprogramm fangen an, in seinem Kopf Gestalt anzunehmen.

Nachdem die beiden Techniker an der Bahn verabschiedet worden sind, lädt Martin Jefferson Clint Wagner ein. „Was meinen Sie, mögen Sie und ihre junge Frau nachher unsere Gäste sein? Meine Frau Victoria freut sich bestimmt. Und wie ich sie kenne, hat sie heute ganz sicher einen Kuchen gebacken." Er macht eine kleine Pause und fügt mit verschwörerischer Stimme hinzu: „Anlässlich der Besonderheit des heutigen Tages wird es noch etwas Nettes zu trinken geben."

Clint ist hocherfreut. „Wir fühlen uns sehr geehrt über die Einladung. Meine Frau wird sich freuen."

Sie gehen das kurze Stück zu ihren beiden Häusern gemeinsam zu Fuß. Das neue Telephon ist ihr Hauptgesprächsstoff.

Mary erwartet ihren Gatten bereits an der Tür. Im Juni hatten sie geheiratet. Es war eine große Feier gewesen, die sie beide nicht so schnell vergessen werden. Nun steht sie in der Tür, eine große, schlanke Frau mit einem hübschen langen Kleid. Die braunen Haare sind zu einem Zopf geflochten, der lang an ihrem Rücken hinunter hängt.

Clint gibt seiner hübschen Frau einen Kuss. „Guten Tag, mein Schatz. Wir sind nachher zu den Jeffersons eingeladen worden."

„Oh, das ist aber nett." Doch dann zögert sie. „Ich habe gar nichts Vernünftiges anzuziehen!"

Clint lächelt, er kennt sie inzwischen. „Du hast doch inzwischen ein paar sehr hübsche und tugendhafte Kleider bekommen. Da ist doch bestimmt etwas Passendes dabei."

Eine Stunde später stehen Clint Wagner und seine Frau vor der Tür des Ehepaars Jefferson und klopfen an. Sie haben einen kurzen Weg, ihre beiden Häuser sind gerade

183

siebzig Yards voneinander entfernt. Die Tür wird von einem Diener geöffnet. Es ist derselbe, der Clint schon in Laramie die Tür geöffnet hatte.

„Sie Armer, mussten Sie mit hierher kommen?", zieht Clint den älteren Herrn auf. Der zuckt nur mit den Schultern, antwortet aber nicht. Victoria Jefferson, die Frau des Hausherrn, kommt an die Tür. Sie sieht wie immer sehr gut aus. Ihr silbergraues Haar ist zu einem Knoten gebunden, sie trägt ein schwarzes langes Kleid mit purpurfarbenen Applikationen. Sie ist klein und zierlich, fast einen halben Kopf kleiner als Clint und seine ziemlich große Frau.

„Kommen Sie herein, meine Lieben", sagt sie und geht voraus auf die Terrasse. Dort ist der Tisch schon gedeckt worden. Teures Porzellan und silbernes Besteck zeugen von dem Wohlstand der Besitzer. Bei Tisch wird immer wieder über die Zukunft der Wyoming Copper Company gesprochen. Das Geschäft geht gut, das Kupfererz ist sehr begehrt.

„Wenn erst die Anwendungen der Elektrizität ihren Kupferbedarf fordern, dann geht es hier erst richtig los", sagt Mister Jefferson und lacht, als er in Clint Wagners Gesicht sieht. „Seien Sie froh. Wie ich höre, beginnt der Abbau des Silbers jetzt zu schwächeln."

„Ja, das ist wahr. Die Schächte werden immer tiefer gegraben, aber es ist offensichtlich, dass das Silber jetzt zur Neige geht. Das hat mir unser Geologe schon vor einem halben Jahr vorausgesagt."

Mrs. Jefferson mischt sich ein. „Ihr immer mit Eurem Geschäft. Lasst uns mal über etwas anderes reden. Die junge Frau ist noch gar nicht zu Wort gekommen." Sie ergreift die Hand von Mary Wagner und drückt sie sanft. „Ich habe gehört, dass Sie Ihre Kinder zu sich holen wollen?"

Ein Lächeln erhellt das Gesicht der hübschen Frau. „Ja, ich habe das mit Clint so besprochen. Nächste Woche werde ich nach Cheyenne fahren und sie holen." Sie macht eine kleine Pause. „Ich freue mich schon riesig auf die beiden. Ich habe sie über zwei Jahre nicht gesehen."

„Das freut mich für Sie." Victoria Jefferson drückt wieder die Hand und lehnt sich dann zurück. Sie, wie auch praktisch alle anderen hier in Madsen, kennt die Vergangenheit von Mary. Victoria Jefferson hegt, wie Gottseidank viele andere auch, kaum Vorurteile gegenüber ihrer früheren Tätigkeit.

Der Tag neigt sich dem Ende zu. Die Sonne ist kurz davor, hinter den Bergen zu verschwinden und färbt die Wolken Rosa, das nach und nach dunkler wird und in ein Blau übergeht, bis die Sonne ganz verschwindet.

Martin Jefferson hält sein Glas in der Hand und sieht in die Ferne. „Es ist wunderschön hier, es gibt wohl kaum einen hübscheren Platz zum Wohnen."

Es ist Oktober, ein heißer Sommer geht zur Neige. Der Wind, der von den nahen Rockys herab bläst, lässt den sich nahenden Winter erahnen. Heute ist noch ein schöner Spätsommertag, die beiden Männer im Gemeindebüro schwitzen bei ihrer Arbeit. Es sind Peter O'Connell und der junge Wagner, Ben Tucker. Sie montieren in einem kleinen Raum des Gemeindehauses einen seltsam aussehenden Schrank. Peter nennt den Schrank Klappenschrank, weil er zehn kleine Metallklappen nebeneinander hat. Über den Klappen stehen Nummern und es hängen eine Menge kurzer Kabel an dem Schrank herum. Dann sind sie fertig. Bill Coogan will nachher noch kommen und die letzten Drähte anschließen.

Jetzt kommt er herein. „Das ist schön, dass ihr schon fertig seid. Ihr könnt uns nachher helfen, das Telephon in den Zug nach Madsen einzuladen."

Ben Tucker sieht Bill zu, wie er die Kabel an den Klappenschrank anschließt. „Wie viele Teilnehmer sind denn bis jetzt vorgesehen?"

Bill Coogan überlegt kurz. „Es sind bis jetzt sieben. Ihr gehört dazu, das Hotel von Mitchell Baker, das Büro vom Marshall, die Sägerei, der Bahnhof hier in Gillette, der General Store und das Büro der Minengesellschaft."

„Sind die alle schon angeschlossen?", fragt Ben Tucker erstaunt.

„Nein, bis jetzt gibt es erst den Kaufmann Ben Nolan, den Marshall und das Büro in Madsen. Es wird noch etwas dauern, bis wir die fehlenden Kabel gezogen haben. Für die Demonstration in der nächsten Woche wird es reichen."

„Habt ihr denn alles fertig?"

„Ja, ein Telephon ist in Madsen und eines im Bahnhof. Morgen ist der Marshall dran. Dann muss euer Klappenschrank zeigen, wie er funktioniert."

„Wer wird den Schrank später bedienen?", fragt Peter O'Connell.

„Das ist noch nicht raus. Für die Vorführung werde ich das machen, für später muss sich noch jemand finden. Es ist einfach, das ist jedem möglich."

Die nächsten Tage sind noch mit hektischer Arbeit für die vier gefüllt. Am Ende klappt alles, die Präsentation kann beginnen. Die Verbindungen sind geprüft, die drei Telephone funktionieren zufriedenstellend.

Am Bahnhof von Gillette hält ein seltsamer Zug. Solche merkwürdigen Wagen hat noch niemand hier gesehen. Auf dem Bahnsteig drängen sich eine Menge Neugierige. Unter anderem sind auch John Clarkdale und seine Assistentin Sunny Cornerman vom Gillette Mirror dabei. Sie wollen die ankommenden Gäste interviewen und bei der Präsentation dabei sein. Der Zug hat nur einen kurzen Aufenthalt, er wird auf das Nebengleis, das nach Madsen führt, rangiert. Zwei Journalisten steigen hier schon aus und werden als Augen- beziehungsweise Ohrenzeugen von Bill Coogan zu den Telephonen im Büro des Marshalls und im General

Store gebracht. Der Marshall und Ben Nolan sind schon in die Bedienung der Telephone eingewiesen worden.

Die Lokomotive zieht drei der neuen Pullmanwagen. Es sind luxuriös ausgestattete Wagen, die zur Nacht in Schlafwagen umgebaut werden können. Heute sind sie mit vielen Journalisten belegt. Auch Vertreter von den einigen technischen Universitäten sind dabei. John Clarkdale und seine tüchtige Assistentin steigen ein und mischen sich unter die Passagiere. Nach kurzer Zeit hat man die Strecke nach Madsen hinter sich gebracht. Am Bahnhof spielt eine kleine Blaskapelle, die von Martin Jefferson organisiert worden ist.

Die Gäste strömen aus den Wagen und werden vom Vorstand der Wyoming Copper Company begrüßt. Es sind fast zwanzig Journalisten und acht Vertreter der technischen Universitäten in Massachusetts, Illinois und Kalifornien.

Vor dem Büro und Sitz der Wyoming Copper Company ist ein großes Zelt aufgebaut worden. Dorthin werden die Gäste jetzt von Martin Jefferson geleitet. Essen ist auch organisiert worden. Der neue Koch aus dem Silver Palace darf heute einmal zeigen, was er kann. Die Getränke kommen ebenfalls aus dem Saloon, Clint Wagner hat mit Jeff Butler einen Rabatt ausgehandelt.

Mickey Callaghan als Mitglied des Vorstandes ist ebenfalls anwesend. Die Schusswunde in seinem Oberschenkel ist verheilt, nun kann er wieder gehen und laufen wie früher. Seine Frau Marilyn ist ebenfalls eingeladen worden, sie hat sich unter die Gäste gemischt. Vor vier Wochen ist sie zum vierten Mal Mutter geworden. Es war wieder ein Mädchen, sie wurde Vanessa genannt. Marilyn ist jetzt wieder schlank, wenn auch noch etwas wackelig auf den Beinen. Ihr Vater hat wie immer mit großer Freude die Aufsicht über die Kinder während ihrer Abwesenheit übernommen. Es kommt selten vor, dass er die Kinder beaufsichtigen muss, Marilyn ist die meiste Zeit zu Hause.

Martin Jefferson tritt hinter den Tisch am Ende des Zeltes. Neben ihm steht Howard Hughes, auf dem Tisch steht das neue Telephon. Es ist von Howard Hughes und Bill Coogan mit besonderer Sorgfalt gefertigt worden, ein perfekter Lack bringt das hübsche Holz des Gehäuses zur Geltung.

Martin Jefferson hebt seine Stimme, um sich bemerkbar zu machen. „Meine sehr verehrten Damen! Sehr geehrte Herren! Heute ist für uns ein ganz besonderer Tag und ich denke, Sie alle werden uns nach der nun folgenden Vorführung Recht geben. Sie werden eine ganz neue Art der Kommunikation erleben. In Zukunft wird es keine Punkte und Striche mehr geben. Nein, meine Herren! Wir werden uns unterhalten, so wie ich jetzt zu Ihnen spreche!"

Das Gemurmel wird lauter. Martin Jefferson tritt zur Seite. „Ich werde jetzt unserem Erfinder Howard Hughes die weitere Vorführung überlassen. Er wird ihnen eine kurze Erklärung geben und ihnen dann seine Erfindung vorführen."

Howard Hughes tritt an den Tisch. Viele der Gäste applaudieren in Erwartung der kommenden Sensation. „Meine sehr geschätzten Gäste. Ich werde Ihnen keine technischen Einzelheiten bekannt geben. Nur so viel sei gesagt, Sie werden auf Ihre Kosten kommen und eine absolute Neuigkeit erleben." Er stellt sich vor das Telephon und zeigt auf die von außen sichtbaren Teile und erläutert deren Aufgabe. „Dies hier ist der Hörer, den hält man sich ans Ohr", er hebt eine Teil in die Höhe."Und hier", er zeigt auf einen in Gesichtshöhe angebrachten Trichter, „hier spricht man hinein. Und nun seien Sie bitte ganz leise, damit Sie der Demonstration genauestens folgen können."

Er zögert und sieht sich unter den Gästen um. „Damit Sie nicht denken, dass ich hier einen Jahrmarkttrick vorführe, bitte um die Mithilfe eines Gastes. Wie wäre es mit der jungen Frau in dem gelben Kleid?" Er zeigt mit dem Finger auf Marilyn Callaghan, die in der vorderen Reihe steht. Marilyn sieht sich verblüfft um, da ruft ihr Mickey zu, der hinten mit den anderen Mitgliedern des Vorstandes steht: „Ja, Marilyn, mach das! Als Frau traut man dir eine Schummelei noch weniger zu."

Marilyn lächelt und nickt, dann kommt sie nach vorne und stellt sich neben Howard Hughes. Ein Raunen geht durch die Menge der fast ausschließlich männlichen Gäste. Marilyn ist heute so schön wie immer. Sie trägt ein langes, gelbes Kleid. Es hat einen kleinen Ausschnitt und dazu trägt sie eine silberne Kette. Das Silber stammt aus der ersten Förderung der Silbermine. Ihre langen schwarzen Haare kontrastieren perfekt mit der gelben Farbe des Kleides.

Howard Hughes gibt Marilyn das Mikrophon in die Hand und dreht an einer Kurbel an der Seite des Telefons. „Ich erzeuge jetzt ein Signal in der Vermittlungsstelle. Mein Miterfinder Bill Coogan sitzt dort und wird dieses Gespräch weiterleiten."

Er wendet sich an seine Gäste. „Wen mögen sie zuerst hören, ihren Kollegen im General Store oder den im Büro des Marshalls?"

Die Gäste sehen sich an. Dann melden sich einige vom New York Chronicle. „Unser Kollege James Kepler ist jetzt beim Marshall. Den möchten wir hören."

Howard Hughes nickt. Er fordert Marilyn auf, in das Mikrophon zu sprechen. Sie zögert einen Moment und spricht dann mutig in die schwarze Kapsel: „Bill Coogan, verbinden Sie mich bitte mit dem Büro des Marshalls."

Nach einer kurzen Pause dreht Howard Hughes wieder kurz an der Kurbel und erläutert kurz ihre Aufgabe.

„Im Telephon ist ein kleiner Dynamo. Immer wenn ich die Kurbel drehe, gibt es entweder in der Vermittlung oder bei meinem Gesprächspartner ein Signal. Jetzt zum Beispiel läutet die Klingel im Telephon beim Marshall."

Marilyn wartet einen kleinen Moment. „Hallo! Hallo! Mister Kepler, können Sie mich hören?"

189

Die Gäste im Zelt sind jetzt mucksmäuschenstill. Howard Hughes zeigt mit dem Finger auf den Hebel. Dort nimmt Marilyn den Hörer ab, der Hebel schaltet ihn nun ein und das Mikrophon aus.

Es gibt eine kurze Pause. Da! Man hört etwas. Für alle verständlich klingt eine leise Stimme aus dem Hörer, den Marilyn, soweit das Kabel es zulässt, in die Richtung der Gäste hält.

„Ich grüße meine Kollegen in Madsen. Wenngleich ich nicht glaube, dass das funktioniert!"

Einen kurzen Moment herrscht atemlose Stille im Zelt. Dann bricht ein Jubel los. Niemand hat wirklich geglaubt, was er nun mit eigenen Ohren gehört hat.

Marlin ist völlig überrascht. Obwohl ihr Mickey so viel davon erzählt hat, hatte sie es nie glauben wollen. Und nun klappt es tatsächlich. Sie sieht zu Mickey hin und lacht vor Freude.

Howard Hughes lächelt zufrieden. Dieser Moment entschädigt ihn für die viele Arbeit in den letzten Monaten, für allen Ärger und die fruchtlosen Diskussionen, die er mit Alexander Graham Bell geführt hatte. Er winkt mit den Händen, um den Lärm zu dämpfen. „Einen Moment noch, liebe Gäste. Wir werden uns jetzt mit ihrem Kollegen im General Store verbinden. Meine liebe Frau Callaghan, bleiben Sie bitte noch einen Moment bei mir."

Er dreht wieder an seiner Kurbel und fordert Marilyn auf, seinen Kollegen zu bitten, das Gespräch nun mit dem General Store weiterzuführen. Marilyn spricht in das Mikrophon. „Das hat prima geklappt, Mister Coogan. Und nun verbinden Sie uns mit dem Büro von Ben Nolan." Sie wartet einen Moment und spricht dann in das Mikrophon, nachdem Howard Hughes per Kurbelumdrehung die Klingel im Telephon des Kaufmanns hat läuten lassen.

„Wie ist ihr Name, mein Herr?" Sie nimmt wieder den Hörer vom Hebel und schaltet ihn damit ein. Es herrscht totale Stille im Zelt. Wieder ist für die staunenden Zuhörer eine leise, aber für alle eine deutlich erkennbare Stimme zu hören. „Hier spricht Pete Morgan. Ich spreche in ein Gerät hier beim Kaufmann in Gillette!"

Howard Hughes dreht sich zu seinem Publikum um. Er ist sichtlich ergriffen. Dann schüttelt er seiner hübschen Helferin die Hand und bedankt sich für ihre Hilfe.

Nach der Demonstration strömen die Gäste nach vorne zum Tisch. Sie bestürmen Howard Hughes mit Fragen nach den technischen Details. Der wiegelt jedoch ab. „Es tut mir leid, mehr als Sie hier äußerlich erkennen können, verrate ich nicht. Wie Sie sicherlich wissen, gibt es bereits ein Patent für ein nicht funktionsfähiges Telephon, und ich möchte dem Patentinhaber keine Hilfestellung geben."

Einer der Gäste ist besonders neugierig. Er sagt, er käme aus Boston in Massachusetts. Jetzt ist er mit seinen Augen dicht vor dem Holzkasten und seinen Teilen und sieht sich jedes Detail an.

Martin Jefferson lässt seine Stimme ertönen. „Meine werten Gäste! Wir werden in einer halben Stunde eine Führung zum Kupferbergwerk durchführen. Anschließend gibt es eine Fragestunde im Konferenzraum."

Ein großer Teil der Gäste und Journalisten schließt sich der Führung an. Jeder der Vorstandsmitglieder hat ein Häuflein Neugieriger um sich geschart und führt die Gäste nun durch die Gebäude und zum Eingang der Kupfergruben.

Aus der Fragestunde wird mehr eine Präsentation der Wyoming Copper Company mit einzelnen Fragen der Gäste. Alle sind überrascht über das Ausmaß der Kupfervorräte. Die durchdachte Anlage mit dem Eisenbahnanschluss und den gut ausgestatteten Arbeiterwohnungen wird von allen bestaunt.

Spät am Abend sind alle Gäste verschwunden und die Aufräumarbeiten sind nahezu abgeschlossen. Martin Jefferson hat Mickey Callaghan und dessen Frau sowie Clint Wagner und seine Frau zu sich eingeladen. Die Frauen sitzen auf der Terrasse, man hört sie draußen lachen und plaudern. Die Männer haben es sich in Martin Jeffersons Arbeitszimmer auf den Sesseln bequem gemacht. Der Hausherr hat eine Kiste mit teuren Zigarren hervorgeholt, die sie nun genussvoll rauchen. Mickey zieht an seiner Zigarre und sieht auf die rotglühende Spitze. „Ich denke, wir waren heute sehr erfolgreich. Oder was meint ihr?"

Mister Jefferson nickt bedächtig. „Das ist auch meine Meinung. Die endgültige Bestätigung haben wir, wenn wir die Berichte in den Zeitungen der nächsten Tage sehen." Er zieht an seiner Zigarre und sieht versonnen dem Rauch hinterher. „Ich habe mir von jeder Ausgabe ein Exemplar bestellt, das wir in den nächsten Tagen erhalten werden."

Clint und Mickey lächeln dazu. Mister Jefferson ist schon gut, sie sind beide wieder derselben Meinung. Martin Jefferson fährt fort: „Entscheidend ist letztlich der Verkauf unserer Aktien. Ich habe Simon Brooksbank gebeten, mir jetzt wöchentlich eine Übersicht zu geben. So, genug mit den Geschäften. Lasst uns zu den Frauen gehen."

Clint steht auf und geht voran. Der Hausdiener von den Jeffersons stellt noch fehlende Stühle auf die Terrasse, dann gesellen sich die Männer zu den Frauen, die sich bis eben lebhaft unterhalten haben. Mary Wagner steht auf und flüstert ihrem Mann etwas ins Ohr. Der lächelt und nickt ihr zu. Rasch setzt sich Mary wieder hin und sieht aufgeregt in die Runde. Die Frauen scheinen etwas zu ahnen, die Männer sehen Mary Wagner interessiert an.

Mary Wagner schluckt ein paar Mal. Sie ist sehr nervös, dann sammelt sie sich und sagt: „Ich werde Mutter. Man kann es noch nicht sehen, ich bin nur viel zu glücklich, um es für mich behalten zu können."

Clint ist aufgestanden und beugt sich zu ihr. Er küsst sie auf die Wange, die junge Frau fängt vor Freude an zu weinen.

Martin Jefferson steht auf und ruft ihren Diener, der bringt dann Gläser für alle. Er selbst holt eine Flasche mit echtem französischem Cognac aus seinem Arbeitszimmer. „Wenn wir noch eine gute Nachricht bekommen, geht mir der Weinbrand aus."

Seine Frau grinst ihn an und schüttelt ihren Kopf. „Warum musst du immer so übertreiben!"

Eine Woche später treffen die ersten Zeitungen ein. Sorgfältig werden sie von den Mitgliedern des Projektteams und der Kupfergesellschaft gelesen.

Martin Jefferson fasst es zusammen. „Die Fachwelt ist außer sich vor Aufregung. Alexander Graham Bell hat zwar das Patent, wir haben dafür ein System, das man jetzt schon benutzen kann. Mister Bell hat bisher noch nichts von sich hören lassen. Ich habe bereits schon vor einigen Wochen einen Anwalt mit der Klärung der rechtlichen Situation und gegebenenfalls Zahlung von Patentgebühren beauftragt."

Simon Brooksbank hat eine Grafik vorbereitet, die er jetzt mit Reißzwecken an der Tafel befestigt. Die Grafik zeigt die Verkäufe der Aktien seit Gründung der Wyoming Copper Company. „Wir verkaufen die Aktien von Anfang an mit zehn Dollar pro Stück." Er zeigt auf einen kleinen Berg am Anfang der Grafik. „Hier hat Ben Nolan zugeschlagen, er ist bis jetzt unser Hauptaktionär. Und hier", er zeigt auf die überwiegend waagerechte Linie, die am Ende leicht ansteigt, „hier zeichnet sich bereits ein Anstieg der Aktienverkäufe ab."

Martin Jefferson kommentiert seine Ausführungen noch. „Es ist erst eine Woche seit unserer Vorführung vergangen. Wir sollten uns in einem Monat noch einmal treffen.

Dann erwarte ich noch ein erheblich optimistischeres Bild."

Simon Brooksbank nickt zustimmend. „Ich bin derselben Meinung. Ich werde bis dahin noch die gesamte finanzielle Situation der Wyoming Copper Company zusammenstellen."

Es ist November. In den Bergen um Madsen liegt der erste Schnee. Die Vorstandssitzung findet an einem trüben, Nebel verhangenem Tag statt. Simon Brooksbank ist der letzte, der noch fehlt. Er kommt herein, mit einer Papierrolle unter dem Arm und einer dicken Mappe mit Unterlagen. Man kann seinem Gesicht schon ansehen, dass er gute Nachrichten zu verkünden hat. Er eröffnet die Versammlung. „Werte Kollegen, es ist mir eine besondere Freude, Ihnen heute den neuesten Finanzstatus unserer jungen Firma bekannt zu geben."

Er befestigt einen der großen Papierpläne an der Wandtafel, die Mitglieder des Vorstandes versuchen die Linien, die darauf zu erkennen sind, zu verstehen. Dann nimmt Mister Brooksbank einen Stock und zeigt damit auf die Grafik. „Meine Herren, Sie sehen es ganz deutlich. In den letzten Wochen hat der Verkauf der Aktien sprunghaft zugenommen. An der Börse wird die Aktie bei einem Nominalwert von zehn Dollar bereits für über dreißig Dollar gehandelt." Er nimmt Platz und Martin Jefferson setzt die Präsentation fort. „Es gibt noch andere Kupferminen, die sehr gute Bewertung unserer Anlage in den Zeitungen und Fachjournalen hat die Käufer dazu bewogen, gerade unsere Aktien zu erwerben."

Simon Brooksbank nickt dazu. „Ja, genau das ist der Grund, es gibt viele positive Nachrichten."

Er hängt eine weitere Grafik auf, die mehrere Kurven übereinander zeigt. „Das hier ist die finanzielle Gesamtsituation unserer Firma. Hier sind alle Kosten wie Löhne,

Arbeitsgeräte, Zinsen für Kredite, aber auch Einnahmen für das Kupfererz dargestellt."

Seine Zuschauer versuchen, die komplizierte Grafik zu verstehen. Dann fährt er fort. „Wir haben bereits den sogenannten »Break Even« Punkt überschritten. Das heißt, alles was wir jetzt verdienen, ist realer Gewinn. Wir verdienen inzwischen so viel, dass auch alle Projektkosten ausgeglichen werden konnten."

Mickey Callaghan sieht wie alle anderen auf die Wandtafel. Ein großes Glücksgefühl überwältigt ihn. Er hatte immer gehofft, dass er eines Tages diese Nachricht erhalten würde. Er war sich bis zuletzt nie sicher gewesen und immer wieder haben ihn Zweifel wegen dieser Investition wach liegen lassen. Nun zeigt es sich, dass seine weitsichtigen Ideen richtig gewesen waren.

Mickey fährt am nächsten Tag mit der Eisenbahn zurück nach Gillette. Dort wird er einen Tag pausieren, und plant dann mit einem anderen Zug in Richtung Fleetwood zu seinem Sägewerk zu fahren. Dort ist sein Pferd untergestellt, auf dem er den letzten Weg bis nach Hause zurücklegen wird.

In Gillette sucht er zuerst seinen Freund Peter O'Connell auf. Der ist wie immer sehr beschäftigt, ebenso wie sein Nachbar, der Wagner.

„Guten Tag, mein Freund!", begrüßt er den Schmied, als dieser sich nach ihm umdreht. Der bringt seine Arbeit rasch zu Ende und ist dann ganz Ohr. „Wo sind eigentlich unsere Erfinder?", fragt Mickey seinen Freund.

„Die stecken in ihrer Werkstatt, sie sind ständig bemüht, ihr Telephon noch weiter zu verbessern." Mickey dreht sich um. „Lass uns doch dorthin gehen, um sie auch zu informieren." In der Werkstatt der beiden Erfinder verkündet Mickey dann die Neuigkeiten an alle vier. „Sie können sich vorstellen, dass diese guten Nachrichten unsere Zusammenarbeit noch fördern werden."

Howard Hughes sieht ihn erstaunt an. „Ich habe angenommen, dass unsere Tätigkeit mit der Präsentation erledigt ist. Ein paar Verbesserungen noch hier und da, aber das ist bald abgeschlossen."

Mickey schüttelt den Kopf. „Wir brauchen Leute mit Ihrem technischen Geschick. Was halten Sie von einer dampfbetriebenen Dynamostation für den Ort Gillette? Machen Sie sich keine Sorgen um Mangel an Arbeit."

Mickey Callaghan freut sich über die glücklichen Gesichter seiner Freunde. Sie sitzen noch eine Weile zusammen, erfreuen sich mit Späßen und Plänen.

Mickey setzt sich am nächsten Tag in den Zug Richtung Fleetwood. Die Fahrt geht rasch, am Brazos River gegenüber seinem Sägewerk befindet sich der nächste Bahnhof. Er steigt aus, mit einer Tasche in der Hand. Er geht über die Brücke, die zu seinem Sägewerk hinüber führt. Neben der Brücke führt seit zwei Jahren eine zweite Brücke mit einem Gleis hinüber, die die Verbindung des Sägewerkes zu dem Schienennetz herstellt.

Matthew Richmond ist in seinem Büro. Der Bedarf an Bauholz ist nach wie vor ungebrochen und Matthew kommt mit der Planung kaum hinterher. Er sieht von seiner Arbeit hoch, als Mickey das Büro betritt. „Mickey, was für eine Freude, dich zu sehen." Er macht eine Pause und mustert seinen Freund. „Du siehst sehr zufrieden aus. Hat alles geklappt?"

„Geklappt ist gar kein Ausdruck. Meine höchsten Erwartungen sind übertroffen worden." Er schildert seinem Freund die gute finanziellen Situation der neuen Minengesellschaft.

Matthew Richmond lächelt dazu. „Habe ich das nicht schon vorhergesagt? Du bist erstaunlich weitsichtig. Alles, was du in die Hand nimmst, wird ein Erfolg. Dazu hast du die schönste und reichste Frau im ganzen Tal. Apropos, wie geht es Marilyn eigentlich?"

„Matt, du musst nicht immer so übertreiben. Und zu Marilyn: Ihr geht es wieder blendend, sie hat sich gut von der Geburt unseres vierten Mädchens erholt. Das ist jetzt eine Idee: Du und Joan, ihr könnt uns mal wieder besuchen. Eure Mädchen könnt ihr mitbringen, wenn die noch Lust dazu haben."

Matthew strahlt vor Freude. „Wir kommen gerne. Unsere Mädchen haben sicher etwas anderes vor. Josephine ist verheiratet, wie du vielleicht vergessen hast und Kimberley wird sicher ihren Freund besuchen wollen."

Matthew begleitet seinen Freund bis zum Stall, dort stehen sein Brighty und das Pferd von Matthew. Sie verabschieden sich herzlich voneinander, dann reitet Mickey in einem flotten Tempo nach Hause.

Dort angekommen, kümmert er sich zuerst um sein Pferd. Wie immer kommt Marilyn dann, sie ist durch das Hufgetrappel von seinem Kommen informiert worden. Jetzt hat sie die beiden ältesten Mädchen dabei, die dritte kann gerade eben laufen und ist noch im Haus bei ihrem Großvater, die vierte liegt in der Wiege.

Mercedes und Sarah laufen auf ihren Vater zu. „Daddy, Daddy!", rufen sie. Marilyn beobachtet glücklich die drei, dann lässt sie sich von ihrem Mickey in den Arm nehmen und genießt seinen Kuss.

Er hat seine Frau an die Hand genommen, mit der anderen fasst er die jüngere der beiden Mädchen und geht in das Haus. In der Tür steht Mark Baker, an der Hand hält er die kleine Laura.

Mickey hat viel zu erzählen, sein Schwiegervater kann die Funktion eines Telephons kaum begreifen.

„Wenn ihr Lust habt, besuchen wir Onkel Matthew im Sägewerk und ich führe euch das neue Telephon vor."

Sein Schwiegervater nickt, die beiden älteren Mädchen springen umher und rufen im Chor:

197

„Ja, ja! Telephon, Telephon…!". Mickey und Marilyn schmunzeln über ihre Kleinen. Kein Telephon der Welt kann ihnen so viel Freude bereiten wie ihre Kinder.

Nachwort

Ich möchte den geneigten Leser auf weitere Romane mit der Hauptfigur Mickey Callaghan aufmerksam machen:

Dieser Roman ist der letzte Teil einer vierteiligen Reihe.

Der erste Teil beginnt mit dem vierzehnjährigen Mickey Callaghan, der das Haus seiner Eltern verlässt und sich mit Diebereien und Gelegenheitsarbeiten über Wasser hält. Bald tritt er dann der Armee der Nordstaaten bei und lernt dort den Umgang mit Umgang mit Waffen, den er später zur Perfektion steigert. Ein Viehtrieb führt ihn von Texas nach Abilene zurück. Dort steigert er als Deputy und Bodyguard seine Fertigkeiten als Revolverschütze und wird zum gefürchteten Revolverheld.

Der zweite Teil ist »Der Reiter aus Laramie«. In diesem Buch schließt Mickey Callaghan mit seiner Vergangenheit als Revolverheld ab. Er lernt ein Mädchen kennen, das durch die Machenschaften eines Verbrechers ungewollt zur reichen Frau wird.

Der dritte Teil ist „Das Tal der Siedler". Er erzählt die Geschichte von der Besiedelung des Tales. Ein Freund unseres Helden, der Kartenspieler Matthew, initiiert den Bau einer Eisenbahn zum Ort Gillette und lernt bei den Verhandlungen seine spätere Frau kennen. Der Reichtum der Frau unseres Helden lockt Verbrecher auf den Plan.

Alle Romane sind so angelegt, dass sie auch einzeln und ohne Kenntnis der anderen Teile gelesen werden können.

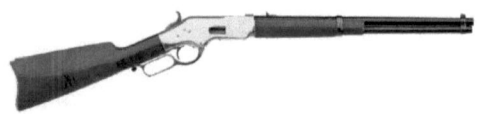

Interessieren Sie sich für den Enkel von Mickey Callaghan? Dann könnten die folgenden Romane interessant für Sie sein:
1. Der Tod im Paradies
2. Schwarze Weihnachten in Manhattan
3. Mit dem Fahrstuhl kam der Tod

Sie spielen in Manhattan in der Mitte des vorigen Jahrhunderts. Der Privatdetektiv Mike Callaghan, seine schöne Freundin und Partnerin und mehrere gute Freunde bilden ein sympathisches Ermittlerteam.

Ein Bindeglied zwischen dem Revolverheld und dem Detektiv ist entstanden. Das Buch heißt:
Töchter des Stahls
Es erzählt die Geschichte der USA in der Zeit von 1922-1947 an Hand des späteren Detektivs und seiner Partnerin, die beide als Kinder und Heranwachsende die wechselvollen Abläufe der damaligen Zeit erleben.